KB262482

키르라이안 이야기

Kyrelian Story

이윤희 판타지 장편 소설

키르라이안 이야기 4

이윤희 판타지 장편 소설

초판 1쇄 찍은 날 § 2007년 2월 14일
초판 1쇄 펴낸 날 § 2007년 2월 24일

지은이 § 이윤희
펴낸이 § 서경석

편집장 § 문혜영
편집책임 § 서지현
편집 § 심재영

펴낸곳 § 도서출판 청어람
등록번호 § 제1081-1-89호
등록일자 § 1999. 5. 31
어람번호 § 제1-0799호

주소 § 경기도 부천시 원미구 심곡1동 350-1 남성B/D 3F (우) 420-011
전화 § 032-656-4452 팩스 § 032-656-4453
http://www.chungeoram.com
E-mail § eoram99@chollian.net

ⓒ 이윤희, 2006

ISBN 978-89-251-0553-6 04810
ISBN 89-251-0420-2 (세트)

Kyrelian

키르라이안 이야기

④ 머리를 드는 과거들

이윤희 판타지 장편 소설

Fantasy Frontier Spirit

도서출판 청어람

Contents

Chapter 1

폭풍이 불어오다, 마녀 등장

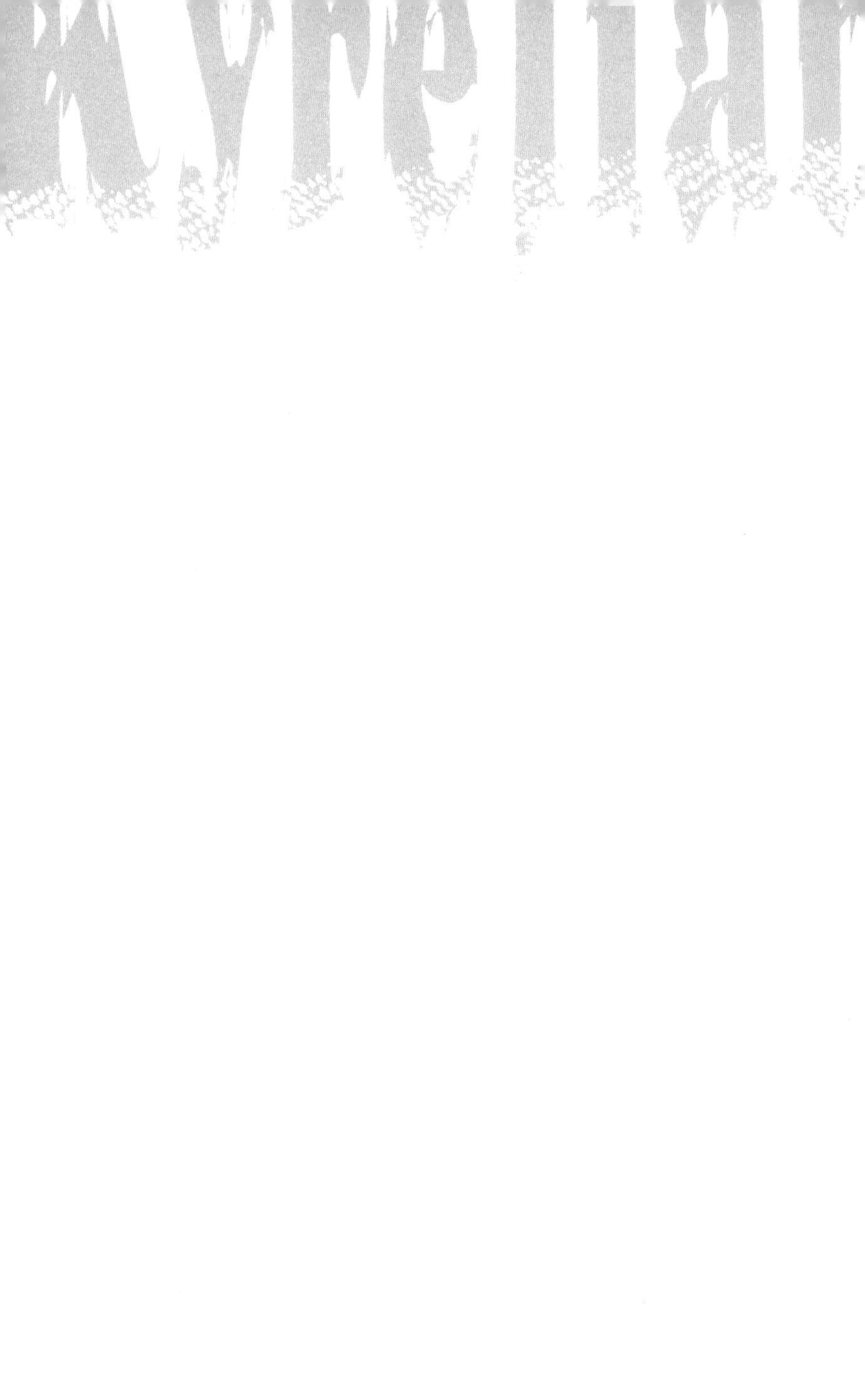

집에 돌아오자 언제부터 대기하고 있었는지 루사인이 문을 열며 맞이했다.

"다녀오셨습니까. 별일은 없으셨는지요."

"엄숙한 장례식장에 다녀왔는 데 별일이 있었으면 문제있지."

"그렇습니까? 혹여 도련님이 사고라도 치지는 않을지 참 조마조마한 하루였습니다."

"마지막 가는 길까지 가서 깽판 칠 정도로 개념을 말아먹진 않았다고!"

결국 루사인을 향해 버럭 소리쳤다. 요즘 들어 솔직히 고민하건대 내 성격이 이렇게 막 나가는 건 루사인이 옆에서 살살 불을 질러서 그런 건 아닐까 의심이 든다. 저 녀석 내가 부르르 하는 것을 꽤나 즐기는 것 같단 말이야.

"여기야말로 나 없는 동안 별일없었지?"

"도련님이 없는데 무슨 일이 생길 리가 있나요."

"……."

이거 아무래도 기분 탓이 아닌 것 같은데? 아주 그냥 심기가 살살 꼬여서 나라도 도발하고자 하는 신념으로 열심히 비아냥거리고 있다고 생각된단 말이야.

"너 말이야."

인상을 쓰며 루사인을 올려다보았다. 그리고 난 이어져 나올, 녀석을 향해 쏘아붙일 말을 보류했다. 어쩔 수 없잖아 저런 모습을 보면.

현재 루사인의 모습이란 티를 내지 않으려 노력하지만 여기저기 피곤함이 물씬 풍기고 있다고 할까?

뭐, 그럴 수밖에 없겠지. 전에 말했다시피 현재 아버지를 대신해서 이 집의 모든 것을 관리하는 게 루사인이다. 아무리 녀석이 모든 일에 천재적이라지만 아직은 학생이고, 또 아버지만큼 관리에 숙련된 사람도 아니니 지쳤겠지. 지금 상황은 나름대로 스트레스를 풀고 있는 거다.

그러니 그냥 내버려 둘 수밖에. 생각해 봐라. 루사인이 아니었다면 원랜 내가 다 처리했어야 하는 일이다. 그나마 녀석이 버티고 해결해 주니 내가 편한 것 아닌가. 물론 시켜도 못한다, 능력이 안 되니까. 그러니 이 정도 화풀이는 봐줄 수 있다고.

"뭐어, 그래. 이해해 줄게. 도만 넘지 말아라. 나 그럼 씻고 자러간다."

녀석의 상태를 단박에 알아채곤 다 이해해 준다는 얼굴로 고개를 끄덕이며 내 방으로 향할 때였다.

"그냥 가십니까? 보고는 하고 가야죠. 기다리고 계실 텐데."

"응? 아……."

루사인의 말에 순간 머릿속에 떠오르는 존재가 있었다. 그래, 그렇지. 기다리고 있긴 할 거다. 뭐, 효도하기로 했으니 아무리 내가 작심삼일에 인생을 걸고 있다지만 그래도 노력하는 모습이라도 보이긴 해야겠지.

"가지 뭐."

별 고민 없이 대답하고 성큼 걸음을 옮기자 루사인이 말없이 내 뒤를 따랐다.

수도에 있는 우리 저택에서 가장 좋은 위치. 제일 화려하기도 한 2층의 정중앙을 떡 차지하고 있는 방에 들어서자 한순간에 모두의 시선이 내게로 집중됐다.

"뭘 그리 봐? 볼일들 봐. 아버지, 나 왔어."

얼굴 가득 웃음을 띠고 아버지에게 쪼르르 달려가자 주변을 서성이던 시녀들이 다시 분주하게 움직이기 시작했다.

"장례식은?"

"잘 끝났어. 몸은 좀 어때?"

"졸리다."

나른한 듯 침대에 누워 작은 목소리로 중얼거리는 아버지를 살피며 난 안도의 숨을 쉬었다. 문제의 그날 이후로 아버지가 숨을 쉬고 있는 모습을 직접 눈으로 봐야만 안심할 수 있는 버릇이 생긴 탓도 있었다.

그러니까 그날, 죽어도 잊을 수 없는 건국 기념일 말이다.

아버지는 정신을 잃고 쓰러졌을 때 카린네 엄마가 마차에 태우고 갔었다. 여차했으면 위험했을 급한 상황에 돈의 힘인지, 아니면 권력의 힘인지 어쨌든 병원에 도착한 아버지에게 신전의 신관이며 수도에서 내로라하는 힐러며 의사들까지 총동원되서 혼신의 힘을 다하여 치료했다고 한다. 증언에 따르면 병원 역사상 그렇게 많은 치료사들이 몰린 것은 처음이라고.

덕분에 목숨을 건지긴 했지만 워낙에 피도 많이 흘리고 상처가 깊었던지라 4일이 지난 오늘까지도 침대에서 꼼짝도 할 수 없었다. 통증 때문에 약과 함께 수면제도 계속 복용하다 보니 지금처럼 나른한 상태가 4일간 계속됐다.

이런 상태라 해도 하루가 다르게 상처가 아물어가는 게 보이고 상태가 호전되고 있으니 나름대로 안심이다. 침대를 떠나기는커녕 하루의 2/3 이상을 잠으로 보내니 전혀 업무를 보지 못하지만 살아 있는 게 어디야.

"졸림 자."

"아니, 그래도 정리할 건 정리를 해야 쉬던가 하지. 그래. 분위기는 어떻더냐. 해석은 내가 할 테니 넌 본대로만 말해라."

아아 그래. 만인이 인정하는 내 머리를 위해 그렇게 배려해 주는 것 참으로 감사하… 것 같냐!! 잠시 잊는다 싶으면 꼭 이렇게 상기를 시켜요. 아 진짜. 앞으로 효도할 거라는 맹세는 오늘이 4일째니 작심삼일의 정신에 의거해 이제 깨도 된다지만 환자라 참는다, 환자라.

"어떻겠어. 실버나이트 한 명에 근위대 장교만 셋이 죽은 판에 다들 수군거리지. 크라노라고 직접적으로 언급은 되지 않았어도 눈치 빠른 사람들은 대강 짐작하고 있는 것 같더라고."

"일단은 수면 위로 떠오르기 시작한 건가. 그래봤자 그쪽 왕자의 정확한 목적을 모르는 이상 함부로 나서기도 어려울 텐데."

"그래서 그냥 지켜보자는 것 같아."

내 말에 고개를 끄덕이며 생각을 정리하는 아버지를 볼 때였다. 아래층서부터 웅성거리는 소리와 함께 소란스러움이

동반된 무언가가 이곳을 향해 돌진해 오는 것을 느끼며 난 고 개를 갸웃거렸다.

"누가 저렇게 시끄러워."

"글쎄… 손님이 오기로 한 적은 없는데."

아버지도 눈을 내리깔고 저 소란스러움의 정체가 누구인지 파악하기 위해 고심하고 있었다. 하지만 우리의 고민은 곧 방문을 박차고 들어오는 인물에 의해 끝이 났다.

흐트러진 검은 머리, 40대 초반의 외모. 급히 뛰어올라 왔는지 숨을 헐떡이며 긴 드레스 자락을 양손에 쥐고 금방이라도 울 것 같은 얼굴로 부들부들 떨고 있는 그녀는 침대에 누워 있는 아버지를 발견하곤 전광석화와 같은 속도로 달려들었다.

"페이온!"

아직 제대로 일어나 앉지도 못하는 아버지의 손을 꼭 잡은 그녀는 곧 두 눈에서 구슬 같은 눈물을 뚝뚝 흘렸다. 그리곤 열심히 아버지를 불러댔다.

"페이온, 페이온, 페이온……."

"오셨습니까. 걱정을 끼쳐 드린 모양이군요."

아버지는 그녀의 흘러내리는 눈물을 닦아주며 희미하게 미소 지었다. 하지만 아버지의 잠옷 사이로 보이는 가슴에 붕대를 감은 모습을 보며 그녀는 더욱 눈물을 펑펑 쏟았다.

"여행 중에 소식을 듣고 얼마나 놀랐는지 모른다. 다른 건 몰라도 네가 검으로 당할 줄은……."

"제가 절대무적도 아니고 언제나 이길 수도 없잖아요. 회복되면 전처럼 움직일 수 있다니 걱정하지 마세요."

아름다운 귀부인과 그녀를 위로하는 상냥한 아버지. 그런 그들을 지켜보는 내 뒷목엔 감당할 수 없는 닭살이 돋아나 있었다.

와 진짜 못 참겠다. 다른 건 다 젖혀두더라도 저렇게 상냥한 아버지라니. 저 영감탱이가 뭘 잘못 먹었나? 내가 세라가 되고 나서 팔불출 모습만 보여 오해하는 사람이 있을 것 같은데 아버지가 원래는 저런 성격이 아니라고. 그러니까 설명하자면 루사인의 성격에 조금 더 융통성이 있다고 해야 하나? 매사에 시큰둥하고 별 신경 쓰지 않으면서도 어딘가 유들유들한 느낌이 있는 정도?

평소의 아버지와는 너무도 다른 모습에 문화적 충격이 느껴질 정도다. 그저 기가 막힐 뿐 적응 안 된다 진짜.

"다친 덴 괜찮은 거니? 일어나지도 못하고 있는데……."

"이 정도는 며칠 자고 일어나면 나으니까요. 그러니 걱정 마시고 오신 김에 머물다 가세요, 고모님."

그렇다. 갑자기 난입한 이 여자는 아버지의 고모. 즉, 할아버지의 여동생이다. 정확히 말하면 의동생이다.

마거리트 일리아 페트다. 흔히 페트다 부인이라 불리는 이 여인은 한때 아버지의 유모이며 가정교사였다.

나이는 50대 중반. 하지만 아무리 봐도 40대 초반 이상으로 보이지 않는 엄청난 동안. 할아버지가 왕자라고 이름을 내지 못했던 때 키워졌던 가문의 딸로 할아버지를 친오빠라 생각하며 자랐다고 한다. 뭐, 나중에 할아버지가 왕자란 것이 알려졌어도 계속 여동생으로 남았다고. 나야 다섯 살 이후로 거의 마주친 적이 없으니 그저 이름만 들어봤을 뿐인 고모할머니, 대고모님이다.

하지만 내게도 귀가 있기 때문에 여러 가지 소문은 들어 알고 있다. 어떤 소문이냐 하면 바로 저런 거랄까?

"세린, 모든 고용인들을 집합시켜라. 급하게 전할 게 있다."

"모두 소란 떨지 말고 없는 사람처럼 행동해. 쉿, 조용히. 발자국 소리도 내지 마. 절대로 인기척을 내선 안 돼."

아버지의 곁에서 시중을 들던 고참 시녀들이 하얗게 질린 얼굴로 수군대며 분주히 움직이기 시작했다. 물론 그런 소곤 거림 속에서도 놀랍도록 조용하게 움직이는 신기를 발휘하는 그녀들을 보며 난 작게나마 한숨을 쉬었다.

그러니까 저 대고모님. 그러니까 페트다 부인으로 말할 것 같으면 철저한 신분지상 주의자, 엄격한 귀족의 예법에 철저한 사람이다. 내가 수도로 오기 전, 그러니까 다섯 살 이전까지 수도의 이 저택에 군림하며 모든 고용인들을 덜덜 떨게 한 장본인이랄까. 고용인들이 긴장하는 것도 무리는 아니다. 전

설의(!) 그녀가 다시 등장했으니 비상도 초비상이 걸린 거겠지.

늦은 아침. 누군가 커튼을 젖혔는지 강한 햇살이 나를 향해 그대로 직격하고 있었다. 당연하겠지만 감은 눈 사이로 치고 들어올 정도의 강한 빛은 더 잠을 잘 수 없게 만들었고 난 투덜거리며 자리에서 일어났다.

“아, 뭐야. 지금 몇 시야. 누가 커튼을… 어라?”

졸린 눈을 비비며 주위를 둘러보던 난 깜짝 놀랐다. 해가 중천에 떠 있었다. 이건 분명히 늦잠을 자도 보통 잔 게 아닐 텐데… 평소라면 기겁을 하며 루사인까지 동원해서 날 깨우던 내 방의 시녀들이 어째서 지금까지 날 내버려 둔 것인가?

“어이 세린, 왜 안 깨운 거야?”

인상을 쓰며 방 저쪽 구석에서 커튼을 정리하는 세린을 향해 물었지만 세린은 대답이 없었다. 잠시 머뭇거리더니 곤란한 표정을 짓고는 이내 내 방을 나가 버리는 세린의 뒷모습을 보며 난 멍하니 침대에 앉아 있었다.

“…뭐야, 이 상황은?”

지금 상황을 이해하지 못해 조용히 중얼거리고 있을 때 방 문이 다시 열리며 시녀들이 세숫물을 들고 들어오고 있었다. 하지만 역시 평소와는 다른 느낌. 그러니까 말들이 없었다. 언제나 같이 웃으며 ‘안녕히 주무셨나요?’ 라고 인사하던 것이 전혀 없었다. 그저 고개만 꾸벅 숙이고 말없이 다가와 날 끌어당겨 얼굴을 씻겨주는 모습에 조금은 불쾌해졌다.

"이봐들, 지금 짜고 놀리는 거야? 뭐 하는 짓들이야?"

"계엄령이 떨어졌으니 곤란하게 하지 마세요."

인상을 쓰며 묻는 내게 대답은 다른 곳에서 들려왔다. 어느새 들어왔는지 내 방 구석에 자리를 차지하고 서 있던 루사인이 쓴웃음을 짓고 있었다.

"무슨 소리야, 갑자기 웬 계엄령?"

"고용인들은 귀족에게 함부로 말을 걸지 말 것. 귀족의 눈에 자주 띄지 말 것. 공기처럼 주변에 숨어서 일을 처리할 것. 복도 청소 같은 것은 귀족이 돌아다니기 전, 이른 아침이나 새벽녘에 끝낼 것. 서로 간에 사소한 잡담도 금지. 필요한 것이 아니면 함부로 돌아다니지도 말⋯⋯."

"그만. 대충 알았어."

그러니까 어제 고용인들이 자기들끼리 급히 모이더니 이렇게 결정났나 보다. 페트다 부인이 시킨 건지 아니면 자발적인 건지는 모르겠다만 어쨌든 이리 바뀐 이유가 저 대고모님 때문이라 이거지?

"순식간에 남의 집 분위기를 바꿔놓네. 그 정도로 영향력이 대단하다는 건가. 나랑은 상관없으니 뭐 신경 쓸 일도 없을 것 같고. 밥 차려 놓으라고 해. 배고파."

흘러내리는 금발을 뒤로 넘기며 침대에서 일어날 때였다.

갑자기 내 방문이 열리며 문제의 그녀가 들어왔다.

"안 돼."

"에?"

차갑게 딱 잘라 말하는 소리에 난 흠칫 놀라 그녀를 바라보았다. 어제 막 집에 도착했을 때와는 전혀 다른 단정한 차림새. 머리카락 한 올 흘러내린 것 없이 깔끔하게 틀어 올린 모습에 어쩐지 전에 화술을 가르쳤던 로젤란 선생님과 이미지가 겹치는 듯했다. 그런데 안 된다니? 뭐가?

"식사 시간이 지난 지 오래다. 지금 먹으면 점심을 거르게 되고 하루 종일 식사 시간에 차질이 생긴다."

"하지만 배가 고픈데……."

나야말로 아침밥 전선에 차질이 생길 것 같은 분위기에 투덜거리기 시작했다. 그러자 대고모님은 우아하게 손을 올려 손바닥을 두 번 쳤다. 모든 이의 시선이 순식간에 그녀에게로 집중됐다.

"여기, 간단히 요기를 할 수 있는 간식을 만들어 오도록."

눈도 마주치지 않고 누구에게랄 것 없이 명령하자 내 방의 시녀 하나가 소리도 없이 방을 나가 아래층으로 향했다. 정말 엄청난 존재감이었다. 감상을 말하자면 귀족. 그 이상도 이하도 아닌 사람이랄까.

"키르라이안."

"……?"

갑자기 딱 잘라 내 이름을 부르는 그녀를 바라보자 그녀는 인상을 쓰며 내게 물었다.

"언제 세라가 된 것이지?"

"아, 그게 그러니까……."

이럴 수가. 페트다 부인도 알고 있었단 말인가? 우리 엄마며 내 성별의 변화에 대해? 하긴 아버지의 유모라 했으니 모르는 게 더 이상하겠지. 그런데 이거 어떻게 대답해야 하나……. 언제 됐느냐고 묻는다면 올 초라 대답하겠다만 그럼 당연히 어쩌다 이리 됐냐고도 물을 것 같은데. 오기로… 라고 대답하면 저 딱딱한 귀부인이 과연 어떻게 반응할지.

"뭐, 언제 변했는지는 상관없다, 이왕 변한 것 거기에 맞추면 될 테니. 하지만 저 금발, 볼수록 화가 나는군."

내 고민에 전혀 아랑곳하지 않고 혼자 할 말만 하고 있는 부인에게 난 발끈했다. 아니, 내 금발이 어때서? 금발에 원수졌나? 뭐가 볼수록 화가 난다는 거야!

부르르 떨며 노려보자 그런 내 눈빛을 발견한 부인은 한쪽 입꼬리를 올려 피식거리며 비웃었다. 정말이지 저 비웃는 모습까지도 기품이 넘친다는 게 참으로 미스터리할 뿐이다.

"내 말이 틀렸느냐? 순수하게 혈통을 이어오던 왕가에 두 대에 걸쳐 타 대륙의 피가 섞이다니. 게다가 결국은 그런 머리색. 불순한 피가 섞인 게 그대로 드러나 보여서 볼수록 성이 난다."

"프리츠도 금발이잖아!!"

휘번뜩.

"…요."

와~ 무섭다. 버럭 하고 소리치는데 갑자기 눈동자만 확 돌려 노려보는 모습이라니. 살기가 넘친다. 등골이 오싹하고 식은땀이 흐를 정도다. 과연 할아버지의 여동생이다. 괜히 왕족과 의남매를 맺는 게 아니구나.

"마티아스 공가는 이미 왕족에서 떨어져 나간 지 오래. 그 가문은 왕족이라고 부르기 민망할 정도가 아니더냐?"

이것 참, 프리츠가 들으면 거품 물고 결투라도 신청할 내용이로군. 4대 공작가 중 가장 큰 영향력을 가진 마티아스 공가조차 쓰고 버리는 휴지 조각마냥 하찮게 여기는 저 마인드, 두려울 정도다. 고용인들이 덜덜 떨며 비위에 거슬리지 않으려 노력하는 것을 이해할 수 있을 정도라고.

"그런데 이 시간까지 자다니, 학교는 어떻게 된 것이냐? 내가 알기론 루베르크 왕립학교에 다닌다고 들었는데."

"아버지가 저 모양인데 무슨 학교를 가요? 집에 처리할 게 얼마나 많은데. 바쁘다고요."

"…잠만 자던데."

상당히 의심스러운 눈초리로 날 바라보는 대고모님의 시선을 피했다. 에 그러니까… 바쁘긴 하다고. 그러니까 루사인이. 덕분에 학교는 그날 이후 계속 결석. 루사인도 안 가는 것을 내가 갈 필요는 없잖아?

"피곤해 보이는 건 저쪽 같은데."

대고모님이 가리키는 곳을 바라보자 그곳엔 당연하겠지만 루사인이 있었다. 아차! 낭패다. 그러니까 누구도 범접할 수 없는 대귀족의 특권의식에 높은 우월감을 가진 그녀에게 있어 시종 루사인은 하류 중의 하류. 감히 저렇게 구석에 당당히 서서 귀족들의 대화를 듣고 있는 것을 허락할 그녀가 아니다.

"저 대고모님, 그러니까 저쪽은……."

"루사인, 네가 지금 모든 걸 대신해서 처리하고 있는 것이냐?"

"…에?"

이건 또 무슨 일인가. 내가 비록 소문으로만 들었다지만 전형적인 귀족 부인들의 행동을 봐선 고용인들에겐 무조건 이봐, 거기, 너희 정도의 단어를 사용할 텐데 루사인이라니? 지금 그렇게 무시하는 시종의 이름을 직접 기억하고 불러주는 것인가?

"많이 컸구나. 아버지를 빼닮았어. 소식은 자주 들었다. 루베르크에서도 수석을 놓치지 않는 우등생이라지?"

"염려해 주신 덕분입니다."

어라라? 뭐지? 저 둘이 원래부터 알던 사이? 그러고 보니 루사인이 페트다 부인의 추천장을 가지고 우리 집에 왔다고 했었지. 그런데 루사인의 어머니와 알던 사이라고 하지 않았나? 아버지랑 알고 있던 걸 내가 잘못 기억하고 있었나, 아니면 부모님 둘 다 대고모님과 알던 사이였나?

"이 집안은 그렇게도 인재가 없는가? 아직 성인도 되지 않은 아이를 부려먹다니. 당장 그만두고 지금이라도 학교에 가거라. 소년일 때는 일을 하는 게 아니라 지식을 쌓아야 한다."

"하지만 워낙에 처리할 것들이……."

"나는 네게 이런 일이나 하라고 이 집에 보낸 것이 아니다! 그 정도는 나도 할 수 있으니 당장 준비하고 저기 저 금발도 챙겨서 학교로 가거라!"

엄청난 박력. 루사인도 꼼짝하지 못하고 찍소리도 못한 채 따를 수밖에 없을 정도다. 근데 대고모님… 루사인이 아버지 대신 처리하던 일의 양이 그냥 말로 때울 정도는 아닌데 대체 어쩌려고 저렇게 장담하지? 분명히 쓰러질 텐데. 아니, 그 이전에 처리할 수나 있을까 몰라.

"도련님, 일이 이렇게 되었으니 학교 갈 준비나 하죠."

대고모님의 안쓰러운 미래를 상상하고 있을 때 루사인이 내게 다가오며 말했다. 그리고 다시 한 번 대고모님의 호통이 내 방을 울렸다.

"루사인! 여전히 그 시종 놀이를 하고 있는 것이냐!"

"죄송합니다, 부인. 시종 놀이가 아니라 시종이기 때문에 제가 이곳에 있는 것입니다."

루사인 특유의 차가운 분위기로 대고모님을 향해 한마디 하는 모습을 보며 난 머릿속에 십자가를 백만 번은 그렸다. 쟤가 아주 작정하고 막 나가는구나. 분위기로 보건대 저 대고모님은 아버지보다도 서열이 위일 것 같은데, 아무리 루사인이라 해도 그렇게 막 나가면 쫓겨날지도 모른다고.

하지만 대고모님은 더 이상 아무 말도 하지 않았고 루사인은 등교 준비를 돕기 위해 내 곁에 다가오는 시녀들을 흘깃 보고는 자신의 방으로 향했다.

오전 수업이 막 끝났을 시간, 느지막이 학교에 도착한 내게 모두의 시선이 모여졌다. 하긴 그 일이 터지고 5일 만에 처음 등교하는 것이구나. 학교에서도 나 모르게 이런저런 여러 가지 소문들이 퍼져 있었겠지.

교실로 들어서자 저쪽에서 익숙한 금발이 내게 다가왔다.

"어이~ 세라! 다 들었다!"

"뭘 말이냐."

얼굴 가득 미소를 띤 프리츠의 한쪽 뺨엔 시퍼런 멍이 자리 잡고 있었다. 그러니까 저거 내가 낸 상처다. 문제의 그날, 있는 힘껏 주먹으로 후려쳤지. 저 멍 참 오래가네.

그땐 정말 아버지가 죽는 줄 알고 눈에 보이는 게 없었는데. 나중에 들으니 프리츠는 나름 결백한 것 같았다. 문제의

습격 사건이 벌어진 시간에 폐하가 시킨 대로 열심히 희귀 고
서 도서관의 의자를 뒤집어보고 있었다고 하니 믿어줄 수밖
에. 증인이 무려 루사인이다. 그때 둘이 같이 의자를 뒤집으
며 뒤졌다니까 프리츠가 사이에 딴 짓을 벌일 시간은 없었다
는 것.

그래서 봐주기로 했다. 일단은 아버지도 안 죽었으니까.
조금 관대해진 거랄까. 사정을 아는 루사인을 뺀 나머지는 아
버지가 위급해서 프리츠에게 화풀이한 정도로 상황을 이해하
고 있다. 프리츠도 그 심정 이해한다며 대충 넘어간 상태다.
따로 긁어 부스럼 만들 건 없겠지.

"아침에 우리 집 시녀들이 아주 질겁하면서 이야기하더라.
어제저녁 때 도착했다며?"

"뭐가?"

"그 유명한 귀족가의 폭풍. 페트다 부인. 철혈의 마녀 말이
야."

"아아, 벌써 소문이 난 거야? 빠르네."

그렇다. 대고모님의 별명은 폭풍. 철혈의 마녀. 웬만한 귀
족들조차 그녀의 엄격함에 치를 떨 정도라 한다. 그런데 정말
소문 한번 빠르군. 지방 영지에 지내거나 여행을 다니며 지금
까지 10년을 넘게 수도에 돌아오질 않던 사람인데 도착한 지
하루 만에 프리츠의 귀에까지 들어가다니.

"너 이제 어쩌냐? 아주 그냥 엄격하기로 유명한 사람이라

며 그 마녀. 격식있는 공작가 자제로 보기엔 나사 하나 빠진 듯한 널 그냥 내버려 두겠어? 어쩌면 상대도 하지 않을지도. 어지간한 사람이 아니면 풀다 버린 휴지 조각만큼도 생각하지 않는다며.”

미안, 프리츠. 오늘 아침에 너희 집안이 그 풀다 버린 휴지 조각이 되었다고 차마 내입으로 말할 수가 없구나.

“할 말이 그거뿐이면 너희 교실로 가라. 점심시간 끝나간다.”

이대로라면 놀려대며 휴지 조각에 대해 발설할 것 같은 위험을 느끼고 프리츠를 보내려 했다. 하지만 프리츠는 갑자기 심각한 표정을 지으며 내 곁으로 더욱 다가왔다.

“내 말 여기서 끝난 게 아닌데.”

“…음?”

“마녀에 대한 소문 중에 조금 걸리는 게 있어서.”

“또 어떤 소문?”

조금 흥미를 보이자 프리츠는 내 귀에 대고 작은 목소리로 속삭이기 시작했다.

“그러니까 그 마녀가 사실은…….”

그리고 난 귀를 기울이며 프리츠가 말하는 소문에 대해 열심히 들었다.

집에 돌아오자 평소 같지 않은 싸늘한 정적이 나를 맞이했다. 소리없이 문을 열며 나를 맞이한 집사가 고개를 숙이며 인사를 하고 말없이 내 뒤를 따라왔다. 정말 익숙하지 않은 분위기다.

여전히 침대 신세인 아버지를 잠시 들러 보고 내 방으로 돌아와 옷을 갈아입고 나자 더더욱 주변이 허전한 느낌이었다. 늘 옆에서 귀찮게 말 걸어대던 세린이 존재감도 없이 조용조용 내 방을 정리하는 모습을 보니 어쩐지 짜증이 났다. 저건 사람이 아니다, 유령이라고. 꼭 이 저택을 유령들에게 점령당한 기분이잖아.

"나 잠깐 나간다."

익숙해지지 않는 분위기에 내 방을 나섰다.

나 역시 귀족의 권위주의에 상당히 물들어 있다고 자신한다. 어디까지나 평민은 군림해야 할 토지. 간혹 뛰어난 능력을 보이며 두각을 나타내는 인재가 아닌 그저 고만고만한 자들이라면, 전혀 신경 쓰지 않고 짓밟을 수 있다. 그렇게 알고 자랐으니까.

하지만 이건 아니다. 어디까지나 날 중심으로 권위를 내세워야지, 지금 상황은 내가 불편하다고. 이렇게 정적이 흘러서야 사람 사는 것 같지 않잖아. 이 넓은 저택에 돌아다니는 사람이 나 하나라니, 썰렁하다 못해 을씨년스럽기까지 하다.

"…목말라."

갑자기 찾아온 갈증이지만 누군가를 시켜 물을 가져오게

할 수도 없었다. 누가 돌아다녀야 말이지. 그렇다고 내 방으로 돌아가기는 싫고. 큰소리로 부르면 누군가 달려오긴 하겠다만 그것 역시 내키지 않았다. 할 수 없이 주방으로 몰래 물을 찾아갈 때였다.

"정말이지, 숨도 제대로 못 쉬겠어요."

"참아. 가실 때까지만 버티면 돼."

"언제 가실 줄 알고요. 오늘이 첫날인데도 이렇게 함께 지내기가 힘든데. 앞으로 어떻게 참고 살아요."

주방 안쪽에서 들려오는 시녀들의 수다에 난 발걸음을 멈췄다. 이것 참, 어떤 상황에서도 수다란 존재하는 법이로군. 그런데 저 심정 이해하겠다고. 속으로나마 피식 웃을 때에도 그녀들의 수다는 계속됐다.

"후… 뻔뻔해."

"네?"

고참 시녀의 말에 다른 시녀들이 모두 입을 모아 물었다. 그러자 고참 시녀는 한숨까지 내쉬며 말을 이었다.

"마리님과 마이아님만 계셨어도 저렇게 활개치고 다니지 못하는데. 이젠 아주 당당하게 자기 집 행세를 하고 있으니."

"마리님? 마이아님? 누구에요?"

"전대 마님. 그리고… 아. 더 말 안 할래. 괜히 소문나면 아는 사람도 거의 없으니 내가 말했다는 걸 들킨다고."

"뭐예요. 이왕 말 꺼낸 거 끝까지 알려주시지."

시녀들이 재촉을 해도 고참 시녀는 입을 꾹 다물었다.

그러니까 마리라면 우리 할머니 이름이 맞는데, 마이아는 누구지? 저건 나도 궁금하네.

"어쨌든 말이야. 저 철혈의 마녀가 전대 공작님, 그러니까 이전 주인어른의 여동생이라지만 사실은 연인이었다는 것 같아."

"에에에엑?"

"사실상 피가 전혀 섞이지 않은 남이잖아. 유명한 자작가의 막내딸인데 결혼도 하지 않고 버틴 거야. 공작부인의 자릴 노린 거지. 그래서 마리님이 많이 불편해했던 것 같아."

"어머나. 세상에, 세상에. 그런 것을 그냥 내버려 뒀단 말이에요?"

점점 고조되는 내용에 시녀들은 눈을 초롱초롱하게 뜨고 열심히들 집중했다. 물론 나 역시 처음 듣는 내용들이니 열심히 귀를 기울이며 엿듣고 있었다.

"어쩌겠어. 공식적으로 주인어른의 여동생인걸. 게다가 떡하니 지금 주인어른의 유모로 나섰으니, 남편도 빼앗겨, 아이도 빼앗겨. 비참하지. 솔직히 지금 주인어른, 마리님보다 마녀랑 지낸 시간이 더 많을걸? 그러니까 자기 어머니를 미치게 만든 그 여자를 저렇게 깍듯이 친어머니마냥 모시지."

"전대 마님, 미쳤었어요!?"

"쉿! 극비야. 미쳐서 결국은 뛰어내렸잖아. 아는 사람은 다

아는 공공연한 비밀."

다시 한 번 주위를 환기시키며 비밀을 지킬 것을 다짐시키는 고참 시녀를 보며 신참 시녀들은 덜덜 떨었다. '무섭다'라는 대화 내용도 들리는 것으로 보아 완전히 질려 버린 듯했다.

그러니까 그렇단 말이지? 할아버지의 숨겨진 연인 때문에 할머니는 미쳐서 자살? 그럼에도 아버지는 대고모님을 깍듯이 모시고? 이거 완전 '어느 귀족가의 비극' 같은 소설에나 나올 이야기 아냐? 그런 게 우리 집안에서 있었던 일이라고?

그러고 보니 학교에서 프리츠가 했던 말이 있었다. 마녀의 소문이라며 전해준 것.

녀석도 역시 대고모님이 할아버지와 연인이었던 것 같더라고 했지. 원래 할아버지는 대고모님을 좋아했는데 정략결혼으로 타 대륙에서 온 할머니와 결혼을 하게 된 거라고.

듣고 그냥 피식거리며 넘겼는데 설마 진짜였단 말인가? 이것 참. 바늘로 찔러도 피 한 방울 나오지 않을 것 같은 대고모님의 분위기에 '불륜'이라는 단어가 어울리기나 하냔 말이다.

"사람 속은 알 수 없다더니… 엄청나네."

"그러게 말입니다. 참 많이도 손해 보고 사는 분이시군요."

"헉! 루, 루사인?"

중얼거리는 내 뒤로 들리는 루사인의 목소리에 난 흠칫 놀라 뒤돌아섰다. 어느새 다가왔는지 내 뒤에 바짝 서서는 한숨을 쉬고 있는 모습에 난 나도 모르게 변명을 하기 시작했다.

"아니, 저기 그러니까 목이 말라서 물 좀 마실까 하고 온 건데 너무 진지하게들 이야기를 하고 있어서……."

"누가 뭐라고 했습니까? 계세요. 물은 제가 가져오죠."

퉁명스레 대답하며 루사인이 주방 안으로 들어가자 시녀들은 모두 화들짝 놀라 흩어졌다. 괜히 바쁜 척 이것저것 들춰보는 시녀들을 향해 루사인은 가볍게 입을 열었다.

"세라님이 마실 물을 달라고 한다."

"아, 네. 잠시만요."

시녀 하나가 컵에 담아 물을 가져오자 루사인은 그것을 받아 들고 내 쪽으로 향했다. 하지만 도착하기 전에 문득 고개를 돌려 시녀들을 향해 싸늘한 목소리로 말했다.

"참고로 쓸데없는 입소문에 신경 쓰는 사람은 이 집에 필요없다."

그리고 '싸악' 하며 시녀들의 핏기 가시는 소리가 조금 떨어져 있는 내게까지 들리는 듯했다.

주방을 나온 루사인이 내민 물 컵을 받아 들고 벌컥벌컥 마시던 난 눈을 가느다랗게 뜨며 루사인을 노려보았다.

"너 근데 그거 무슨 뜻이야?"

“무엇 말입니까?”

“손해 보고 산다니, 그거 누구 말하는 거야?”

“글쎄요.”

녀석 특유의 비꼬는 듯한 미소가 참으로 거슬렸다. 저거 분명히 뭔가 알고 있으면서 일부러 감추는 거다. 녀석이 날 아는 만큼 나도 녀석을 알고 있다니까. 문제는 감추고 있는 저것을 어떻게 끌어내느냐인데 나로선 무리이려나?

“모르겠다. 그냥 확 할아버지와의 소문을 빌미로 마녀를 실각시켜 볼까?”

“그 머리로 잘도 계략 같은 걸 짜겠습니다.”

혼자 중얼거리자 루사인이 한심하다는 얼굴로 바라보며 태클을 걸었다. 흥이다. 이제 머리 나쁘단 소리 손톱의 때만큼의 데미지도 안 들어온다고. 아～ 간지러워.

…근데 조금 비참하긴 하다.

“아, 정말이지. 뭐야, 갑자기 남의 집에 쳐들어와선 자기가 주인인 양 이리저리 휘젓고 다니고. 아버지가 제정신이 아니지. 저런 걸 그냥 허락하다니. 혹시 너무 아파서 판단력에 지장이 생긴 거 아냐?”

“아무리 그래도 도련님보다야……”

다시 한 번 루사인이 빈정거렸다. 후… 이젠 못 참겠다. 아무래도 들을 건들어야 내 속이 풀릴 것 같다.

“야, 루사인. 너 사실대로 말해. 뭘 숨기고 있는 거지?”

“무엇을 말입니까?”

“아니, 그러니까 네가 지금 감추고 있는 뭐 그런 것 말이야.”

뭐냐고 정색하며 물어봐야 내가 대답할 수 있겠나, 그저 짐작으로만 녀석이 무언가를 알고 있다고 생각할 뿐.

“남에게 무언가를 물어볼 땐 그것이 무엇인지 정확히 짚어주시기 바랍니다.”

“아씨, 너 일부러 말 돌리는 거지!”

포기다. 저 녀석이 감추는 게 무엇인지 모르겠다만 절대 말해줄 분위기가 아니다.

긴 한숨을 쉬며 내가 이 집에서 지금 무엇을 해야 편하게 잘 살아남을지에 대해 고민하기 시작했다. 저 마녀 분위기로 봐선 날 정말 탐탁지 않게 여기던데.

“그러고 보니 저도 궁금한 게 있습니다.”

루사인의 말에 난 눈동자만 돌려 녀석을 힐끔 바라봤다. 내가 묻는 건 하나도 제대로 대답해 주지 않고 네놈은 뭐가 궁금하다고 이리도 자신만만하게 말하는 거냐. 내 곁눈질의 의미에 대해 뻔히 알고 있으면서도 여전히 얼굴 가득 비웃음을 띠고 있는 저 가증스러움을 봐라. 너 정말 내 시종이 아니라 마녀의 말대로 시종 놀이를 즐기는 거 아니냐?

“그런 눈으로 보지 마세요. 정말 순수하게 궁금한 것이니까요.”

"뭔데?"

"그렇게 드래곤 드래곤 타령을 하더니, 정작 도련님의 어머니가 있는 장소를 알고 나서는 이렇게 늑장 부리는 이유가 뭡니까? 전 솔직히 주인어른이 정신을 차리면 바로 발칸 대륙으로 뛰쳐나갈 거라 생각했거든요."

듣고 보니 그렇군. 그런 일도 있었어. 그래, 어머니가 있을 만한 장소에 대해 아버지가 말해줬었지.

처음에야 아버지가 혼수상태니 정신이 없었고. 그 다음엔 루사인이 격무에 시달리니 포기했었다. 근데 이젠 저 마녀가 자신이 직접 루사인이 처리하던 문제를 해결하겠다 했으니 이제 날 막는 것은 없으려나?

아니, 잠깐. 그러고 보니 지금 이거… 마녀가 우리 집에 있는 게 나로선 좋은 기회잖아. 아버지가 침대에 누워 있으니 방해할 길도 없겠다, 집안 잘 굴러가게 처리해 주는 사람도 생겼겠다. 이대로 루사인 하나 들고 대륙으로 튀면 만사 오케이 아닌가? 음, 그런데…

"저 마녀가 내가 발칸 대륙으로 가는 걸 허락할까? 분위기 보니까 그쪽을 무지 싫어하는 것 같던데."

"안 되면 저지르고 보는 게 생활신조 아니던가요?"

"그치만 대고모님이 아버지도 아니고… 제풀에 져서 허락해 줄 사람 같지 않거든. 여행 비용 같은 거 전혀 안 대줄 것 같은데, 나 가난한 여행은 딱 질색이라고."

대체 내가 왜 우리 집 재산 마음대로 쓰는 것까지 고민해야
하는 상황이 됐는지. 누가 알았냐고, 내 인생에 아버지 말고
또 다른 장벽이 생길지.
"직접 페트다 부인에게 말해보시는 건요?"
"워, 그 마녀가 잘도 허락하겠다."
참 많은 것을 바라는구나, 루사인. 네 그 좋은 머리도 오늘
에야 끝이 나는구나.

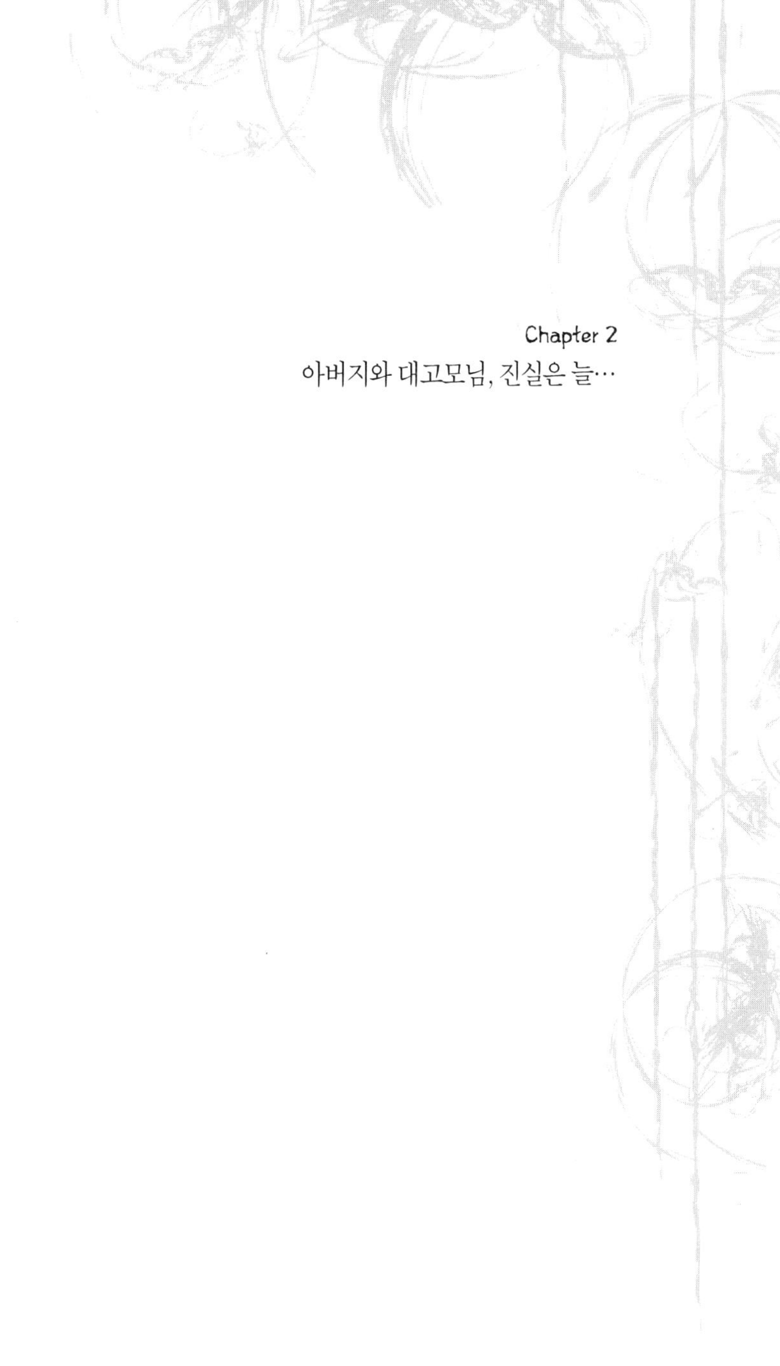

Chapter 2

아버지와 대고모님, 진실은 늘…

"가지 그러느냐."

"…에에에에?!"

엄마 찾아 삼만 리. 발칸 대륙 행을 고민한 지 3일째. 결국 참다못해 속는 셈치고 루사인이 제안한 대로 직접 말해보기를 실천한 난, 전혀 고민도 하지 않고 흔쾌히 대답하는 대고모님을 보며 입을 쩍 벌릴 뿐이었다.

"왜 그런 반응이지?"

서류가 쌓인 책상에서 여전히 고개를 숙이고 서명을 하는 대고모님의 질문에 난 퍼뜩 제정신으로 돌아왔다.

"아, 저기… 그러니까… 반대 안 해요?"

"왜 반대를 해야 하지?"

"발칸 대륙은 너무 멀다거나, 어린애들끼리 여행시키는 게 불안하다거나, 아무리 드래곤이라지만 일단은 타 대륙 여자인데 그런 여자 찾아서 뭐 하느냐는 등등의 반대랄까요."

그동안 최대한 머리를 굴려 대고모님이 꺼낼 거라 고민하던 반대 카드들을 내보였다. 내가 대답하는 중에도 그녀는 쉴 새 없이 서류를 바꿔가며 이쪽저쪽에 쌓아놓고 정리를 하고 있었다. 솔직히 처음 루사인의 일을 대신하겠다 했을 때 저 여자가 뭐 믿고 저러나 했었다. 근데 엄청난 관리의 대가. 아버지만큼이나, 아니, 어쩌면 아버지보다도 더 베테랑 급이었다. 완전 프로페셔널이라고 프로페셔널.

"자식이 부모 만나러 간다는 데 반대할 이유가 없잖아."

"헤에. 학교 빠질 수 없다거나 뭐 그런 이유도 있었는데."

"…학교?"

시큰둥하게 대답하는 그녀의 반응이 신기해서 나도 모르게 지뢰를 밟았다. 저, 저… 학교란 단어에 서명하던 것을 멈추고 날 바라보는 것을 보라. 처음이다. 내가 이 방에 들어와서 처음으로 날 바라본 거라고 저 마녀.

"학교라… 그러고 보니 네 학교 생활에 대한 기록을 받아봤다. 키르라이안이었을 때부터 세라일 때까지. 출석에서 성적까지 모두."

"에엑?! 그걸 어떻게 봤어요!"

가족 외엔 그런 인적사항 극비라고. 아무리 대고모님이라 해도 사실은 피 한 방울 섞이지 않은 남. 그저 할아버지의 의남매일 뿐이잖아. 그런데 대체 어떤 불법적인 루트로 내 학적부를 뒤져 봤느냔 말이다.

"페르나슈 공가의 이름을 빌어 학교에 요청하니 바로 보내주던데?"

"……."

뭐… 극비라는 규칙도 권력 앞에선 약하구나. 그렇군. 잊을 만하면 이렇게 새삼 우리 집안의 힘을 깨닫게 해주는구나.

아니, 잠깐. 그럼 다 본 건가? 내 성적도? 결석률도? 아주 그냥 적나라하게 다 들켜 버린 건가? 망했다. 내가 미쳤지. 학교 이야긴 괜히 꺼내서. 다 된 밥에 스스로 부지깽일 심어놓는구나 아주.

"성적은 둘째 치고, 심심하면 결석했더구나."

"……."

그렇겠지요. 변명의 여지가 없습니다요, 대고모님.

"그러니 별로."

"네?"

여전히 시큰둥한 대고모님의 반응에 난 또다시 놀라 되물었다. 그러니까… 뭐가 별로란 건데?

"이 정도로 화려한 출석부에 다른 대륙에 간다고 결석 좀 늘어봤자 티도 안 나잖아. 그렇다고 성적에 차이가 날 것 같지도 않고. 학교에 나가나 안 나가나 더 떨어질 성적도 없어 보이고."

대, 대고모님… 생각보다 터프하십니다. 저기 저 침대에 누워 있는 우리 집 영감탱이는 아주 그냥 학교 가라, 꼴지는 면해라 등등 염불을 외우시는 데 말입니다.

"페이온도 학교 가는 건 참 싫어했지, 눈만 떼면 집을 나가선 며칠이고 들어오질 않고. 겨우 찾았다 싶으면 이상한 불량배들하고나 어울리고 말이야. 졸업할 땐 정말 아찔했다. 출석률이 모자라서 낙제할 뻔했었지."

내가 태어나지도 않았던 상당히 오래전의 과거를 회상하며 중얼거리는 대고모님의 말에 난 두 눈을 크게 떴다. 오호라, 이건 또 무슨 소리랴? 그러니까 아버지가 그랬단 말이지? 나랑 거의 차이가 없잖아. 본인은 저래놓고 그렇게 나한테 학교 가라고 잔소릴 해댄 거야?

눈을 빛내며 대고모님의 이어질 말을 기대했다. 새삼 아버지의 새로운 면을 알게 되는 것 같아 즐거웠다. 물론, 반항할 거리가 늘어간다는 즐거움이었다.

"하지만……."

내 눈빛을 느꼈는지 대고모님이 한쪽 입가를 올리며 특유의 우아하게 비웃는 얼굴로 말을 이었다.

"성적은 좋았다. 그렇게 결석을 해도 루베르크에서 전체 3등 안엔 늘 들었으니까. 그래서 학교에서도 뭐라 하지 못했지."

"그, 그렇습니까."

"이 집안 식구의 자랑이 누구에게도 뒤처지지 않는 뛰어난 머리인데 어디서 이런 바보가 생겨났는지. 역시 피가 오염돼서……."

"대고모님 거기서 그만……."

여기서 더 들으면 아무리 나라도 가슴의 스크래치가 회복되지 않을 거다. 그동안 내 혈통에 대해 꽤나 자부심을 가져왔는데 며칠부터 저런 식으로 비수를 꽂다니, 이런 나라도 상처라고. 결국 대고모님의 말을 막고 항복을 선언해야 했다.

"카델란으로 가는 준비는 내가 지시를 내려놓겠다. 그때까지라도 착실하게 학교 다니거라."

"아… 네."

얼결에 멍하니 대답할 때였다. 누군가 똑똑 하며 방문을 노크했다. 그리고 들어온 것은 문제의 며칠 전 주방에서 수다를 떨던 시녀들. 네 명이 쭈뼛거리며 눈치를 보고 방 안으로 들어와 대고모님의 앞에 주욱 늘어섰다. 고모님은 그런 그녀들을 슬쩍 보고는 다시 서류로 눈길을 돌렸다.

"저… 부르셨다고 하셔서 왔는데……."

한참 침묵이 계속되자 고참 시녀가 굳은 표정으로 입을 열었다. 그러자 그 순간 대고모님의 안 그래도 차가운 눈이 획 찢어져서는 불길이 이글이글 타오르는 것마냥 노려보기 시작했다.

“누가, 허락도 없이, 내 앞에서 먼저 말을 꺼내도 좋다고 했나.”

불의 정령도 한순간에 얼려 버릴 것 같은 냉기가 그녀의 입을 통해 방 안에 퍼졌다. 무섭다. 진짜 무섭다. 한순간에 꼬리를 말고 어디 구석에라도 숨고 싶을 정도로 무서웠다. 과연, 다른 귀족들도 덜덜 떤다는 마녀의 명성이 이런 모습에서 나오는 거로군.

그녀는 방의 기온을 절대영도로 떨어뜨리고도 한참 동안 서류를 넘겨보았다. 사람 앞에 세워놓고 뭐 하는 짓이나 싶겠지만 저게 일반적인 귀족이 평민을 대할 때의 전형적인 모습인 것이다. 그러니까 참으로 전형적인 귀족의 모범이 되는 자태이다. 그리고 얼마간의 시간이 더 지나서야 대고모님은 고개를 들어 눈앞의 시녀들을 표독스러운 얼굴로 바라보았다.

“너희들은 해고야.”

“네에에에?”

딱 잘라 말하는 대고모님의 선언에 시녀들이 놀라 소리쳤다. 불러놓고 한참 딴 짓 하다가 대뜸 한다는 소리가 저런 거라니… 나라도 놀란다.

“고용인의 기본이 안됐어. 겨우 10년을 비웠다고 이렇게 늘어졌다니. 다 갈아치워야지. 아주 다 뒤집어엎어야 할 판이군.”

저기 대고모님, 10년이면 꽤 오래 비웠다고 생각되는데요.

그런데 정말 생각 이상으로 과격하시군요.

"부, 부인, 어째서입니까. 제가 이 저택에서 일한 지도 20년이 넘었습니다. 열다섯 살에 들어와 지금껏 이 집안 식구들을 모셔왔는데 갑작스런 해고라니요."

고참 시녀가 금방이라도 울 듯, 떨리는 목소리로 항의하기 시작했다. 어차피 잘리는 거 할 말은 하고 봐야 한다는 심보인지, 처음 방에 들어왔을 때와는 다르게 당당하게 따지고 있었다. 하지만 마녀는 마녀. 그런 그녀에게 조금도 위축되지 않고 오히려 더욱 싸늘한 눈으로 시녀를 바라보는 것이었다.

"모든 건 입이 문제지. 주인의 사생활을 지키는 것은 고용인의 의무. 그런 걸 그렇게 떠벌리고 다녀서야 무얼 믿고 이 집안에 사람을 들이지? 고용인들은 필요한 대화가 아니면 침묵을 지키라 했다. 그건, 주방에서도 마찬가지야."

그리고 그런 대고모님의 말에 찔리는 게 있는 시녀들은 순식간에 낯빛을 굳히고 입을 다물었다. 이제야 나도 이해가 갔다. 그렇군. 며칠 전 주방에서 나누던 이야기가 마녀의 귀에까지 들어간 거로군.

"누, 누가 전했습니까."

고참 시녀가 분한 목소리로 물었다. 설마 하니 그때의 대화가 마녀에게 전해지리라곤 생각도 못했던 모양이었다. 물론 대고모님은 그런 그녀에게 대답할 의무가 없다. 대고모님을 보는 내가 무안할 정도로 싹 무시하고는 다시 서류로 고개를 숙였다.

"루사인님입니까. 루사인님이 전한 겁니까!"

소리치는 시녀를 보며 난 인상을 썼다. 아무리 본인들이야 억울하겠다만 왜 갑자기 루사인을 끌어들이는 건지. 이렇게라도 해서 원망할 적을 만들고 싶은 건가? 마녀가 그 대상이 되는 건 참으로 무서우니 그나마 만만한 루사인이라도 표적으로 삼게?

시녀의 외침에 대고모님은 지금까지와 달리 참으로 의례적으로 하고 있던 모든 일을 멈추고 고개를 들었다. 나와 대화할 때도 보던 서류는 다 끝내고 일을 보던 그녀가, 정말 한 치의 고려도 없이 바로 반응해 왔다.

"이봐, 너."

차갑게 가라앉은 목소리로 마녀는 시녀를 불렀다.

"이 집에서 20년을 일했다고 했나? 내가 누군지 아느냐? 선대 공작의 여동생이다. 20년? 난 페르나슈 공가가 생겨나기도 전부터 이 집안의 안주인이었어! 이런 내게 너희의 잘못을 알려줄 사람이 고작 그 미성년자밖에 없을 줄 알아? 당장 나가!"

서슬이 퍼런 대고모님의 외침에 어느 누구 하나 말할 수 없었다. 저 루사인이 한순간에 채 성인도 되지 않은 병아리가 되어버렸다. 이거 전해 들으면 매우 좋아할 거다, 인상을 쓸 정도로.

시녀들은 겁을 집어먹고 서둘러 방 밖으로 나갔다. 이대로 이 방에 남았다간 잡아먹힐지 모른다는 공포라도 느낀 듯싶었다. 방에 남아 그런 그녀들의 뒷모습을 바라보던 나에게 대고모님은 싸늘하게 얼어붙은 목소리로 명령했다.

"너도 나가."

"아, 예."

나가라면 나가야지, 별수있나. 진짜 무서운 대고모님이다.

방을 나와 복도를 걷던 난 문득 떠오른 의문에 발을 멈췄다.

저 마녀… 분명히 외쳤지, 자기가 안주인이라고? 그녀 말대로 할아버지가 처음 공작의 작위를 받았을 때는 그녀가 안주인이었을지도 모른다. 그런데 보통 결혼하면 안주인 자리는 부인에게 가는 거잖아? 분명히 할머니가 집안에 버티고 있었는데 어떻게 그녀가 저리도 당당히 주장하는 거지?

계속해서 궁금한 것들이 꼬리에 꼬리를 물고 이어졌다. 아무리 통제한다 해도 사람의 입은 막을 수 없다. 고용인들의 수다는 당연한 것인데 고작 그런 정도로 해고를 시키나 보통? 왜 저렇게 민감하게 반응하는 거지?

안주인. 안주인이라… 정말일까?

나답지 않게 열심히 추리하기 시작했다. 하지만 그럴듯한 답은 나오질 않았다. 당연한가? 에잉 머리 아파. 괜히 쓸잘머리 없는 생각 때문에.

"어라."

머릿속의 잡념을 비우기 위해 고개를 젓던 난 내가 도착한 방의 문을 바라보며 멈칫했다. 그러니까 여긴 분명 아버지 방인데… 무의식중에 이곳으로 온 건가? 뭐 여기까지 온 이상, 직접 물어보라는 신의 계시로 봐도 상관없겠지?

그리고 난 조심조심 방문을 열며 아버지의 방 안으로 들어갔다.

하루가 다르게 치유가 되는 것을 몸으로 보여주듯 아버지는 어느새 침대에 앉아 책을 읽을 수 있을 정도로 회복되었다. 하긴, 그렇게 많은 힐러며 의사며 신관들이 들락거렸는데 안 나으면 그것도 문제지. 쏟아 부은 돈이 얼만데.

어쨌든 오늘도 침대에 앉아 어디선가 가져온 서류를 열심히 들여다보던 아버지는 살금살금 들어온 날 발견하고 의아한 표정을 지었다.

"뭐냐, 난 도둑고양이를 자식으로 둔 기억이 없다. 들어오려면 당당히 들어와라."

"아버지 자고 있을까 봐 그랬지."

남이 기껏 배려해 주는 것을 저리도 한순간에 도둑고양이로 뭉개 버리다니. 그런데 아직 상처가 아픈가 보다. 내게 이리도 퉁명스러운 걸 보니 장담한다. 아버지와 루사인의 공통점 하나 추가다. 둘 다 아프거나 피곤하면 나한테 화풀이한다. 우쒸!

"아버지, 나 곧 카델란으로 간다. 대고모님이 허락했어."

"그러냐."

"어라? 의외네. 반대 안 해?"

"고모님이 허락했으면 그거로 끝난 거지."

이것 참 며칠 동안 고민했던 게 참으로 억울해질 정도의 반응들이다. 이렇게들 허락하는 거 그냥 처음부터 루사인이 시키는 대로 할걸 괜히 혼자 머리 굴리다가.

"근데 아버지, 나 이상한 소문 들었다."

"또 무슨?"

"그러니까 말이지……."

아버지의 질문에 난 지금까지 내가 보고 들은 대고모님의 모든 것을 이야기했다. 프리츠에게 들은 소문까지 모두. 아버진 입가에 미소를 띤 채 내가 말하는 것을 열심히 들어주었다.

"그래서 그런 이유로 지금 내 머리가 엄청나게 복잡하거든. 진짜로 저 마녀… 가 아니라 대고모님이 그런 여자야?"

인상을 쓰며 진지하게 묻자 아버지는 여전히 미소 띤 얼굴로 입을 열었다.

"여전히 손해 보며 사는구나, 그분도."

"에?"

이 말… 이와 똑같은 말을 며칠 전에 들었다. 그러니까 루사인이 내린 평가였지. 아버지와 루사인이 한 사람에게 내린 평가가 이리도 일치하다니. 뭐랄까, 대고모님에 대한 저 평가만큼이나 희한한 상황이었다.

여전히 상황파악 못하고 머리만 굴리고 있는 나를 보며 아버지는 피식 웃었다.

"세라, 사람이 사람을 지배하기 위해서 필요한 게 무엇이라고 생각하느냐?"

"응? 권력? 돈?"

"아니다."

"작위? 혈통? 음… 두뇌?"

열심히 생각나는 대로 하나하나 나열하며 물었지만 아버지는 계속해서 고개를 가로저었다. 모두 아니란 소리. 그럼 대체 뭐지? 사람을 지배하는데 저런 것 말고 다른 무엇이 있어야 한다는 거지? 내가 아는 건 저게 다인데.

"세라, 잘 들어라. 사람을 지배하는데 있어서 가장 기본이 되며 또한 힘이 되는 것은 정보다."

"응?"

이건 또 갑자기 무슨 소리람? 웬 정보? 정보로 작위를 얻는 사람 봤나? 정보 장교가 수훈을 세워서 종신귀족의 작위를 받은 거 말곤 기억에 없다. 정보로 혈통을 산다? 말도 안 되지. 그래, 돈은 벌 수 있겠다. 세상엔 희귀한 정보에 대해 돈을 지불하는 경우가 많으니까. 그런데 그런 것으로 어떻게 지배를 한다는 거야, 대체.

"모르겠느냐?"

"뭘 바라."

"그럼 잘 들어라. 아무리 작위가 높고 혈통이 좋고 돈이 많다 해도 아는 게 없으면 결국 끝이 난다. 모르면 이용당하고 소모될 뿐이지. 예를 들어볼까? 얼마 전의 리진 남작. 수도의 소문에 조금만 귀를 기울였으면 네가 누군지 알아차렸겠지. 수도의 연쇄 유괴 사건의 검은 망토에 대해 알고 있었다면 그들과 그렇게 쉽게 손을 잡지 않았겠지. 솔직히 내가 봐도 국가에 반역을 꾀할 인물은 아니었거든."

거 그리 잘 알면서 잘도 반역죄로 몰아 처형하셨습니다, 아버지. 그거 아버지가 선봉이었잖수.

"아느냐 모르느냐에 따라 이용하느냐 이용당하느냐가 결정되지."

"음, 그래. 정보의 중요성에 대해 잘 알겠어. 그런데 지금 이 이야길 왜 하는 건데?"

참으로 미스터리다. 아버지가 뭘 말할 때 이리저리 말꼬리를 돌린다는 건 익히 잘 알지만, 이건 대체 어느 다리를 짚어야 할지 감도 안 잡힌다고. 그리고 이런 날 향해 아버지는 다시 한 번 미소 지었다.

"남의 입소문만 타고 흐르는 잘못된 정보에 휘둘리다 보면 이용당하는 자밖에 되지 않는다는 거지."

"…응?"

눈을 동그랗게 뜨고 고개를 한번 갸웃거려 주며 물었다. 그래서, 말하고자 하는 게 뭔데? 그게 끝이야?

"후우……."

아버지는 더 이상 대답 없이 그저 긴 한숨만 쉬며 천장을 올려다볼 뿐이었다. 그러기를 잠시. 여전히 허탈한 표정으로 날 돌아본 아버지는 무거운 입을 열며 홀로 중얼거렸다.

"머리 나쁜것도 정도가 있어야지. 저건 공룡의 신경만큼이나 둔해 터져서. 드래곤이 아니라 공룡의 자식이었나? 루사인이 일찌감치 이 집에 들어온 게 정말 다행이지."

"아버지… 다 들리거든?"

"들으라고 하는 소리다. 세라야, 대체 널 어떡하면 좋을까. 어디서부터 시작해야 이해를 할지 정말 답이 안 나온다. 지금까지 내가 받아본 문제 중 제일 어려워. 이럴 때마다 루사인의 존재가 너무도 감사할 뿐이다."

"됐으니까 일 절만 해. 길게 말하면 머리에 안 들어와. 그래서 뭐. 뭐가 불만인데?"

"……."

다시 한 번 기가 막힌 얼굴로 날 바라보던 아버지는 모든 것은 포기한 듯 긴 한숨을 쉬었다.

"그래, 차라리 그냥 다 이야기해 주마. 듣고 기억만 해둬라."

"처음부터 그렇게 할 것이지."

굳은 얼굴로 날 바라보는 아버질 향해 난 생글생글 미소 지으며 가까이 다가갔다.

"다시 말하지만, 소문에 휘둘리지 말거라."

"그러니까 어떤 소문?"

"고모님은 아버지, 그러니까 네 할아버지를 노리고 있었기 때문에 결혼을 하지 않은 게 아니다. 사정이 있어 못한 거지."

아버지의 말에 난 잠시 대고모님의 외모를 생각해 보았다. 160대 중반의 키, 50대 중반의 나이를 잊게 하는 관리가 잘된 몸매에 지금도 사교무대에 올리면 결코 빠지지 않을 외모이니 젊었을 땐 더욱 주가를 날렸을 것 같은데. 가문도 자작가에 왕자와 의남매란 설정까지 모두모두 완벽. 그런데 왜 못 갔지? 혹시 성격 탓인가?

"혼자 이상한 상상하지 마라. 젊었을 때 고모님은 사교계 남자들의 꽃이었으니까. 백작가 차남과 약혼까지 했었다."

"그런데 왜 못 갔는데?"

"스물두 살에 결혼 날짜까지 다 받아놓은 어느 날 일곱 살이던 내가 병에 걸린 것을 알고 유모로 나섰거든. 결혼할 시간도 없을 정도로 바쁜 나날이었다고 한다."

안쓰러운 얼굴. 쓸쓸한 표정으로 담담하게 이야기하는 아버지에게서 아주 잠깐 자괴감이 스쳐 가는 것을 볼 수 있었

다. 그런데 이건 또 무슨 소리? 아닌 밤중에 홍두깨도 아니
고…….

"아버지가… 병?"

"그래, 병이었지. 이 아버지는 병약하고 섬세한 미소년이
었단다."

"…이봐, 당신."

대체… 뭔가 잔잔하게 회상하는 모드더니 갑자기 이건 웬
되지도 않는 개그? 그러니까 아버지, 원래부터 이런 캐릭터는
아니었잖아. 이제 슬슬 조금 진지한 모습도 보여줘야 하지 않
아?

"그래서, 무슨 병이었는데?"

"정신병♡"

"…….."

이런 망할 영감탱이. 말자, 말을 말자. 그래, 조금 전 아버
지가 말했지. 제대로 된 정보를 골라서 받아들이라고. 배운
대로 실천하겠다. 이젠 무시다. 아무리 개그를 떨어봐라, 내
가 상대를 해주나.

"근데 할머니가 미쳐서 뛰어내렸다는 소린 그럼 뭐야? 그
냥 유모였다며."

아무 생각 없이 또 다른 의문점을 끄집어내 아버지에게 물
었다. 그리고 난 그 순간 온몸이 굳는 것을 느낄 수 있었다.

"아, 아버지……?"

엄청난 살기. 평소의 모습에선 상상할 수 없을 정도로 분노한 화를 삭이는 아버지의 얼굴이 낯설었다. 처음으로 아버지가 무섭다고 느꼈다. 진심으로.

"잘 들어라, 세라. 네 할머니는 말이다… 미치광이였다."

"응?"

전혀 뜻밖의 사실에 난 다시 한 번 놀랐다. 아버지의 반응을 보건대 할머니가 소문대로 미쳤었다는 것은 맞는 것 같다, 저런 얼굴로 거짓말을 할 리는 없으니까. 그런데 대체 왜? 언제? 무슨 이유로 미쳤다는 거지? 여전히 대고모님과는 상관이 없다는 건가?

"우리 집안의 상회가 나까지 이제 겨우 2대째인데 어떻게 발칸 대륙까지 퍼져 나갈 수 있었는지 아느냐? 그것도 텃세가 심하기로 유명한 카델란 제국에?"

"…정략결혼? 할머니가 카델란 태생이니까?"

"그래, 바로 그 정략결혼 때문이다. 네 할머니의 가문은 평민 출신의 상인 집안이었지. 전국에 퍼진 유통망은 확실한데 신분 때문에 큰 손이 되는 귀족들을 상대할 수 없었다. 그리고 네 할아버진 그 집안의 유통망이 필요했지. 그래서 이루어진 정략결혼이다. 그쪽은 미쳐 버린 막내 딸을 이곳에 보내서 처리한 거지. 타국이지만 왕가의 혈통을 손에 넣으며 집안의 문젯거리도 치운 거다."

한참 동안 아무 말도 할 수 없었다. 그리고 아버지도 더 이상 말하지 않았다. 아무래도 내게 정리할 시간을 주는 것 같았다. 뭐, 배려는 감사하다. 지금 정말 엄청난 사실을 안 덕에 심장이 벌렁벌렁 뛰고 있으니까.

그러니까… 할머니는 처음부터 미쳐 있는 상태였다는 거로군. 후아… 할아버지도 대단한데. 아무리 왕가에서 떨어져 나와 독립할 발판을 마련해야 했다지만 그래도 왕족인데. 무려 왕자님이었다고. 작위도 없는 평민 상인 가문도 모자라 미치광이와 정략결혼이라니. 그런 상황에 용케도 아버지가 태어났다. 그저 신기할 뿐이다.

"고모님이 많이 고생하셨다, 어머니가 해야 했던 모든 일을 손수 하셨으니까. 그리고 상회 문제로 수시로 집을 비우고 카델란 제국으로 가던 아버지의 빈자리를 홀로 지키셨다. 영지 문제며 세금, 임금 등 모든 것을 고모님은 혼자 다 하셨다. 쓰러지지 않은 게 기적이었지."

과연. 루사인이 하던 서류처리 문제를 당신이 직접 하시겠다고 호언장담하던 게 그냥 호기를 부린 것은 아니었군. 오래전에 이미 수십 년을 해왔던 거니 너무도 익숙하게 처리를 하는 거였구나.

"엄청나네."

"그런 말론 안 되지. 정신이 오락가락하는 네 할머니를 다른 대륙에까지 와서 불안해서 그런 거라며 근처에 친구들도 만들어주고, 혼자서 이 집을 이끌기는 어려울 거라며 머리 좋은 아이들을 데려다 직접 가르치기도 했지. 그들이 하인드, 타루덴, 로건이다."

정말 감탄밖에 안 나온다. 이 집안의 행정을 담당하는 네 명의 아버지 심복 중 셋을 대고모님이 키운 거라고? 이건 무슨 철혈의 마녀가 아니라 철인 3종의 마녀라고 바꿔 부르고 싶을 정도다. 인간이야? 너무 완벽하잖아.

"그런데 대체 왜 그런 고약한 소문이 나돈 거야?"

"네 할머니가 그렇게 죽고 이런저런 소문이 한참 나돌았거든. 고모님은… 죽은 네 할머니와 당신을 사이에 놓고 스스로 불명예를 떠안는 것으로 결론을 내렸다. 당신이 집을 비워서… 네 할머니를 떠나서 일이 그렇게 된 거라 자조하며 모든 소문을 그냥 말없이 받아들였던 거지."

"그것 참, 엄청 손해 보는 성격이네."

이제야 아버지와 루사인이 하는 말을 이해할 수 있었다. 그래, 그러니까 저런 결론이 나오는구나. 다른 말이 필요 없네.

가만. 나야 이야기를 듣고 이해했다 치고 루사인은 어떻게 처음부터 알고 있었던 거지? 아버지 성격상 아무리 상대가 루사인이라 해도 이런 걸 시시콜콜하게 말해줄 리도 없고. 그러고 보니 루사인의 어머니인지 아버지인지가 대고모님과 알던 사이라고 했던가? 대고모님에 대해 부모님에게 들은 것일까?

"이번에 고용인들을 해고한 건 본보기일 거다. 초반에 강하게 붙잡아야 나중에 잡음이 없어지니까."

“아…….”

뭘 하든 계산하며 움직이는 타입이란 거군. 저런 사람 몇을 알고 있다. 대표적으로 아버지와 루사인이 그 예의 범위에 들어가지. 그러니까 대고모님도 보통 사람이 아니란 거군. 어차피 지금까지 들은 것만 해도 이미 보통의 범주는 넘어섰지만.

“갑자기 말을 많이 했더니 졸립구나.”

혼자 생각하고 있을 때, 갑자기 아버지가 피곤한 목소리로 말했다. 아차차. 아버지는 아직 환자지? 말을 많이 했다기보다는 할머니에 대한 이야기를 할 때 분노를 감추기 위해 부들부들 떨다가 기력이 다한 것 같지만.

“피곤하면 자. 많이 자고 빨리 나아야 내가 맘 놓고 사고 치지. 아버지가 그러고 있으니까 죽을까 봐 겁나서 맘대로 놀지도 못해.”

나의 장난기 섞인 투덜거림에 아버지는 피식 웃었다. 그리고 상처를 자극하지 않게 천천히 침대에 몸을 눕혔다. 난 선심 쓰는 척 제대로 이불을 덮어주고 아버지의 방을 나왔다.

“아, 잠깐. 그러고 보니 마이아란 사람의 정체도 물어본다는 게…….”

아버지에게 들은 내용이 하나같이 놀라운 것들이라 궁금했던 것을 다 물어보지 못한 게 생각났다. 이왕 묻기 시작한 거, 마저 물어보기 위해 다시 아버지의 방문을 열었다. 하지만 이미 잠들어 버린 듯, 규칙적으로 울리는 고른 숨소리에 차마 방 안에 들어가지 못하고 그냥 문을 닫았다.

복도를 걸어 내 방으로 향할 때였다. 저쪽에서 두리번거리는 세린이 한눈에 보였다. 그리고 곧 세린도 날 보았는지 갑자기 환한 미소를 띠며 내게 다가왔다.

"세라 아가씨, 어디 가셨는지 안 보여서 한참 찾았… 합!!"

평소대로 내게 즐겁게 말을 걸던 세린은 퍼뜩 놀라 자신의 입을 막으며 주변을 살폈다. 대고모님의 계엄령이 어지간히도 무서운가 보다. 게다가 시녀들 넷이 '쓸데없는 수다' 를 떨었다는 이유로 단칼에 제명당한 사실이 널리널리 퍼졌을 테니 겁낼 만도 하지.

"괜찮아. 무슨 일이야?"

"아, 저, 페트다 부인께서 찾으셔요."

아직 공포에서 벗어나지 못했는지 참으로 힘겹게 말을 꺼내곤 곧 쪼르르 달리며 내 앞에서 모습을 감췄다. 이것 참… 나도 적응 안 된다 세린의 저런 모습. 이거 하루빨리 이 부분이라도 어떻게 처리하던가 해야지. 그런데 대고모님은 대체또 왜 날 찾는다는 거람.

대고모님은 하루의 대부분을 자신의 집무실에서 지낸다. 아버지는 서류의 처리를 서재에서 했는데 대고모님은 서류창고로 쓰이던 방 하나를 정리하더니 그곳에 자리를 잡아버렸다. 나중에 들으니 그곳이 오래전부터 대고모님이 쓰던 곳이었다고 한다.

문을 열고 방 안으로 들어가던 난 멈칫 발걸음을 멈췄다. 내 눈엔 대고모님의 뒷모습이 보였다. 그리고 그녀가 바라보는 벽엔 할아버지와 할머니의 초상화가 걸려 있었다. 할아버진 몰라도 할머니의 초상화는 나도 본 기억이 거의 없다. 지금 생각해 보면 아버지가 대부분 없애거나 감춰 버린 게 아닐까 싶다.

하지만 날 놀라게 한 건 초상화의 존재가 아니었다. 뒷모습이지만 느껴지는 온화한 기운. 저 대고모님이, 전쟁에 비유할 정도로 냉혹한 철혈의 마녀가 저리도 따뜻하게 초상화를 바라보고 있다니. 헛걸 봤나.

하지만 아무리 눈을 비벼도 눈앞의 환상은 지워지질 않았다. 이젠 아예 작정하고 손을 뻗어 손수 초상화의 먼지를 털어내는 모습까지 보였다.

"으흠"

결국 헛기침을 해서라도 내가 들어왔다는 인기척을 내야 했다. 내 기침 소리에 대고모님은 기대했던 대로 우아하게 돌아서며 날 바라보았다. 당황하거나 놀라는 기색 또한 전혀 보이질 않았다.

"왔느냐."

"찾았다면서요."

"그래, 카델란 제국에 갈 일정이 잡혔다."

"벌써요?"

빠르다. 진짜 빠르다. 부탁한 지 얼마나 됐다고 벌써 일정이 잡힌 거냐. 과연 대고모님, 능력의 한계가 보이질 않는구나.

"잉게 공작가의 저택에 잉게 공이 돌아와 있다고 한다. 며칠간 휴가를 더 즐기다 다시 카델란으로 간다고 하니 그와 함께 가는 것으로 했다. 애들만 보내기엔 영 불안하니까."

그러고 보니 카린의 아버지… 영지에서 수도로 돌아왔구나. 카린이 요 며칠 학교에 나오질 않더니, 아버지와 노느라 신이 났던 거로군.

"그쪽에서 저녁 식사에 초대했다. 카델란 제국에서 유의할 점들을 알려주겠다고 하더구나. 루사인과 함께 오라고 특별히 요청이 왔다."

"루사인이요?"

왜 갑자기 남의 시종을 귀족들의 만찬에 데려오라고 하는 거지? 뭐에 쓰게?

"카델란에서의 주의점을 한 번 듣고 다 암기할 수 있으면 혼자 가던가."

"아뇨, 꼭 데려가겠습니다."

그런 용도였군. 애석하게되 모두들 너무 잘 알고 있단 말이야, 내 머리에 대해서.

"아 근데 대고모님, 카린네 아버지랑 우리 아버지 생각해 보니 루베르크를 같이 다녔던 거 같은데 혹시 아세요?”

“잉게 공 말이냐?”

“네.”

문득 떠오른 호기심에 묻자 대고모님은 평소와 달리 그 우아한 얼굴에 인상을 썼다. 그리곤 못마땅한 얼굴로 대답했다.

“연상 취향의 성격 나쁜 뺀질이. 게다가 말도 많지. 페이온이 정말 친구 관계는 최악이었어.”

“…….”

아, 예… 친구였군요. 게다가 그 반응. 물어선 안 되는 것을 물어본 것 같네요. 정말 죄송하게 생각하니 그 싸늘한 표정은 이제 감춰주지 않겠습니까, 대고모님?

대고모님의 살 떨리는 반응에 난 그녀의 시선을 피하기 위해 눈길을 돌렸다. 그런 내 눈에 할아버지와 할머니의 초상화가 한눈에 들어왔다.

아버지를 복사해 논 것 같은 할아버지는 별로 관심도 없었다. 내 시선을 잡아끄는 것은 할머니의 초상화였다. 초상화의 할머니는 꽤 어린 모습이었다. 아마 시집오자마자 그렸겠지. 나와 비슷한 금발. 뎅하니 커다란 눈. 깊은 호수색 눈동자. 전체적으로 겁을 먹고 있는 것 같은 분위기. 왠지 사로잡힌 사슴의 눈매가 떠올랐다. 툭 건드리면 으아앙 하고 울어버릴 것 같은 아이도 생각났다.

“처음 왔을 때부터 미쳐 있었다면서요?”

"…들었니?"

"아버지한테요."

내 대답에 대고모님은 쓴웃음을 지었다. 그리곤 방문을 향해 사뿐히 걸어나갔다.

"따라오거라. 이런 곳에서 이야기하기엔 정말 우중충한 내용이구나."

어쩐지 오늘은 집안의 비밀을 이것저것 많이 챙겨 듣는 날이라고 생각하며 그녀의 뒤를 따랐다.

저택의 드넓은 마당 한쪽엔 장미정원이란 곳이 있다. 이 저택을 처음 사들였을 때부터 장미만을 재배한 정원으로 귀부인들이 거닐며 산책하기에 딱 좋은 분위기로 가꿔져 있었다. 하지만 집에는 나와 아버지, 두 남자뿐이니 가끔 카린이 분위기 잡는답시고 와서 놀다가는 게 고작이었다. 그럼에도 이 정원은 계속해서 정성스레 손질되어 왔고 드디어 오늘, 참으로 오래간만에 페트다 부인이라는 귀부인을 맞이하는 영광을 얻었다.

정원이 익숙한지 전혀 헤매지 않고 여유있게 산책하는 대고모님의 뒤로 난 두리번거리며 쫄래쫄래 쫓아갔다. 우리 집 정원이지만 참 넓기도 하다.

"저기, 대고모님."

한참을 걷다가 좀이 쑤셔 죽을 것 같은 마음에 마녀를 불러 세웠다. 그리고 그녀는 바로 걸음을 멈춰 섰다.

"페이온은 자기 어머니를 끔찍이 싫어하지. 마리를 마음속 깊이 증오했어. 그러니까 아마 네게 좋은 소린 하나도 안 해 줬을 거다."

"그런 것 같긴 하네요."

그녀 말대로 좋은 소린 하나도 없었지. 그런데 그 정도로 싫어했었나? 물론 아버지 성격에 한 번 싫으면 두 번 다시 돌아볼 것 같진 않다만 그래도 친어머니였는데.

"여린 사람이었다, 울기도 많이 울었고. 순수했지만 원하는 것은 꼭 이뤄야 했어. 늘 어린아이 같았지."

대고모님은 희미하게 미소 지으며 회상했다.

"좋아했나요?"

"글쎄, 어땠을 것 같아?"

"그걸 저한테 물어봤자……."

"훗. 처음엔 진짜 싫었다. 치욕으로 느껴졌지. 감히 이런 여자를 정략결혼이랍시고 떠밀었느냐고 직접 카델란에 가서 마리의 집안을 뒤집어놓고 싶을 정도로."

그것 참… 그냥 상상에 그치지만은 않았을 것 같아 심히 두렵습니다요.

"그런데 볼수록 측은하더구나. 가족에게 버림받아 다른 대륙까지 온 여자잖아. 믿을 것 하나 없고 의지할 사람도 없었다. 그나마 있는 남편이라곤 한 달에 한 번이나 집에 들어올까 싶을 정도로 늘 바빠서 거들떠도 안 보는 사람. 안 그래도 불안정했던 정신에 더욱 균열이 가버렸지. 처음 왔을 때 그 정도까진 아니었는데… 몇 년 뒤에 보니 아주 가관이더라.”

대고모님은 그때를 후회하는지 슬픈 얼굴로 한숨을 쉬었다. 오늘 참 별의별 표정 다 본다. 아주 날 잡았구나.

“어느 날 네 아버지에게 병이 있다고 연락이 왔다. 그래서 가본 거였어. 그냥 가볍게 문병하는 마음으로, 상태만 보겠다고. 페이온이 마리를 원망하는 마음, 인정할 수 있다. 마리 때문에 얻은 병이었으니까.”

“무슨 병이었는데요?”

아버지가 얼렁뚱땅 넘겨 버린 문제에 대해 집요하게 노리고 들어가 대고모님을 향해 물었다. 대고모님은 그런 날 향해 생긋 웃으며 즐겁게 대답했다.

“글쎄, 내가 말해주긴 싫은데.”

거참. 뭐 대단한 거라고 아버지도, 대고모님도 이렇게 대답을 회피하는지. 뭐, 말 안 해줘도 상관없다. 모르면 모르는 대로 살면 되니까. 그러니까 지금 내가 궁금한 건 다른 쪽이다.

“근데 대고모님, 이건 정말 궁금한 건데요. 할아버지… 좋아하셨나요?”

이건 중요하다. 비록 내가 들은 소문들이 사실은 잘 알지도 못하고 입에서 입으로만 전해지다 나온 거짓이라 밝혀졌지만 그런 게 그냥 나오는 소리는 아닐 것이다. 결국 무언가 관련이 있고, 얽히게 되어 그렇게 전해지는 것이지.

대고모님은 여전히 여유있는 얼굴로 날 바라보았다. 그리고 다시 한 번 미소 지으며 입을 열었다.

"사랑했다."

"에?"

"사랑하는 오빠니까. 사랑하는 가족이야. 사랑할 수밖에 없지."

한 단어를 꽤나 강조하는 모습에 나도 역시 미소 지었다. 아아, 그래. 그러십니까. 그랬군요. 뭐 그럼 지금까지처럼 계속해서 사랑해 주시길 바랍니다. 나는 아직 모르겠지만 아버지가 확실하게 사랑하는 대고모님.

"그러고 보니, 세라."

"네?"

"고용인들에게 인사 정도는 하고 다니라고 전하거라. 말이 없어도 너무 없더구나. 이 집이 유령성도 아니고 사람 사는 느낌은 좀 나야 하잖아."

그리고 난 그녀의 투덜거림에 큭큭거리며 웃느라 정신이 없었다. 이런이런. 아무래도 그 계엄령은 고용인들끼리 모여서 정한 것 같다. 괜히 지레 겁먹고 안 해도 될 제약까지 걸어놓고 말이다.

과연, 대고모님. 그녀도 사람이었군. 조금은 과장되고 조금은 어긋나 버린 소문들에 둘러싸여 감춰져 있던 것들이 진실을 알게 되니 이렇게 실타래 풀리듯 풀려 나온다.

뭐 어떠한 소문도 사연을 들어보면 저마다 사정이 다 있다고 하잖아. 그러니까 어쩌면 정말 좋은 사람인지도 모른다. 라고 감탄하며 대고모님을 바라보고 있었다. 문득 대고모님의 시선이 아래로 내려가며 장미 잎으로 향했다. 그리고 곧 인상을 쓰며 소리치기 시작했다.

"뭐야. 벌레가 끼어 있잖아. 관리가 왜 이래? 정원사 불러!! 이따위로 하고 밥 벌어먹고 살 것 같아? 당장 해고야, 해고!"

좋은 사람이란 판단, 다시 생각해 볼까…….

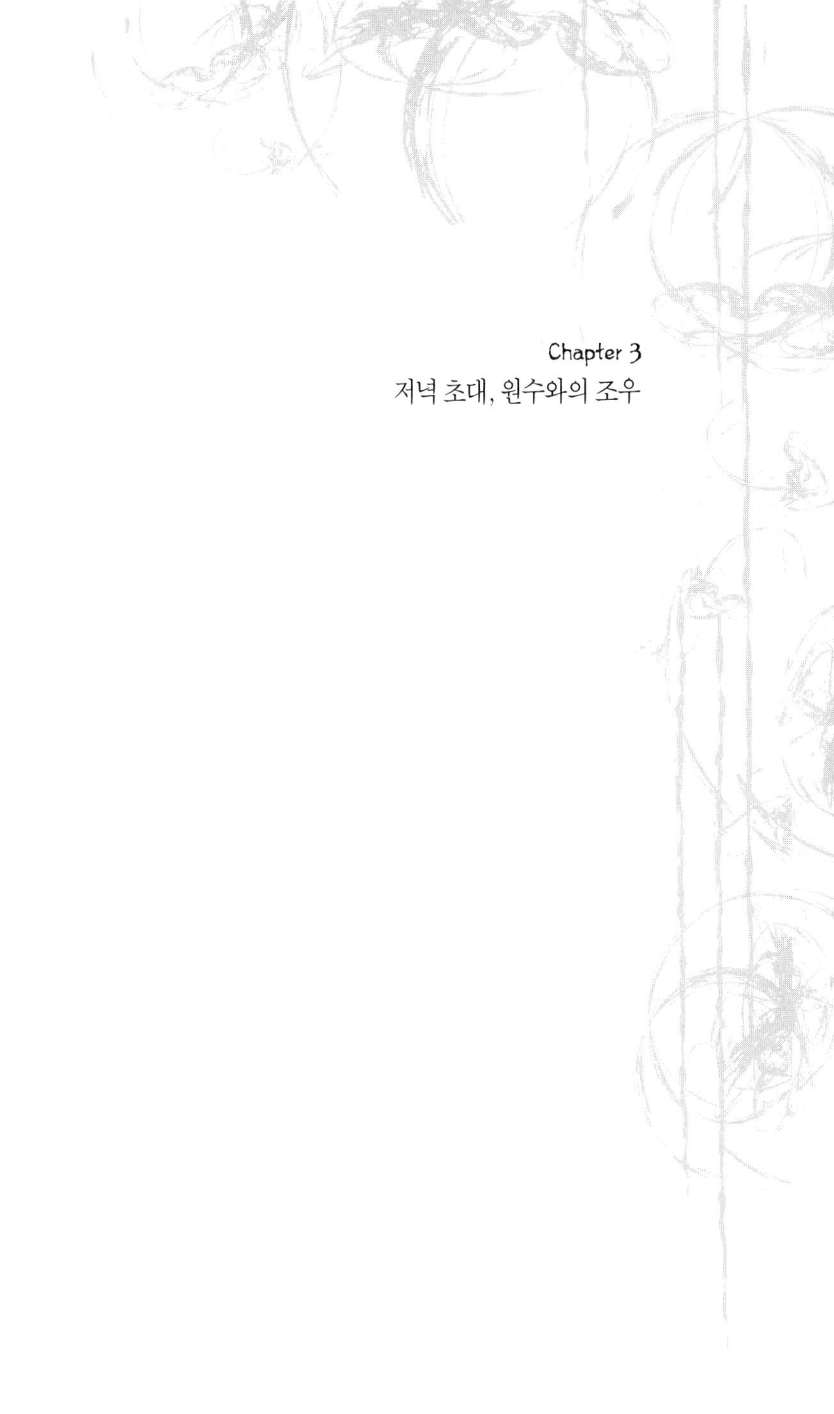# Chapter 3
저녁 초대, 원수와의 조우

저녁 시간에 맞춰 세린들이 골라준 원피스를 입고 카린네
로 향했다. 카린네 식구들은 모두 반갑게 나와 루사인을 맞이
했다. 그리고 곧 식당으로 안내되어 나와 루사인이 같이 앉
고, 맞은편엔 카린의 아버지와 카린, 그리고 제일 상석에 잉
게 공작이 그다지 크지 않은 식탁에 자리를 잡았다.

카린은 뭐가 그리도 좋은지 계속 생글거렸다. 하긴, 그렇게
좋아하는 아버지와 며칠을 같이 지냈으니 좋긴 하겠지. 학교
도 안 나왔다고 재.

잉게 공은 계속해서 날 뚫어져라 바라보았다. 뭐랄까, 참
신기한 것을 본다는 눈길이었다. 다갈색 머리에 훤칠한 키.

외모는 아버지완 달리 40대 전후, 딱 제 나이로 보였다. 그런 아저씨가 저리도 호기심 어린 눈길로 보니 나름대로 부담스럽다고 해야 하나.

"진짜로 여자애가 되어버렸네."

"아, 네 뭐 그렇죠."

한참 날 관찰하던 아저씨가 신기하단 얼굴로 드디어 입을 열었다. 어느 정도는 예상했던 반응이었다. 그래도 저렇게 놀라주니 그나마 저 아저씨는 보통 인간이구나… 라는 위안이 들었다. 그동안 다른 사람들의 반응을 기억해 보자면 아버지부터 시작해서 만나는 사람마다 성별이 변한 나를 보며 아무런 부담감도, 놀람도 없이 '드디어 됐군' 하며 고개 끄덕이는 정도의 반응이라 내가 더 무안했으니까. 뭐, 반응을 보건대 아무래도 아저씬 주변의 다른 어른들과는 달리 내가 여자가 될 거라는 것을 몰랐던 듯싶다.

"여자애가 될지도 모른다고 듣긴 했었는데 진짜로 되다니. 아깝군. 괜히 왔어. 내기 걸었는데 페이온한테 벌금 내야 하잖아. 휴가고 뭐고 그냥 카델란에 뿌리를 박는 거였는데."

"……."

그, 그런 이유셨습니까. 그러니까 아저씨도 결국 우리 엄마나 내 성별이 바뀔 것에 대해 이미 다 알고 있었던 거로군요. 겨우 내기 돈 나가는 것에 그렇게 눈을 부릅뜨고… 저 내용으로 보건대 아버진 내가 세라가 되는 쪽에 걸은 거로군. 하아.

다시 한 번 쓸쓸해지는 순간이로구나.

"그건 그렇다 치고 카델란으로 가겠다니, 큰맘 먹었겠구나."

"배타고 가야 하는 먼 동네라서요?"

"아니. 그래서가 아니라 거긴 여기보다 신분제가 더 철저해서 말이다. 그만큼 예법도 발달했는데 그런 곳에 네가 가서 버틸지 영 걱정이 되는구나. 솔직히 넌 페이온이 키운 애라곤 생각할 수 없을 정도로 막돼먹은 성격이잖아. 예법의 '예' 자도 모르지."

"……."

이 아저씨를 진짜. 이래서 어릴 때부터 알던 어른은 불편하다. 나의 과거를 속속들이 알고 있는걸. 게다가 저 막말. 카린 네 아버지만 아니었어도 밥상 엎는 건데.

"로베르트, 그만 놀리고 용건부터 처리해."

"예, 예."

이쪽에 무슨 대화가 오가든 신경 쓰지 않고 식사에만 열중하던 잉게 공작이 차가운 목소리로 명령하자 아저씬 조금은 껄렁껄렁 해보이지만 그래도 깍듯이 대답했다. 문득 대고모님이 말했던 게 생각났다, 연상취향의 성격 나쁜 뺀질이. 딱 이군. 과연 제대로 보셨어.

"간단히 말해, 카델란은 여덟 개의 왕국이 모인 세계 유일의 제국이다. 때문에 그곳 사람들은 제국에 대한 자부심이 심각할 정도로 높지. 타국의 귀족은 대놓고 무시하는 경향도 조금 있다. 엄격한 신분제의 차이로 그곳에서 무시당하지 않으려면 수행원들의 신분을 사족 이상으로 골라가야 편할 거다."

"그쪽은 페트다 부인께서 알아서 해주신다고 하셨습니다."

루사인이 옆에서 똑 부러지는 목소리로 대답했다.

"그렇겠지. 절대 주의할 점은 그곳은 아무리 똑똑해도, 뛰어난 실력을 가지고 있어도 신분을 넘을 수 없다. 명심해라. 귀족 중심의 문화가 발전한 덕에 예술, 패션, 음악 등은 세계 제일이다. 무식하게 몸으로 나서려 하지 마라. 그리고 산맥마다 둥지를 튼 드래곤들 덕에 마법도 발달해 있다. 여러 유사 인종들도 자주 볼 수 있을 거다. 함부로 마법을 쓰지 말거라. 단번에 하프 드래곤인 것을 들켜서 어딘가로 끌려가 실험체로 쓰일지도 모르니까."

"후아."

엄청나군. 아무리 바다 건너 다른 대륙의 나라라 해도 이정도로 다른가. 그나마 우리나라는 평민과 귀족 사이에 꽤나 융통성이 있는 거로군. 사람만 똑똑하면 사회 진출에 무리없으니까.

그밖에도 아저씨는 저녁 시간 내내 카델란의 관습이나 법에 대해 상세하게 알려주었다.

물론 난 이미 앞에 들은 것만으로도 머리가 꽉 차서 나머진 루사인에게 맡겼다. 녀석은 어느새 가져왔는지 메모지에 따로 필기까지 해가며 열심히 아저씨의 설명을 들었다.

카린은 옆에서 열심히 설명하는 아저씨가 자랑스러운지 얼굴 가득 '우리 아빠 최고'라는 표정을 담아 황홀하게 바라보고 있었다.

오랫동안 계속되던 아저씨의 카델란 제국에 대한 대강연이 끝났다. 아저씨는 이제 더는 설명할 것이 없다며 말을 마치고 자신의 앞에 놓인 음식에 관심을 돌렸다. 그동안 열심히 말하느라 한 입도 못 먹은 덕에 음식은 식어버린 지 오래였다.

"로베르트와 루사인은 음식을 치우고 다시 따뜻한 것으로 가져오거라."

잉게 공작도 눈치 챘는지 바로 옆의 시종에게 명령했다. 덕분에 다시 할 일이 없어진 아저씨는 새 음식이 나올 때까지 턱을 괴고 나와 루사인을 열심히 구경하고 있었다.

"많이 컸구나, 둘 다. 특히 루사인은 자라면서 점점 아버지를 닮아가는구나."

…에? 뭐야. 아저씨도 알고 있는 거야, 루사인의 아버지를? 대고모님도 잘 알고 있던 눈치던데… 이거 왠지 다들 연결되어 있는 느낌이랄까?

"아빠, 루사인의 아버지를 알고 있었어요?"

카린도 궁금했는지 눈을 빛내며 물어봤다.

"루베르크 동창생이었으니까. 나와 페이온, 그러니까 페르나슈 공작과 함께 셋이 친구였지. 엄청난 천재였다. 그 오랜 루베르크 역사에서도 세 명뿐인 월반을 했을 정도니까."

헉? 그런 소리 처음 듣는다. 이건 루사인도 몰랐던 듯, 녀석답지 않게 귀를 쫑긋 세우고 경청하고 있었다.

"에엑? 아빠, 내가 알기론 마지막 월반이 백 년도 더 전이었는데 어떻게 루사인의 아버지가 월반을 했다는 거예요?"

"기록되진 않았으니까. 졸업 전에 문제가 생겨서… 학교에 나오지 못했거든."

"무슨… 문제?"

"사랑하는 여자와 야반도주."

그리고 식탁엔 잠시간 썰렁한 기운이 감돌았다. 누구도 차마 섣불리 먼저 입을 여는 우를 범하지 못했다. 그리고 그런 침묵의 사이를 저 아저씨는 아무런 부담감 없이 끼어들어 계속해서 말을 이었다.

"페이온이 아주 난리였었지. 그 여잔 안 돼! 라며 극구 반대했는데 어느 날 자고 일어났더니 이미 상황 종료. 얼마나 좌절했으면 식음을 전폐하다 진절머리난다고 카델란으로 가 버렸을꼬."

뭐랄까 아버지 딴엔 매우 심각했을 사연 같은데 저 아저씨는 신이 나서 이야기하는 게… 강 건너 불 구경? 진심으로 상황을 즐기는 듯한 분위기였다.

“뭐든 웃으며 대충대충 넘기는 아버지가 그런 반응이었으면 엄청 맘에 안 드는 여자였나 보네요.”

“전혀. 페이온 성격이 원래 그랬으니까. 일상적이었다고 해야 하나?”

“에?”

내 질문에 여전히 껄렁껄렁, 손가락을 들어 눈앞에서 흔들며 쯧쯧쯧거리는 폼이 제대로 양아치였다. 아저씨… 나잇값 좀 하세요. 그런 모습을 보면 카린도 외면할 거예요. 라고 하고 싶지만 카린의 눈은 여전히 하트 모드. 콩깍지가 씌었군, 씌었어.

“영지에서 가정교사에게 수업을 받다가 루베르크엔 고등부 때 편입해 왔거든. 처음부터 아주 가관이었지. 고등부 때 별명이 뭐였는지 알아? 히스테릭 걸. 눈처럼 차가운 백설 왕자.”

“그, 그렇습니까……..”

“마티아스 공작 놈은 아주 대놓고 계집애 성격이라고 놀려대고. 뭐 그놈은 그놈대로 페이온이 고등부에 진학하자마자 그나마 늘 유지하던 전체 성적 3등에서 4등으로 떨어져서 칼을 갈고 있었지. 덕분에 만났다 하면 피 바람이 몰아치니, 철천지원수가 따로 없었다.”

원수셨군요. 어째 무슨 꼬투리만 생겼다 하면 달려가서 따진다 했습니다. 둘이 신경전만 벌이면 여러 사람 목이 떨어져

나가더니 그런 과거가 있었군요.

…라며 납득할 것 같냐?! 뭐냐 저 별명들은! 히스테릭 '걸'? 백설왕자? 아버지랑 너무도 안 어울리잖아!!

"근데 뭐 나중에 알게 되니 그게 다 정신벼……."

"로베르트."

"아아~ 너무 말이 많았나. 이 부분은 생략."

무언가 말을 하려던 아저씨를 잉게 공작이 차가운 목소리로 제지했다. 그리고 아저씨도 퍼뜩 놀라며 대충 넘겼다. 웃음으로 때우면서. 근데 저 끊어진 말 말이다. '정신벼…' 이거 혹시 정신병? 아버지도 말했는데, 자신의 병명이 그거라고. 농담으로 넘겼는데 설마 진짜였다거나?

그리고 난 곧 고개를 가로저었다. 아무리 생각해도 그건 아니었다. 아버지 성격을 내가 안다고. 그 성격에 잘도 자기한테 그런 병 있는 걸 용납하겠다.

"어쨌든 내가 끌고 다니면서 그 성격 좀 고쳐 놨지. 남은 기껏 생각해서 데리고 놀아줬는데 페트다 고모님은 불량학생이니 뭐니, 나만 보면 거품을 물고 기겁을 하셔서… 쯧. 학교 며칠 안 간다고 죽는 것도 아닌데 말이야."

당신이셨습니까, 제 아버지를 학교 땡땡이치게 만든 장본인이? 그때 그게 얼마나 한이 되었으면 하나밖에 없는 자식인 날 그리도 학교 못 보내서 안달이겠습니까. 대고모님이 치를 떨며 싫어하실 만하네요.

“그래도 같이 잘 놀았다고, 나랑 페이온이랑 루사인의 아
버지랑. 덕분에 부인님도 만났잖아. 부인님이 페이온 어머니
친구라 자주 저택에 왔었거든. 한눈에 반해선 매일 들락거리
면서 수백 번 거절당해도 열심히 대시했지. 결국 다리 걸어
서…….”

“로베르트.”

“아, 이번에도 말이 많았나? 그럼 이 부분도 생략.”

열심히 떠드는 아저씨를 향해 잉게 공작이 다시 한 번 낮은
목소리로 이름을 불렀다. 그 외에 나와 카린 루사인, 미성년
집단은 태어나 처음 듣는 놀라운 사실들에 차마 무슨 말을 꺼
내야 할지 몰라 그저 눈앞의 식기나 바라보며 침묵할 뿐이었
다.

근데… 연애 결혼 맞으시군요. 아저씨의 수백 번의 어택 끝
에 이루어진 연애. 뭔가 비참한 것 같다만 연상취향이라더니
친구 어머니의 친구를 노리신 겁니까? 아무리 엘프가 외모가
늙지 않는다고 해도… 너무 많이 연상취향이십니다.

“루사인의 아버지가 원래는 마티아스 공작 놈의 친구였는
데 말이야, 고등부로 페이온이 편입해 오면서 우리랑 친해졌
거든. 아마 성적 떨어진 것보단 친구를 뺏긴 것에 더 원한을
품었던 것 같아. 그래서 그렇게 보이기만 하면 시비나 걸
고…….”

“시커먼 소년들의 치졸한 애증 문제에 대해 더는 관심없습

니다."

"…단호하구나."

무언가 계속 말하려는 아저씨에게 루사인이 딱 잘라 못 박았다. 무서운 놈. 이젠 여공작의 남편도 아무렇지도 않게 상대하는구나. 게다가 저 엄청난 표현. 식은땀이 흐를 정도다.

"그래, 어쨌든… 그랬는데. 그렇게 즐거웠는데. 그랬는데……."

아저씨는 다시 무언가를 회상하며 쓸쓸한 미소를 띠었다. 정말 그리운 듯 계속 같은 말만 되풀이했다. 그리곤 고개를 들어 루사인을 바라보았다. 루사인의 얼굴에서 친우의 모습이라도 찾아보는지 찬찬히 뜯어보며 입을 열었다.

"그렇게 일찍 죽어버릴 줄은 몰랐다. 네 아버지도, 네 어머니도."

"……."

"행복했다더냐?"

"나쁘지 않은 삶이었다고 말씀하시더군요."

"그럼 됐다."

슬픈 미소를 지우고 아저씨는 생긋 웃으며 다시 앞에 놓인 김이 모락모락 피어오르는 저녁 식사를 계속했다.

"볼수록 아버지를 닮아가는구나, 들어오는걸 보고 그 녀석이 살아 돌아온 거라고 착각할 정도로."

"……."

그렇게 길었던 만찬은 끝이 났다.

눈앞의 식기들이 치워지고 시녀들이 줄줄이 들어오며 디저트를 내려놓기 시작했다. 그리고 그때 어쩐지 밖이 좀 소란스럽다고 느껴졌다.

"무슨 일인가."

잉게 공작이 옆에 서 있는 시종에게 묻자 그는 잠시 밖으로 나갔다 들어왔다. 소란스러움의 정체를 알아왔는지 오래된 시종답지 않게 조금 놀란 얼굴이었다.

"대마님께서 오셨습니다."

"…어머님이?"

"장모님? 영지에 계속 계실 거라더니 왜 갑자기?"

잉게 공작과 아저씨, 그리고 카린까지 모두 눈을 동그랗게 뜨며 식당의 문을 바라보았다. 저들의 반응으로 보아 오늘 선대 잉게 공작의 방문은 참 이례적인 것 같았다.

잉게 공작가의 대마님. 그러니까 선대 잉게 공작. 제일 처음 잉게 공가에 대해 소개했던 것과 같이 단 한 방울도 타 종족의 피가 섞이지 않은 순수한 엘프로 무려 개국공신이다. 즉, 나이가 적어도 천 살은 넘었다는 것.

슬슬 호기심이 생기기 시작했다. 어렸을 때 두세 번 만났던 것 같긴 하지만 딱히 기억이 나질 않는다. 워낙에 어렸을 때였으니 어쩔 수 없다. 저쪽은 10년쯤 전에 갑자기 지금의 잉게 공작에게 작위를 넘기고 영지 관리나 하겠다고 낙향한 뒤로 수도에 오질 않았으니 당연한 것 아닌가.

문제의 전 잉게 공작은 이쪽에 모두들 모여 있다는 것을 들었는지 당당하게 식당 문을 열고 들어왔다. 누가 봐도 20대 중반으로밖에 보이지 않는 외모. 카린과 같은 초록머리가 바람에 나풀거리는 게 과연 그 할머니에 그 손녀였다.

"어머님, 갑자기 무슨 일이십니까?"

잉게 공작은 친어머니를 대하는 것 같지 않게 차가운 목소리로 물었다.

"오늘 집에 페르나슈 공가의 꼬맹이가 온다고 들어서 구경 좀 하러 왔지."

저놈의 할망구가 지금 누굴 동물원 희귀 생물 취급하나, 구경은 무슨 구경이야.

…어라? 어라라? 그런데 이 느낌……?

"오늘 오후에서야 결정된 일인데 반나절 만에 영지에서 이곳까지 오신 겁니까?"

잉게 공작이 답지 않게 눈썹을 찡그리며 물었다. 처음이었다, 저 공작의 얼굴에 표정이 나타난 게. 그런데 나도 정말 궁금하다. 반나절론 절대 불가능한 일이잖아, 그거.

"무슨 소리냐, 나 수도에 있었다. 사위 녀석을 보내고 나도 바로 수도로 출발했지."

"아니, 장모님. 그런 거면 같이 오시지… 그럼 수도에 오신

지 며칠 되셨을 텐데 어디서 머무르신 거예요."

"잠시 취미생활 좀 하고 있었다."

"저기 근데 말이에요……."

갑자기 모두의 시선이 내게로 몰렸다. 저 단란한 가족들의
대화에 차마 끼고 싶진 않다만 아무래도 짚고 넘어가야 할 일
이 있어서 어쩔 수 없이 염치를 무릅쓰고 말을 끊어야 했다.
그러니까 내가 묻고 싶은 거란 바로 이것인데…

"이상하게 제가 여자가 되게 만든 그 야매 점쟁이랑 느낌
이 매우 비슷하거든요……?"

그리고 모두들 침묵했다. 싸늘한 정적이 식당 안을 감싸고
돌았다. 그 틈을 타고 전 잉게 공작은 생긋 미소 지으며 날 향
해 물었다.

"어떠냐? 마법, 쓸 수 있게 되었지?"

"다, 당신이었냐!!"

"호호호호호호."

발악하며 달려드는 나를 루사인이 잡았다. 이거 봐! 내 인
생의 원흉. 모든 악의 구렁텅이! 그게 바로 저 사람, 아니, 저
엘프였다고! 저, 저, 가증스럽게 웃는 모습을 봐. 이대론 내가
억울해!

"맙소사. 설마 했는데 어머님이셨습니까?"

잉게 공작이 여전히 인상을 쓰며 물었다. 이쪽도 참으로 어
이없다는 표정. 그럼에도 전 잉게 공작은 전혀 아랑곳하지 않

고 여전히 웃으며 대답했다.

"내가 왜 작위를 물려주고 수도를 떠나 영지로 갔는지 알지 않느냐. 눈앞에서 저것이 하도 돌아다니니 신경 쓰여서 도무지 참을 수가 없어서 그런 것 아니냐. 나는 자연의 일족 엘프. 자연스럽지 않은 형상은 답답하다. 그런 내 앞에 한쪽만 봉인된 채로 돌아다니는 아이라니. 꼭 거의 다 떨어져서 끝만 대롱대롱 매달린 딱지를 보는 것 같은 기분이잖아. 뜯어버려야 한다는 중압감이 물씬물씬 풍겨서 도저히 참을 수 없지."

"남을 상처 난 딱지 따위에 비유하지 마!"

나는 있는 대로 소리쳤고 전 잉게 공작은 다시 한 번 승자의 웃음을 선보였으며 잉게 공작은 머리가 아픈지 한 손을 들어 이마를 짚었다. 그리고 잉게 공작가의 사위와 손녀딸은 구석에 서서 어이없는 얼굴로 이쪽을 관람하고 있었다. 루사인은 뒤에서 날 붙잡고 함부로 전 잉게 공작에게 달려들지 못하게 혼신의 힘을 다해 막고 있었다.

"영지 관리한답시고 가긴 했는데 영 심심해야지. 그래서 취미 삼아 간간이 수도로 와서 몰래 점쟁이 놀이를 하며 10년을 보냈는데, 어느 날 갑자기 저것이 내 영업장에 찾아왔잖아. 그래서 똑 떼버렸어, 그 달랑거리는 딱지를. 후, 속이 시원하더라."

정말로 후련하다는 듯 자랑스레 말하는 모습에 난 정신이 아득해지는 것을 느꼈다. 마, 말도 안 돼. 겨우 저딴 이유로,

겨우 저딴 걸로 내가… 내가…….

"그런데 한 가지 질문이 있습니다."

갑작스레 입을 여는 루사인에게 다시 한 번 모두의 시선이 모였다.

"그때 점쟁이는 얼굴은 보이지 않았지만 분명 노파였습니다. 지금의 모습하고는……."

그렇다. 그때 분명 점쟁이는 백 살은 족히 됐을 것 같은 할망구였다. 물론 지금 눈앞의 저 엘프는 백 살은커녕 천 살도 넘은 엘프긴 하다만 어쨌든 외모가 그랬다. 손부터 쭈글쭈글했다고.

"그거? 간단한 환각 마법의 기초. 민간인들을 속이는데 그 정도는 기본이지."

그리고 다시 한 번 여왕님 포즈로 '호호호호호' 웃음. 저 엘프… 과연 카린의 할머니다. 대체 얼음 같은 잉게 공작 밑에 어떻게 카린 같은 딸이 있었나 했더니 할머니가 저렇군. 이젠 저런 어머니와 저런 딸을 둔 잉게 공작의 성격이 어째서 저런 것인지가 더 미스터리다. 뭐 어쨌든, 성격 문제는 일단 치워두고.

"이봐 당신! 당신이 봉인 풀었으니까 다시 봉인시켜! 그 정도는 알고 있겠지? 당신이 풀었잖아, 당신이!"

"호호호. 페르나슈 공가의 애송아, 너 카드 쌓기 해본 적 있니?"

갑자기 웬 카드 쌓기? 대체 또 무슨 이야길 하려고?

"쌓는 건 매우 어려워도 무너뜨리는 건 한순간. 네게 걸렸던 봉인 마법이란 그런 거란다. 카드 쌓기와 다른 점을 말해본다면 이쪽은 한번 무너지면 다시 쌓을 수 없는 거랄까? 호호호호호."

"저, 저, 망할 할망구가!!"

나는 다시 발악했다. 뭐냐 그럼 결국, 못한다는 소리 아냐! 아니, 처리도 못할 일을 왜 저질러 대체!!

잉게 공작은 완전히 두통에 휩싸인 고통스러운 얼굴로 한숨을 쉬었다. 그리고 고개를 들어 자신의 남편을 바라보았다.

"로베르트, 일 더 커지기 전에 저것들 처리해."

"아아, 알겠어요, 부인님. 자, 그럼 꼬마들아, 나가볼까?"

즐거운 듯 열심히 구경하던 아저씨가 '저것들'로 분류된 나와 루사인에게 다가왔다. 그리고 루사인과 함께 날 붙잡고는 식당 밖으로 향했다.

"이, 이거 놔! 다들 한패지! 원래는 다들 알았던 거지! 잊지 않겠어, 잉게 공작가!"

그리고 식당 문을 닫기 직전 아저씨는 안쪽을 향해 물었다.

"그러고 보니 제가 엘페이온과의 내기에서 지게 된 게 결국은 장모님 탓이란 거군요. 내기 돈은 장모님이 내주세요."

"저 꼬맹이가 복채로 준 금화 주머니에서 꺼내주마. 호호호호호."

그리고 난 있는 힘껏 외쳤다.

"이, 이, 이 작자들이!!"

아… 혀, 혈압이… 젊은 나이에 화병으로 죽을지 몰라, 나. 이거 진심이야.

"그럼 여권과 짐의 준비가 모두 끝나는 대로 이쪽에 연락해라."

현관 밖으로 마중 나온 아저씨가 우릴 마차에 구겨 넣고는 루사인을 향해 신신당부했다. 그리고 나와 루사인을 태운 마차는 우리 집을 향해 출발했다.

마차 안에 난 탈진한 채로 축 쳐져 있었다. 대체 뭐가 어떻게 돌아가는 거냐. 순식간에 벌어진 일이라 이젠 정리도 안 된다. 아버지들 세계에 있었던 우리가 모르던 사건들에 대해 듣는가 싶더니 갑작스런 전 잉게 공작의 등장, 그리고 내가 지금 이 모양 이 꼴로 이 고생을 하게 만든 그 원흉의 정체를 알게 된 것 같은데…

"…정리 안 돼."

"저라면 그냥 잊겠습니다. 기억해 봤자 그다지 달라질 것도 없을 것 같네요."

루사인은 내게 눈길도 주지 않고 마차의 창문을 열어 바깥을 바라보며 중얼거렸다. 아, 그래. 네 일 아니라 이거지. 참 잘도 잊겠다.

"근데 루사인, 너도 몰랐냐? 아버지들 관계?"

문득 생각나 묻자 루사인은 그제야 고개를 돌려 날 바라보았다. 그리곤 잠시 고민하더니 곧 멍한 표정으로 대답했다.

"글쎄요. 아버지도, 어머니도 루베르크 출신이라 어쩌면 관련이 있을 거라 생각은 했었지만 마티아스 공작이나 잉게 공까지는 예상 못했습니다."

"헤에."

가만. 어머니도 루베르크 출신이라고? 뭐야, 그럼 루사인도 나름대로 엘리트 가문이잖아. 하나도 아니고 둘이나 루베르크 출신이면 사회진출, 고위 관리 100% 보장인데 어째서 우리 집 영감탱이가 그리 반대를 했다는 거지? 결국에 루사인네 부모님은 야반도주.

흐음. 또 어려워진다. 일단 현재 루사인의 위치는 이제 이해할 수 있다. 아버지가 양자로 들이려 했던 것도 죽은 친구가 남긴 아이라 생각하면 가능하고, 말로만 시종이면서 전혀 시종이 아닌 것도 설명이 된다. 하지만 그래도 어쩐지 뭔가 좀 부족한 느낌. 무언가 빼놓고 가는 것 같다.

루사인에게 묻고 싶어도 자신에 관련된 것은 절대 대답해 줄 녀석이 아니니 일찌감치 포기다. 다 보여주는 것 같으면서도 꽤나 감추는 게 많은 녀석이다. 가끔은 답답할 정도. 전부터 생각한 거지만 진짜 루사인에 대해 아는 게 거의 없다.

그런데도 용케 지금까지 아무런 의심 없이 잘도 지내왔다. 내가 관심이 없던 것일까, 아니면 녀석이 그 정도로 교묘하게 감춰왔던 것일까. 이젠 그것도 잘 모르겠다.

"그나저나, 어떻게 하지? 전 잉게 공작… 어떻게든 갚아줘야겠는데."

"저라면 포기하겠습니다. 현 국왕도 함부로 건드리지 못하는 분이신데 무슨 수로 갚는다는 겁니까? 게다가…….."

"게다가?"

"아무리 생각해도 주인어른이 이 사실을 알면 버선발로 달려나가 극진히 모실 것 같습니다, 고맙다면서."

"……."

그렇다. 적은 내부에 있었다. 듣고 보니 나 역시 루사인이 말하는 그대로 진행될 미래가 머릿속에 그려지고 있었다. 내가 여자가 돼서 제일 기뻐한 사람이 아버지인데 그 원흉이 밝혀졌다고 하면 역시 결과는 뻔하겠지.

"우쒸, 그럼 어쩌란 거야!

"그냥 입 다물어야죠. 뭐 정 나선다면 주인어른이 매우 좋아하는 모습을 보실 겁니다. 효도하고 싶으면 일을 벌이던가요."

뭐냐, 이러든 저러든 어쨌든 지금 나한테 좋을 건 없는 거 아냐? 차라리 가만있는 게 그나마 남―아버지―좋은 일 안 시키는 거라고? 그러고 보니 그렇게 말하는 걸 보니 루사인 네

놈도 아버지가 괜히 좋아하는 모습은 보고 싶지 않은 거구나.

사전에 막겠다는 의지가 넘쳐흐르는걸?

그리고 그렇게 마차는 밤길을 달려 우리 집으로 향했다.

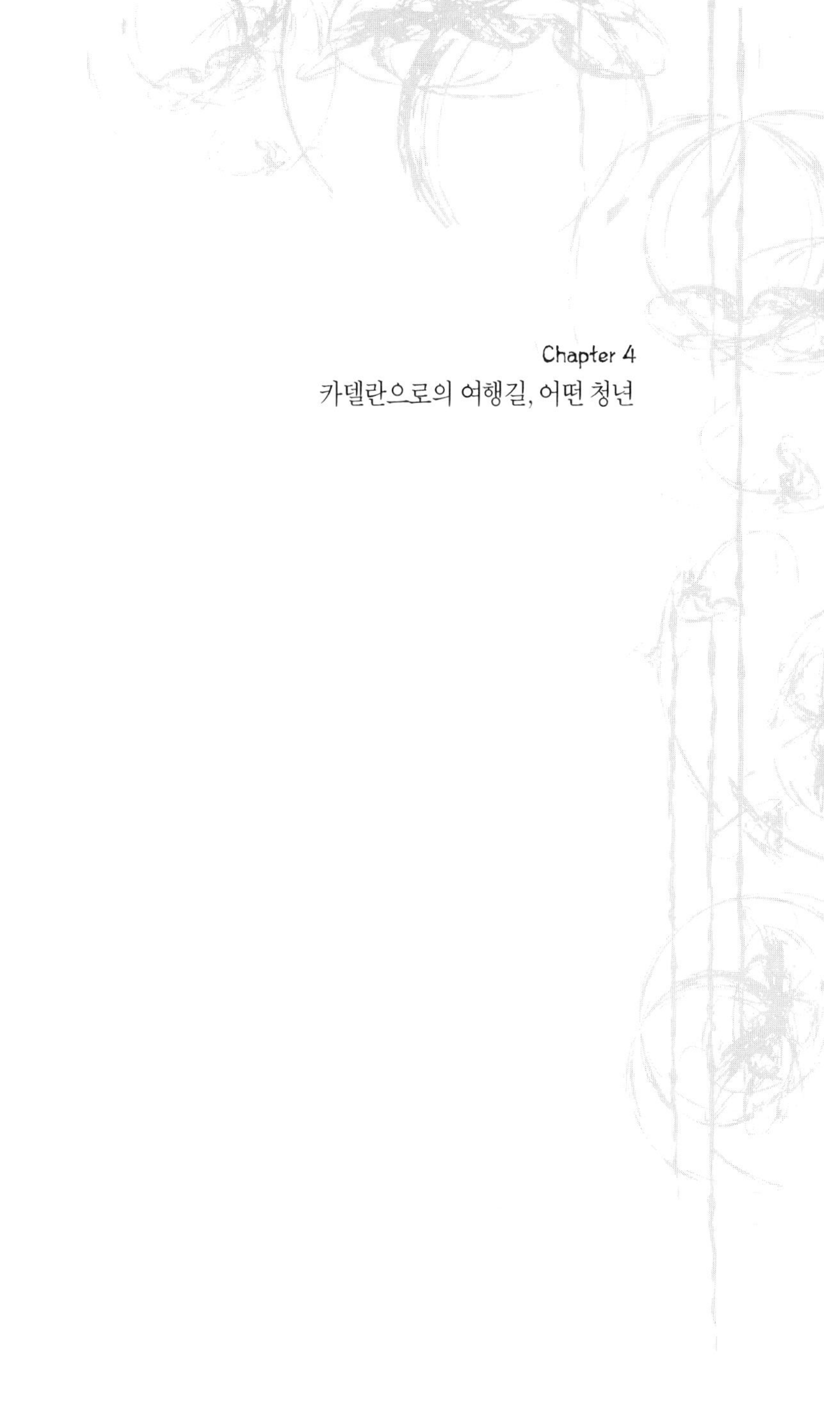

Chapter 4
카델란으로의 여행길, 어떤 청년

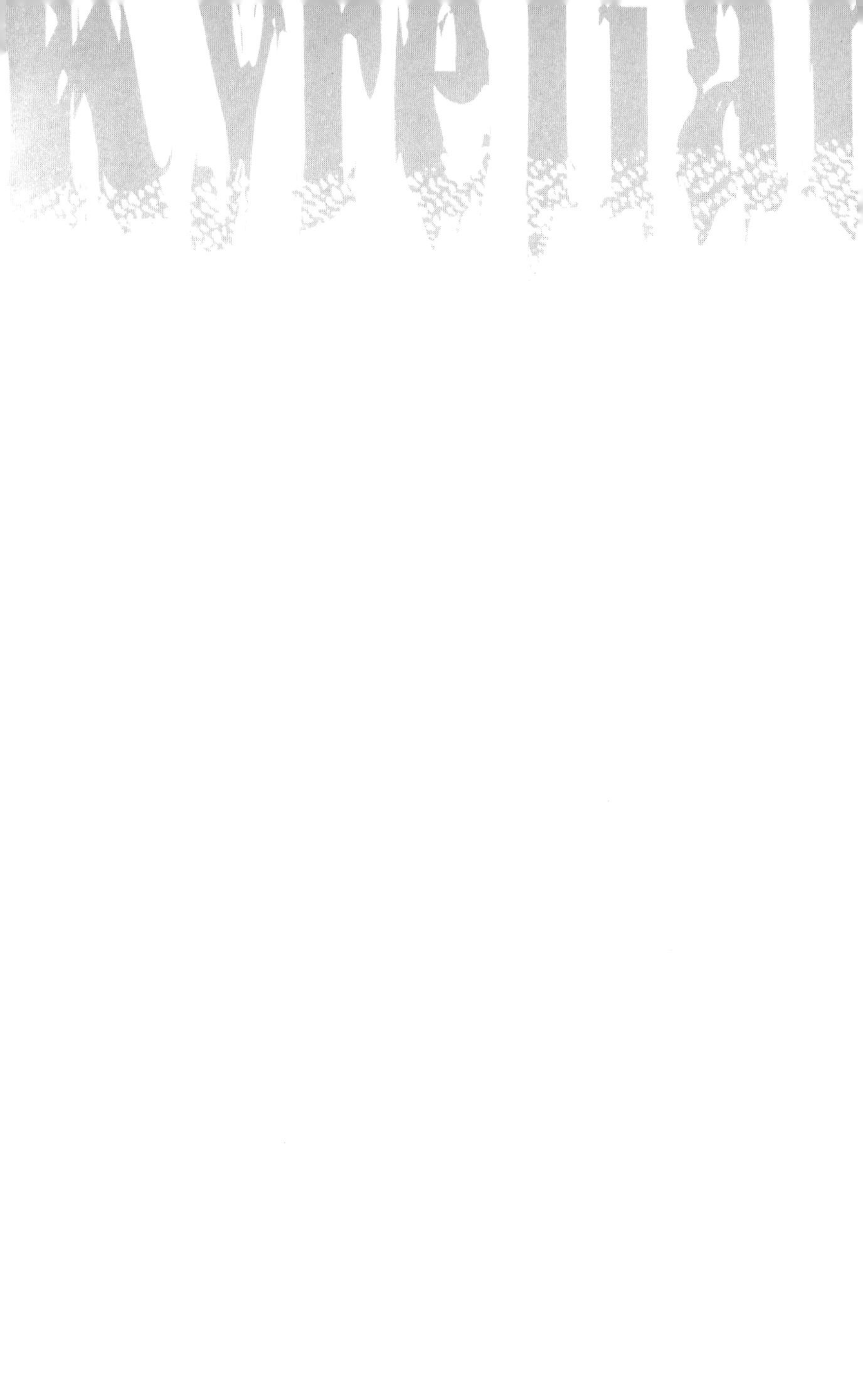

아침부터 저택은 여기저기 바쁘게 돌아다니는 고용인들로 인해 꽤나 산만한 분위기였다. 물론 이유는 알고 있다.

오늘은 바로 내가 카델란으로 떠나는 날.

현관 밖에 서 있는 마차에 짐들을 옮기고 이런저런 준비를 해야 하니 소란스러운 건 당연하다.

대고모님은 역시나 무릎을 치고 감탄할 만큼 기적적인 속도로 카델란을 향한 준비를 진행했다. 물론 이 저택의 행정을 관리하면서 틈틈이 준비한 것이다. 그럼에도 이 속도, 이 정확함. 볼수록, 무섭도록 완벽한 여자였다. 다른 대륙으로 가는 준비가 일주일로 끝날 줄은 정말 몰랐다고, 난.

“세라 아가씨, 이제 내려오시래요.”

모든 준비가 끝났는지 세린이 재촉했다. 그리고 난 기대에 찬 눈빛으로 밖으로 향했다. 나로서도 처음 있는 외국 여행이다. 지금까지 국내는 많이 돌아다녀봤지만 국경을 넘어본 적은 없었다. 그래서 조금은 두근거리는 마음이 있었다. 아니, 솔직히 말하자면 아주 많이.

현관 밖으로 나가자 끝없이 이어진 마차가 제일 먼저 눈에 들어왔다. 뭐, 그럴 수밖에 없나? 카델란까지의 여행은 꽤 길다. 내 짐만 마차 세 대분이다. 거기에 세린을 포함한 시녀들과 30명에 달하는 호위병들, 그리고 루사인의 짐까지 하면 정말 어마어마한 양이 되니까.

“근데 이번엔 호위가 좀 많네.”

“네가 세라가 된 후로 너와 다니는 호위기사들의 사망률이 심각할 정도로 높아져서 말이다. 이번엔 조금 수를 늘여봤다.”

“그거 매우 억울한 발언인데.”

기둥에 기대고 서서 비아냥거리는 아버지를 향해 투덜거렸다. 아니, 솔직히 말해서 두 번밖에 더 있었나? 처음 수도의 유괴 사건 때야 일부러 미끼로 보낸 거고 그 다음은 남부. 거긴 무려 반역 사건이라고. 그래도 남부에선 다친 사람은 있어도 죽은 사람은 없잖아. 저런 식으로 비약하니 매우 억울하다.

"어쨌든 네가 돌아다니면 뭔가 늘 사건이 터지는 듯하니 저 30명도 좀 불안하지. 이번엔 인원도 많고 하니 관리를 해 줄 사람이 필요하겠지. 그래서 타루덴도 함께 하기로 했다.

"엥?"

"호위들과 시녀에 대한 관리, 감독은 타루덴에게 맡기면 된다."

이야~ 아버지 선심 쓰셨네, 네 명의 심복 중 한 명을 내 여행에 붙여주다니. 나름대로 걱정된다 이건가? 뭐 나로선 만족, 대만족이다. 평소 여행을 다닐 땐 루사인이 다 신경 써서 처리해 줬는데 능력은 좋지만 미성년자다 보니 조금 벅찬 느낌이 있었달까. 게다가 이번엔 타 대륙행이라 조금 불안하기도 했는데 알아서 일을 해주는 관리인도 생겼으니 이번 여행은 정말 편할 것 같다.

"여기, 여권과 신분증이다. 호위들과 시녀들의 것은 타루덴이 맡거라. 세라와 루사인, 그리고 세라의 수석 시녀인 세린의 여권과 신분증은 루사인이 관리하도록. 절대로 잊어버리면 안 된다."

대고모님이 신신당부하며 수첩더미들을 눈앞에 내밀었다. 난 루사인의 옆에 달라붙어 여권이란 것을 구경했다.

"와하하. 이게 뭐야, 세린이 언제부터 기사의 딸이 되었어? 영락없는 사족가문이네. 이거 위조 아냐? 어, 어라? 루사인?"

내 것과 세린의 여권을 확인하고 마지막으로 루사인의 것을 보던 난 눈이 동그래져서 다시 한 번 쓰여 있는 내용물을 보고 또 봤다. 그리고 대고모님은 모두를 향해 입을 열었다.

"하나 더 명심할 게 있다. 루사인은 할트엔리드 루사인 일렉트리아. 세라와는 사촌이다. 잊지 말고 그렇게 대우해 주도록 해라."

주변에 서 있던 사람들이 웅성거리기 시작했다. 아무리 제국 카델란에 가서 무시당하지 않기 위해 위조한 거라지만 우리 집안의 일원이라니, 너무 파격적이랄까. 하지만 저기 기둥에 기대고 서서 여전히 미소 짓고 있는 아버지를 보면 이건 아버지도 허락한 거란 뜻.

뭐 이 정도 신분이라면 적어도 카델란에서 루사인이 무시당하는 꼴은 보지 않을 것 같으니 좋은 게 좋은 거라고 해두자. 루사인 화나면 그 대가는 내가 뒤집어쓰니까.

"그래도 그렇지… 첫날부터 생각한 건데 대고모님은 꽤나 널 편애하는 것 같다니까. 어떻게 생각해, 내 사촌씨?"

"글쎄요."

고모님의 말대로 '할트엔리드 루사인 일렉트리아'라고 써 있는 루사인의 여권을 가리키며 묻자 루사인은 시큰둥한 표정으로 나지막이 대답했다.

"쓸데없는 잡담은 그만하고 준비됐으면 어서들 출발하거라. 잉게 공이 기다리겠다."

그 사람은 기다려도 돼요. 그 집안 식구들이 워낙에 지은 죄가 많아야지요. 하지만 늦으면 내 일정이 미뤄지는 거니 조금 서둘러 보긴 할까.

나름대로 결심하고 마차에 올라탈 때였다. 계속 기대고 구경하던 아버지가 날 불렀다.

"세라야."

"응?"

아버지는 제대로 서서 내게 다가오려 했다. 하지만 곧 상처의 통증이 느껴지는지 인상을 찡그리고 그냥 그 자리에 섰다.

그러게 아직은 서서 돌아다니는 거 무리라니까 굳이 나 가는 거 보겠다고 나오더라. 그러다 상처 터지면 옆에 대고모님 역장이 무너질 텐데.

"그냥 들어가. 뭘 그리 보겠다고 버티고 서 있어."

"안 그래도 너 떠나면 바로 들어갈 거다. 어쨌든 잘 다녀와라."

"물론 잘 다녀올 생각이야."

"가서 할아버지한테 안부도 전하고."

"…엥?"

이건 또 갑자기 무슨 소리? 할아버지라니? 에 그러니까 내게 할아버지라면… 아버지의 아버지. 즉 전 페르나슈 공작. 뭐야, 살아 있었단 말이야?!

"말 안 했나? 아주 정정하게 살아 계신데. 네 할머니 고향에

서 카델란 제국에 퍼진 우리 집안 상회를 관리하고 계시다.”

“모, 못 들었어. 그런 소리 한 번도 한 적 없잖아!”

산 넘어 산, 그 산 넘어 또 태산. 요즘 들어 옛날 인물들이 속속들이 모습을 드러내는 것 같지 않아? 대고모님부터 시작해서 전 잉게 공작을 거치더니 이젠 할아버지? 한 번에 너무 많은 뉴 페이스는 기억하기 어려워져요. 특히나 내 머리론.

“지금 말했으니까 됐지? 자, 그럼 어서 가서 꼭 안부 전하거라. 여긴 너무너무 평화로우니 앞으로도 평생 거기서 계시라고 특히 강조해 드리고.”

라고 말하는 우리 아버지. 말하는 내용이 아무래도… 사이 안 좋은 것 같지, 할아버지랑? 대체 아버진 할머니도 무지 싫어하는 것 같더니 할아버지도 안 좋아하면 혼자 큰 거야? 그래서 대고모님을 어머니처럼 생각하는 건가? 어쨌든 미스터리.

이틀을 꼬박 달린 마차는 드디어 대륙 최대의 항구도시 콘돌라에 도착했다. 발칸 대륙에 조금이라도 더 가깝게 손을 뻗는 것마냥 길게 삐죽하게 뻗어 나온 이 도시는 할센 대륙과 발칸 대륙 간의 거리가 가장 짧은 곳이었다.

이곳에서 제국의 항구도시까지는 배로 2주. 크라노나 켄리온의 항구에서 발칸 대륙까지 50일을 기본으로 잡는 것을 보면 파격적일 정도로 짧은 기간이다. 크라노가 호시탐탐 우리

나라를 노리는 이유 중 가장 큰 것이 바로 이 항구이기도 하
니까.

때문에 콘돌라는 언제나 사람으로 북적였다. 대륙과 대륙
을 여행하는 여행객들부터 각 대륙의 특산품을 거래하는 상
인들까지. 외국인들도 꽤나 쉽게 볼 수 있었다. 여러 가지로
위험한 배 여행으로 50일 이상 잡느니 2~3주 대륙을 가로질
러 우리나라의 콘돌라에서 배를 타는 게 시간으로나 안정성
으로나 훨씬 이득이라는 뜻.

몇몇 크라노의 전통 복을 자랑스레 입고 돌아다니는 크라
노 인을 보며 난 나도 모르게 한숨을 쉬었다. 거참, 당신네 나
라 왕자가 하는 짓을 알기는 하고 남의 나라 항구를 이용하고
있는 건지 묻고 싶네. 지금 이거 까딱 잘못하면 전쟁날 판인
데 속 편하게 돌아다니고 있습니다요.

"얌전히 잘 있었구나."

호텔의 로비에 앉아 지나가는 사람들을 열심히 구경하고
있을 때 잉게 공이 웃으며 가까이 왔다.

"오후에 출발하는 배로 예약했다. 배 한 층을 다 전세 내고
싶었는데 조금 늦었더구나. 이미 각 층마다 예약자가 있다
니… 아쉽지만 모르는 사람과 같이 써야 할 것 같아."

"헤에~ 배 한 층 전세면 엄청 비쌀 텐데. 아저씨 돈 많아
요? 잉게 공작이 허락했어요?"

"물론 너희 집 돈이지. 사소한 거에 돈 아끼지 말라고 페이

온이 신신당부하더구나.”

“…….”

남의 집 돈을 쓰면서 그렇게 아쉬워하지 말란 말이다! 아무리 우리 아버지가 통이 큰 건 알고 있다지만, 그리고 또 그만큼 자금력이 뒷받침된다지만, 어차피 배를 타고 여행을 하다 보면 이래저래 사람들과 부딪치게 되어 있다고. 하루 이틀도 아니고 2주일인데. 먼저 예약이 잡혀 있어서 정말 다행이다 진짜.

“슬슬 준비하거라. 짐도 많고 하니 미리부터 준비해 놔야지.”

외교대사로 카델란을 수시로 왕복하는 아저씨다 보니 여행의 절차나 준비는 정말 잘 아는 것 같았다. 내 인생에 철천지원수로 남은 잉게 공작가 사람이지만 어렵지 않게 척척 처리해 주는 것만으로도 조금은 고맙다고 해야겠지.

대륙과 대륙을 잇는 대형 선박은 마법사들의 마법으로 움직인다. 2주간의 여행 동안 대략 30명의 마법사가 번갈아 가며 배의 엔진에 마법을 불어넣고 배는 그 힘으로 편안히 승객들을 모시고 목적지로 향한다. 가끔 생각지 못한 자연재해 등을 만날 때도 있지만 그런 일은 보통 한여름에나 벌어지니 지금 같은 가을은 여행하기에 딱 좋은 계절이다. 걱정할 것은 아무것도 없다는 뜻.

총 9층 구조로 되어 있는 여행용 선박의 탑승이 시작됐다.

일등석 상류층들의 승선을 위한 입구는 따로 있었다. 하나같이 화려한 옷차림의 사람들이 하나둘 다가오며 자신의 차례를 기다리고 있었다. 그들의 호위기사들이 눈을 부릅뜨고 혹시나 수상한 낌새는 없는 지 주위를 살피고 있었다.

"K. 세라 일렉트리아 페르나슈 소공녀. 옆은 할트엔리드 루사인 일렉트리아. 뒤엔 내 시녀, 세린 오프렌. 그리고 나머지 고용인들은 저 뒤에 타루덴이란 아저씨가 알아서 처리해 줄 거야."

"아, 예, 예, 페르나슈 공녀 전하시군요. 에 저 그럼 여행의 목적은……."

배의 입구를 막고 탑승자들의 신원을 하나하나 확인하던 선원이 식은땀을 흘리며 물었다. 얼굴이 앳돼 보이는 게 신참 같은데 초장부터 공작가에 왕족이 탑승하게 되니 당황했구나. 뭐 여행 목적이라… 목적을 묻는다면야.

"쇼~핑."

"아, 예. 그럼 승선하십시오. 편안한 여행되십시오."

90도로 허리를 숙여 인사하는 승무원을 보며 난 혀를 삐죽 내밀고는 배에 올라탔다. 쇼핑은 무슨. 엄마 찾아간다. 하지만 나 정도의 신분을 가진 아가씨가 타국을 여행할 때 가장 의심받지 않고 편안히 돌아다닐 수 있는 이유가 저거니 꼭 그렇게 말하라 당부한 대고모님의 말을 들을 수밖에.

“이쪽입니다.”

제복을 차려입은 승무원이 우리를 배정된 객실로 안내했다. 당연하겠지만 방은 최상급. 긴 복도를 걸으며 본 바로는 아마 이 층 전체가 퍼스트 클래스인 것 같았다. 세린들이 급히 방에 짐을 푸는 것을 보며 루사인과 함께 밖으로 나왔다. 일단 식당이며 노는 곳이 어디에 있는지를 알아놔야 2주간 편할 것 아닌가.

복도를 따라 걸으며 길을 찾고 있을 때, 앞쪽 방이 어수선한 것이 보였다. 방의 주인이 막 들어온 듯 저쪽도 고용인들이 짐을 정리하느라 꽤나 바빠 보였다. 저 어지러운 틈에 휘둘리지 않게 조심해서 방을 지나칠 때였다. 갑자기 내 앞을 가로막는 무언가에 몸을 부딪쳐 버렸다.

“악! 뭐야!”

“아, 죄송합니다.”

푸른색 머리, 훤칠한 키의 건장한 청년이 사과하며 날 살폈다. 대체 이거 미소녀 게임의 뻔하디뻔한 만남 이벤트도 아니고 이게 무슨 일이냐.

“괜찮습니까?”

“안 괜찮으면? 보상해 주게?”

퉁명스레 대답하며 청년을 올려다봤다. 나이는 어림잡아 스무 살 전후. 180대 중후반의 키. 탄탄하게 잘 잡힌 근육은 녀석이 자신의 몸을 움직이는데 있어 꽤나 능숙할 것을 암시하고 있었다.

분위기로 봐서는 그가 이 방의 주인. 즉, 저쪽도 한가닥 하는 집안의 인물이다 이거로군. 얼굴 생긴 것 자체도 어딘가 귀공자 풍이었다. 그러니까… 근육질의 몸을 가지고 있으면서도 둔해 보이지 않는 그런 느낌. 눈이 날카로워서 그런가.

"농담도 잘 하시는군요. 페르나슈 소공녀에게 보상을 해야 하면 대체 얼마를 해줘야 할지 걱정입니다."

"뭐야, 날 알아?"

능글능글 웃으며 대답하는 녀석을 보며 난 의심스러운 눈초리를 가득 담아 물었다. 난 저런 녀석 만난 적 없다. 저 정도의 인물이라면 절대로 잊을 수 없을 텐데 기억이 나질 않는 것으로 보아선 초면. 그렇다면 녀석 역시 날 본 적이 없다는 건데 어찌 난 모르고 저자는 날 알지?

"아까부터 승무원들이 난리가 났던데요, 페르나슈 소공녀가 이 배에 탔다고. 소문은 들었지요. 금발의 금색 눈동자. 누가 보더라도 아름답다며 고개를 끄덕이는 외모. 한눈에 알아봤습니다."

흐응. 말하는 게 청산유수. 저딴 닭살 돋는 소리를 참 잘도 하는구나. 취미가 제비 짓인가? 저 파란머리로 생글생글 웃는 게 어울리는 것도 같고.

"뭐 그건 그렇다 하고. 그쪽 이름은?"

"아켈란스입니다. 공녀에겐 애칭으로 아키, 혹은 아켈이라 부르는 것을 허락합니다.”

“아, 그래. 허락… 그런데 그것뿐? 성은? 어느 집안이지?”

“죄송합니다만 그건 좀 곤란하네요. 남자에게도 지켜야 할 비밀 정도는 있으니까요.”

정말로 곤란한 것인지 아니면 놀리는 것인지 도무지 그 경계를 알 수 없을 정도로 모호하게 대답하는 녀석을 보며 절로 인상이 써졌다. 아니, 대체 내 이름, 내 가문은 알아놓고 자긴 비밀이라니… 뭐 이리 무례한 경우가 다 있어.

하지만 그 순간 루사인이 끼어들어 물었다.

“크라노 인입니까?”

그리고 녀석은 멈칫하며 루사인을 바라보았다. 어딘지 훑어보는 시선으로 루사인을 위아래로 살피더니 녀석은 다시 웃으며 대답했다.

“그런 이유로, 이해해 주십시오. 그럼 전 고된 여정으로 피곤하니 조금 쉬러 들어가겠습니다.”

날 향해 꾸벅 고개를 숙이고 인사를 하더니 바로 방으로 들어가 버리는 녀석의 뒷모습을 보며 난 루사인에게 귓속말로 물었다.

“뭐야, 크라노 인인지 어떻게 알았어?”

“성을 밝히지 못한다면 에페트리아에서 떳떳하지 못한 집안이란 거죠. 하지만 척보기에 귀족. 귀족임에도 가문을 숨긴다면 현재 국가 관계상 크라노 정도밖에 없습니다. 그리고 간간이 남부 사투리 억양이 끼어 있었거든요.”

과연 루사인. 얼마 안 되는 단서만으로도 녀석의 정체를 파악해 버리는구나. 크라노의 귀족이라…….

물론 크라노와 우리나라 사이에 왕래가 없는 것은 아니다. 나라 간 무역이 꽤나 성행하고 있고 지금처럼 여행객들이 발칸 대륙으로 가기 위해 우리나라의 콘돌라를 경유하는 것이 정석이니까. 아직까진 크라노 왕자의 망언과 그 자식의 계략으로 이곳에 사건이 벌어진 것을 아는 자도 극히 드무니까 크라노와 우리나라의 사이는 겉보기엔 문제없다.

하지만 조금만 깊이 들어가면, 그러니까 어느 정도 사건이 돌아가는 내용만 알게 되더라도 우리와 크라노가 언제 크게 한판 벌일지 모르는 상태란 것을 알게 될 것이다.

크라노의 귀족이 분명한 녀석이 자신의 성을 밝히지 않는다면 생각할 수 있는 것은 한 가지뿐. 녀석은 크라노의 왕자가 우리나라에 벌인 짓을 알고 있다.

아직 잘 알려지지 않은 정보들을 이미 쥐고 있다. 때문에 함부로 이름을 말하지 않고 있다. 자신이 크라노 사람이란 것도 먼저 밝히지 않을 정도로. 그런즉 왕자의 측근, 혹은 크라노의 대귀족.

“어쩌면 크라노의 그 세계 정복 병에 걸린 왕자에 대해 알고 있겠네.”

“정답입니다. 요즘 들어 느끼는 건데 슬슬 머리가 좀 돌아가나 보네요? 남부의 드래곤이 해준 처치가 이제야 효과를 보는 건가?”

“응? 그런가? 하긴, 생각해 보니 꽤 복잡한 것을 그냥 계산해 버렸네. 헤에.”

정말로 간만에 칭찬해 주는─비꼰 것일지도?─루사인의 말에 기뻐서 나도 모르게 배시시 웃어버렸다. 아차, 이럼 안 되지, 날 아는 사람들만 있는 것도 아니고 여기 저기 승무원들이 돌아다니는데 체면부터 차려야 한다. 잘못하면 집안 망신이지.

“어쩌시겠습니까?”

“뻔히 알면서 묻기는. 당연하잖아. 요 2주간 들러붙어 줘야지. 내가 아무리 기억력이 딸린다 해도 아버지 배를 쑤셔놓은 그 자식들은 용서 못해. 평생을 두고 갚아야지.”

“표현에 문제가 많지만 그 심정 이해하므로 합세하겠습니다.”

루사인답지 않게 내 의견에 찬성해 주는 것을 보면 녀석도 역시 분하긴 했나 보다. 어쨌든 그러니까… 아켈란스, 크라노의 귀족─이 분명한 녀석─한번 잘 지내보자고, 어디.

배에서의 며칠. 크라노의 귀족에게 의도적으로 접근하려던 우리는 계획을 수정할 수밖에 없었다. 뭐라고 해야 할까. 오히려 녀석 쪽에서 적극적으로 우리에게 달라붙어 대서 조금 불편함을 느낄 정도였다.

퍼스트 클래스 객실용 갑판에 마련된 작은 카페의 의자에 앉아 바다를 구경하던 나와 루사인에게 오늘도 아켈란스가 다가왔다. 그리고는 또다시 시작되는 시시콜콜한 질문.

"루사인님과는 사촌이라고요? 페르나슈 공작에게 형제가 있었나?"

"몰랐으면 이 기회에 기억해 둬."

퉁명스레 대답하며 녀석과 눈을 마주치지 않기 위해 다시 고개를 돌렸다. 기억해 두긴, 당연히 없지. 하지만 어쩌겠어. 내 사촌이라 하고 여행 중인걸. 그런 사정을 정체도 모를 크라노 인에게 시시콜콜하게 알려줄 필요는 없지.

"흐음, 아무리 생각해도 없는데… 마티아스 공작가와 비슷한 이유인가요? 배다른 형제라 밝히질 못했다거나……."

"알아서 생각해."

질기다. 좀 대충 넘어가지. 게다가 우리나라 귀족들의 상황에 대해 꽤나 잘 알고 있는 눈치였다. 이거 정말 위험하겠는걸.

"검은 머리에 가느다랗게 살짝 치켜 올라간 꺼풀이 얇은 눈. 하얀 피부. 전형적인 에페트리아 왕족의 생김새에는 딱 들어맞는데……."

"아, 정말 작작 좀 해! 왜 그렇게 루사인한테 관심이 많은 거야! 한눈에 반하기라도 한 거야? 쟤 남자라고! 눈 똑바로 뜨고 다시 봐!"

결국 버럭 소리치며 자리에서 일어섰다. 원래 목적은 우리가 녀석을 염탐해서 크라노의 정세를 알아보는 거였는데, 대체 어쩌다 우리가 거꾸로 집안 사를 염탐당해야 하는 것인지 도무지 이해가 되질 않았다. 하지만 녀석은 느긋한 얼굴로 태연하게 앉아 대답했다.

"아, 괜찮습니다. 전 바이라서요."

"엥? 바이?"

"남자도 여자도 OK."

"……."

또… 변태냐? 괜찮긴 뭐가 괜찮은데! 뭐가 남자도 여자도 OK냐고! 내 주변에 변태는 아버지로 족하다고! 그래, 조금 봐 줘서 레키아놈까지도 인정해 주지. 그 자식한텐 갚아야 할 게 많으니 녀석이 싫다 해도 내가 들러붙어야 하니까. 그런데 이 자식은 어디서 튀어나온 복병이냐! 크라노는 죄 이딴 놈들밖에 없는 거야? 내가 알게 된 크라노 인마다 다 이 모양이면 그 나라 전체의 정신 상태에 대해 오해하게 되잖아!

지금까지 말없이 옆에 앉아 있던 루사인이 벌떡 일어섰다. 그리고는 성큼성큼 갑판 가장자리로 향했다.

"뭐야, 어디가?"

"변태를 상대할 생각은 없습니다."

아이고, 목소리 봐라. 얼어붙었네. 자식, 자신을 대상으로 한 농담에 대해선 절대 용서 안 하는 성격이지. 하긴 아무리 생각해도 저 아켈란스 놈은 농담하는 것 같진 않지만.

하지만 이런 소리도 있지 않은가? 참는 자에게 복이 있나니. 루사인, 미안하지만 네가 좀 희생해서 녀석에게 정보 좀 빼내야겠다. 저 자식 아무리 봐도 나보단 너한테 관심이 더 있는걸.

"야, 루사인. 괜히 구석으로 피하지 말고 그냥 이쪽으로 와서 같이……."

루사인에게 다가가며 녀석을 달래기 위해 말을 꺼내던 난 살짝 눈동자를 굴려 어느 구석을 바라보았다. 루사인도 '무언가'를 느꼈는지 내 시선이 닿는 곳을 바라보고 있었다.

살기.

아주 미약하게, 한순간이었지만 살기를 느꼈다. 분명하게 느껴졌다. 바로 머리를 스쳐 지나가는 단어가 있었다.

암살?

하지만 곧 의문이 이어졌다. 이곳은 배 위다. 여기서 대체 누구를 노리고 암살을 시도한단 말인가. 암살이란 누군가를 죽이는 것으로 끝나는 게 아니다. 죽이고, 증거를 없애고 배후가 드러나지 않게 사라져야 한다. 사방이 바다로 둘러싸인 배 위에서 암살이란 결코 어울리지 않는 살해 방식이다. 게다가 출입이 통제되는 퍼스트 클래스라면 더욱. 누군가가 죽으면 배 전체에 수사가 시작될게 당연하니까 추적될 게 뻔하다.

누굴 노리고 있는 거지?

암살자가 눈치 채지 못하게 자연스레 몸을 돌려 갑판 위에 일광욕을 즐기는 사람들을 살폈다. 밖에 나와 있는 무리는 우리까지 다섯 정도. 저기 저 아켈란스 놈을 포함해서 모두 귀족이다. 귀족치고 자다가 칼 맞아도 이유없는 사람 없다 하니 누구라도 표적이 될 수 있는 상황.

그때 갑자기 루사인이 날 자신 쪽으로 급히 끌어당겼다.

"…어?"

그리고 동시에 일곱의 검은 망토가 갑판 위로 뛰어올랐다.

"어라라?"

검은 망토, 검은 망토. 이것 참. 너무도 익숙한 모습들이잖아 저거. 너무 자주 보던 분들이라 이젠 오히려 반가울 정도인걸? 그런데 저 자식들, 실력이 보통이 아니다. 아주 작은 살기를 잠깐 느꼈을 뿐인데 일곱이라… 잘도 폐쇄된 이 배 위에서 저런 차림으로 모습을 감추고 숨어 있었구나. 상대가 검은 망토라면 목표는 설마 나?

긴장하고 녀석들의 움직임을 주시했다. 하지만 내 예상은 보기 좋게 빗나갔다. 검은 망토들은 서로 간격을 좁히며 누군가를 둘러싸기 시작했다. 물론 그 대상은 요 며칠 너무 자주 봐서 익숙해진 파란색 머리, 아켈란스였다.

"수행원도 없이 혼자 갑판으로 나오다니, 간이 부었구나!"

"이 기회를 기다렸다!"

"죽어라, 아켈란스!"

저마다 한마디씩 외치며 날이 선 검을 들이대고 있었다. 그리고 아켈란스는 그런 상황에서도 여유로운 미소를 잊지 않고 조용히 허리에 찬 검을 빼 들었다.

난 그런 녀석들을 멍하니 바라보았다. 음, 이거 그러니까 어딘가 좀 다른데. 그러니까 지금까지 내가 알던 것과 좀 다른 것이 어색하기도 하고…

"저 망토들, 말할 줄 아네? 지금까지 내가 본 망토들은 죄다 말 한 마디 안 하고 묵묵히 칼질만 하던데. 듣기만 해도 거북한 레키아의 쇠 가는 목소리만 들어봤잖아. 조금 신기하네."

루사인에게 끌어당겨진 채로 녀석의 귀에 대고 속닥거리자 루사인은 조용히 손가락을 들어 내 입에 댔다.

"쉿. 괜히 휘말리지 않게 조심하세요."

알게 모르게 느껴지는 루사인의 위압감에 나도 모르게 고개를 끄덕였다. 루사인이 진지한 표정을 지으면 어쩐지 아버지가 떠올라서 움찔하게 된다. 어떻게 보면 진짜 닮았단 말이야.

아켈란스의 입에서 여유있는 웃음이 사라졌다. 그리고 그 위에 비웃음이 피어올랐다. 녀석은 뽑아 든 검을 바로 잡고는 순식간에 도약하며 검은 망토들을 향해 달려들었다.

챙!

"늦어!"

귀신같은 얼굴로 검을 휘두르며 잔인하게 그으며 녀석은 착실히 망토들을 향해 공격해 나갔다.

휘익! 푹!

"너무 물러!! 큭큭큭큭."

어느새 광기에 가득 찬 미소를 띤 채 망토들의 피를 뒤집어쓴 녀석을 보며 난 긴장했다. 소름이 밀려 올라왔다. 저 자식은 살인을 즐기고 있었다. 피에 취해 있다. 지금까지 나와 루사인의 옆에서 바이니 어쩌니 하던 녀석은 온데간데없었다. 그가 서 있던 자리엔 살인자의 귀신이 썬 미치광이가 하나 있었다.

"공격을 하려면 바로 칼부터 들이밀어야지, 말로만 떠들면 어쩌자는 거야. 그래서 너흰 무르다는 거야!"

서걱! 촤악!

칼을 한번 휘두를 때마다 피가 튀었다. 살점이 떨어져 나가고, 사지가 떨어져 나가며 시뻘건 선혈이 바닥을 물들여 갔다.

"꺄아아악!"

"경비, 경비를 불러!"

졸지에 망토들과 아켈란스의 난잡한 칼질에 둘러싸인 귀족들이 그제야 당황하며 소리쳤다. 곧 갑판으로 귀족들의 호위들과 배의 안전을 위한 경비병들이 몰려나오기 시작했다.

“이, 이런! 저들을 잡아!”

“아켈란스님!”

“아켈란스님을 지켜라!!”

아켈란스의 호위들이 저마다 소리치며 아켈란스의 주위로 몰려들어 에워싸기 시작했다. 그런데 말은 바로 하랬다고 지금 상황은 아무리 봐도 아켈란스보다는 저 망토들이 더 위험하다고. 완전히 일방적으로 당하던데, 그 꼴 봐놓고도 그런 소리가 나오나? 누구에게서 누굴 지켜야 하는 건데?

“쳇!”

“틀렸나?”

검은 망토들이 여기저기서 신음했다. 허탈한 목소리. 녀석들이 말한 대로 그들에게 승산은 없었다. 붙잡혀서 그 배후를 부는 것밖에 남지 않았다. 그리고 지금까지의 행동 패턴으로 보아 난 이렇게 몰린 저들이 어떤 행동을 할지 알고 있다.

서걱!

“꺄아아악!”

녀석들은 망설이지 않고 그 자리에서 자결했다. 지켜보던 귀부인의 비명이 배를 울렸다. 마지막 남은 망토하나가 고개를 들어 아켈란스를 바라보았다.

“네놈의… 네놈의 미래도 결코 순탄치만은 않을 것이다! 네놈을 우리가 지켜보고 있다는 것, 잊지 말아라!”

끝까지 아켈란스를 바라보며 녀석 역시 자신의 심장에 검을 대고 그대로 찔러 넣었다. 검은 망토를 차가운 눈빛으로 바라보던 아켈란스는 시큰둥한 얼굴로 입을 열었다.

"누군지 알게 뭐야. 기억하지도 못할 정도로 적이 많은데 그중에 누군지 알 턱이 있나. 뭐 이렇게 무식하게 배 위에서 암살을 명령할 머리 나쁜 놈들 중 하나겠지."

어이, 그게 자랑이냐? 듣자 하니 이런 일이 한두 번이 아닌가 보구나. 그거 많이 안 좋은 거거든?

"아차차. 세라님, 괜찮으신가요? 놀라진 않으셨는지."

뱁새눈을 뜨고 녀석을 바라보고 있을 때, 갑자기 녀석이 나와 루사인을 보고는 웃으며 다가왔다. 거 가까이 오기 전에 뒤집어쓰고 있는 피나 좀 닦았으면 소원이 없겠네.

"…좀 놀랐네."

대충 얼버무리며 대답하자 녀석의 눈꼬리가 살짝 올라갔다. 그리곤 싸늘하게 웃으며 날 바라보았다.

"거짓말, 실버나이트면서."

"알면 묻지 마!"

역시 알고 있었군, 나와 우리 집안에 대해. 에페트리아에 대해 꽤나 잘 안다 싶더니 아주 그냥 속속들이 꿰고 있구나. 이 자식 혹시 루사인이 내 시종이란 것도 알고 있는 거 아냐? 그래서 그렇게 집요하게 루사인에 대해 꼬치꼬치 캐물었던 건가? 갑자기 기분이 나빠지네.

"들어간다."

아켈란스를 스쳐 지나며 나 역시 싸늘하게 대답했다. 하지만 아켈란스는 다시 뒤돌아서서 외쳤다.

"깨끗이 씻고 오면 다시 놀아줄 거죠?"

그리고 대답은 내가 아닌 루사인에게서 나왔다.

"날씨가 좋다면."

"…엥?"

난 깜짝 놀라 나도 모르게 루사인을 올려다보았다. 얘도 피를 보더니 실성했나? 다른 때 같으면 이런 상황이 벌어지면 싹 다 무시하고 안전에만 신경 쓰는 놈이 저런 암살자들의 표적인 아켈란스 놈을 또 보겠다고?

무슨 생각인지 의견이라도 듣기 위해 루사인의 옆구리를 찌르려 할 때였다. 저쪽에서 익숙한 인영이 이쪽으로 달려오고 있었다. 그리고 열심히 우릴 불렀다.

"세라!! 루사인!!"

"세라 아가씨! 루사인 도련님!"

잉게 공과 타루덴이 이제야 갑판 위의 소식을 전해 들었는지 놀란 얼굴로 숨을 헐떡이고 있었다.

"이게 대체 무슨 일이냐."

"됐어요. 상황 끝. 안으로 들어가요."

외교 전문. 문과 출신답게 몸을 움직이는 건 영 신통찮은지 숨이 차서 괴로움을 얼굴 가득 띠고 있는 잉게 공을 끌어당기며 객실로 들어갔다.

“암살이라던데 대체 무슨 일이냐? 핏물 뒤집어쓴 그 파란 머리를 노린 건가?”

몸은 따라주지 않지만 눈썰미 하나는 제법 좋은 듯 짧은 시간에 사태를 파악하고 묻는 잉게 공에게 결국 두 손 들었다.

“아켈란스. 크라노의 귀족인 것 같아요.”

“크라노? 아켈란… 스?”

갑자기 아저씨가 인상을 쓰며 무언가를 고민하기 시작했다.

“알아요?”

“낯선 이름은 아닌데… 조금 생각해 봐야겠구나.”

흐음. 나름대로 유명인이란 건가? 하긴, 그러니 암살자도 꼬이겠지. 아저씨는 정보부 소속 외교 관리. 상당한 양의 정보를 접하는 아저씨니 만큼 무언가 알고 있을지도 모른다.

“후~ 어쨌든 좋은 인상은 아니다. 절대로 가까이 다가가지 말거라. 너희한테 무슨 일 생기면 네 아버지한테 나 죽어. 타루덴은 따라오게. 해야 할 일이 있어.”

“부디 사고 치지 마세요.”

무언가 진심이 담긴 말—아버지가 언급된 부분—을 남기고 아저씨는 타루덴을 끌고 자신의 객실로 가버렸다. 대체 아켈란스에 대해 안다는 거야 모른다는 거야. 게다가 끌려가는 타루덴의 저 말은 또 뭐야. 누가 사고를 친다는 거야? 막말로 내가 암살당할 뻔했어? 아니잖아!!

“근데 루사인.”

결국 긴 복도에 둘만 남게 된 난 낮은 목소리로 루사인을 불러 세웠다.

“왜 녀석을 다시 보려고 하는 거야? 암살 위험까지 옵션으로 딸린 그 변태를?”

“중요한 인물이니까요. 크라노의 현재 정황을 알려주고 있잖아요.”

“엥?”

전혀 생각지도 못한 발언에 놀라 괴상한 비명을 질렀다. 중요한 인물인 거야 대충 짐작은 했지만 현재 상황? 암살이 오갈 정도로 불안정하다는 건가?

“일단은 크라노의 대귀족이 분명한 사람입니다. 저자를 중심으로 적이 있고, 암살이 오간다면 현재 크라노는 최소 두 개의 파로 나뉘었다는 거죠. 지금 그곳엔 누구 말대로 세계 정복을 꿈꾸는 왕자가 있습니다. 그럼 아마 그 왕자의 반대파도 있겠죠. 왕자파든, 아니면 그 반대파든. 저자는 어쨌든 그 둘 중 하나의 중심인물일 겁니다. 그러니 암살이란 방법까지 써서 막으려는 거죠, 상대 쪽에서.”

“그래서?”

“녀석이 어느 쪽이든 옆에서 지켜보면 얼마간의 정보라도 알 수 있을 것 같아서요.”

“호오, 루사인답지 않게 적극적이네.”

조금 비꼬아 녀석을 놀리자 루사인은 나 놀릴 때 자주 사용하는 특유의 웃는 얼굴로 대답했다.

"누구처럼 나라의 위기를 수수방관하지는 않거든요."

"뭐야, 언제는 폐하보다 내가 더 중요하다며? 근데 이제 난 뒷전이야?"

"아, 그건 그냥 핑계였죠. 국왕의 실버나이트 입단을 거절할 이유로 딱이잖아요."

"나라의 위기도 그냥 핑계지? 호기심 아냐? …불경해."

이 자식, 진짜 성격 나쁘다. 엄청 나쁘다. 프리츠랑 사이가 나쁜 이유를 이제야 알 것 같다. 분명히 이 성격 프리츠한테 들킨 거다. 그렇지 않고선 루사인도 프리츠도 서로 신경 세울 일이 없잖아. 그걸 이제야 알게 되다니. 여태껏 교묘히 감춘 루사인의 능력에 박수를 쳐야 하는 건가, 이거?

10월의 가을 하늘답게 날씨는 여전히 좋았다. 객실의 복도를 지나 예의 갑판으로 나가자 역시나 카페의 의자에 앉아 있는 아켈란스를 발견할 수 있었다. 평소와 다르다면 지금까지 근처에 아무도 두지 않고 혼자 다니던 녀석의 옆에 세 명의 호위병이 서 있다는 것 정도? 아무래도 어제 암살당할 뻔하기도 했으니 나름대로 조심한다는 거겠지.

"역시나 나오셨군요, 세라님."

녀석이 생글생글 웃으며 날 향해 인사했다. 그리고 나 역시 웃으며 녀석에게 다가갔다. 근처의 의자에 루사인과 함께 앉아 주문을 받으러 온 웨이트리스에게 차를 시키곤 곧 본격적으로 본론으로 들어가기 시작했다.

"궁금하잖아, 암살의 위협까지 당하면서 카델란으로 가려는 크라노의 귀족에 대한 것이."

그러니까 단도직입적으로 딱 요점을 묻자 녀석은 쓴웃음을 지었다.

"이런… 단지 그런 호기심뿐입니까? 저에 대한 관심이 아니라?"

"언제 칼 맞을지 모르는 사람한텐 정 안 줘."

물론 이건 진심이다. 언제 죽을지 모르는 사람과 친해져 봐야 남겨진 사람만 손해니까. 누군가를 잃는 건, 아버지가 쓰러졌을 때 느낀 감정으로 족하다고.

"그 심정 이해하지만 조금 애석하네요. 기대했던 만큼 큰 목적이 있는 것도 아닌데."

"흐음, 말해도 되는 거야? 국가 비밀이니 그런 거 아니고?"

의외로 순순히 대답할 것 같은 분위기에 눈을 동그랗게 뜨고 물었다. 아켈란스는 여전히 쓴웃음을 지으며 대답했다.

"제가 카델란의 국제 학교 출신이거든요. 학교를 다니며 연구하던 과제가 하나 있었는데 결국 답을 내지 못하고 졸업했습니다. 그런데 이번에 은사님께서 제 연구에 대한 답을 찾았다고 하기에 인사도 드릴 겸 방문하는 겁니다."

"그런 일에 왜 암살자가 나타난 거야?"

"어제 말하는 거 들었잖아요. 워낙에 적이 많아야죠. 이번에 제가 카델란에 가는 것도 무슨 다른 꿍꿍이가 있는 것 아닌가 하는 사람들도 있고요. 그래서 보냈나 봐요, 불안해서."

마지막에 '불안'이란 단어를 꺼낼 때 녀석은 웃었다. 싸늘한 비웃음. 참으로 가소롭다는 듯, 내려다보는 모습. 결국 아켈란스에게 있어 그의 적이란 고작 저 정도밖에 되지 않는다는 것을 느낄 수 있었다.

크게 일도 벌이지 못하면서 단지 불안해하는 자들. 단번에 직감할 수 있었다. 녀석은 왕자파다. 그 자식, 레키아와 한패다. 저 분위기, 존재감. 분명 레키아와 동류다. 같은 종류일 수밖에 없다.

속이 부글부글 끓어오르기 시작했다. 레키아만 떠올리면 그날 아버지를 꿰뚫은 두 개의 검이 생각난다. 피를 뿌리던 아버지의 모습이 계속 눈앞에서 아른거린다. 레키아, 반드시 죽여 버린다. 네놈의 심장에 있는 힘껏 검을 찔러 넣지 못하면 평생 그 잔상이 지워질 것 같지 않거든.

"몸이 좋지 않은 것 같습니다. 들어가죠."

내 상태를 눈치 챈 루사인이 식은땀을 닦아주며 일으켜 세웠다.

"이런, 간밤에 감기라도 드셨나? 땀이 많이 흐르는군요. 내일도 나오시렵니까?"

"내키면."

여전히 미소 지으며 묻는 아켈란스를 향해 차갑게 내뱉고는 갑판을 떠났다. 더 머물렀다간 내가 암살자가 되어 녀석을 향해 검을 세웠을 것이다. 절대로.

그날 이후로 일부러 아켈란스와의 만남을 피했다. 두 번 다시 녀석과 마주치는 일 없이 배는 카델란의 항구에 도착했다. 배에서 내려 마차에 짐을 옮겨 싣는 것을 보고 있을 때 저쪽에서 날 발견하고 다가오는 아켈란스를 볼 수 있었다.

"세라님, 몸은 괜찮으십니까? 그날 이후로 도통 얼굴을 볼 수 없어 아쉬웠습니다. 옆에 루사인님도요."

생글생글 웃고 있는 녀석에겐 전혀 신뢰감이 느껴지지 않았다. 웃고 있는 가면이라도 쓰고 있는 것처럼 늘 변함없는 표정. 배 위에서 난 봤다, 피를 뒤집어쓴 광인을. 아마 그쪽이 녀석의 진짜 모습일 거다.

"별로 나갈 생각이 안 들었어. 제국학교라면 제도로 가는 거지? 잘 가."

시큰둥하게 대답하자 녀석은 못내 아쉬운지 여전히 미소 지으며 물었다.

"카델란에 온 목적이 쇼핑이라지 않았습니까. 그럼 세라님도 당연히 제도로 가는 것 아닌가요? 같이 가고 싶은데 안 될까요?"

난 의아한 표정으로 녀석을 바라보았다.

"왜 그러고 보십니까?"

"아, 아니……."

이것 참. 뭐라 반응해야 할지 애매했다. 솔직히 말하자면 크라노에 대해 캐보고 싶으면 녀석을 따라가는 게 우리한텐 유리하다. 말로는 은사를 만난다느니 뭐라느니 하지만 다른 곳에서 무엇을 노리고 있는지 누가 알겠어? 녀석의 말을 곧이곧대로 순진하게 믿을 내가 아니라고. 물론, 루사인이 귀띔해 준 것은 생략이다.

어쨌든 이런 상황인데 저쪽이 알아서 같이 가자고 제안하다니, 귀가 솔깃해지는 소리였다. 하지만 아무리 생각해도 저 놈이 바보가 아닌 이상 그쪽 역시 무언가 노리는 게 있을 텐데 무턱대고 이 미끼를 덥석 물어도 좋을지 고민됐다. 게다가 녀석과 함께 다니다 보면 문득문득 레키아 자식과 아버지가 생각나며 검을 들고 싶어질 게 분명하다. 나 참을성없다고.

"죄송합니다. 이번 여행에 제도는 목적지에 없습니다."

갑자기 타루덴이 나서며 못 박았다.

"뭐야. 쇼핑 여행을 왔다면서 제도를 들르지 않으면 의미가 없잖아."

"죄송합니다만 쇼핑은 쇼핑이되, 제국에 퍼진 집안의 상회를 돌아보기로 한 여행입니다. 아가씨는 제도에 가지 않으니 혼자 가십시오."

아켈란스가 인상을 쓰며 다시 묻자 타루덴은 사무적으로 대답했다. 더 이상 고려의 여지도 없다는 얼굴로 딱딱하게 마무리 짓자 아켈란스는 어쩔 수 없다는 듯 어깨를 들썩이며 포기했다.

"할 수 없지 뭐. 아쉽네. 루사인 씨에 대해 좀 더 알고 싶었는데. 다음에 기회가 되면 또 만나자고요."

루사인이 들으면 꽤나 소름끼칠 듯한 대화를 남기고─실제로 등 뒤에서 '으득' 하며 이를 가는 소리가 들렸다─녀석은 화려한 마차와 함께 퇴장했다. 녀석의 마차가 멀어지는 것을 바라보며 난 타루덴에게 물었다.

"왜 그리 딱 잘라 반대한 거야?"

"잉게 공이 설명하실 겁니다."

그리고 난 고개를 돌려 아저씨를 바라보았다, 당연히 설명해 달라는 눈빛으로. 아저씨는 특유의 능글맞은 웃음을 지으며 날 내려다보았다. 그리고 씨익 웃으며 대답했다.

"언젠가 들은 게 있지. 카델란의 국제 학교에 재학 중인 크라노의 왕자에 대해. 이름이 아켈란스였지 아마? 푸른색 머리가 인상적이었다고 하더군."

"…뭐?!"

뒤통수를 세게 얻어맞은 것 같은 충격이 밀려들어 왔다. 나도 모르게 외마디 비명이 새어 나올 정도였다. 이번만큼은 루사인도 전혀 예상하지 못했던 일인지 움찔거리며 놀란 모습을 보이고 있었다.

하, 왕자라… 꽤나 신분이 높을 것은 예상했다지만 여기까지 올라가면 이건 허를 찌르는 거라고. 왕자라면 당연히 알 거 아냐, 제놈들이 우리 아버지한테 저지른 짓에 대해!! 그런데 저렇게 생글생글 웃으며 옆에서 나랑 루사인한테 수작을 걸어?

"잠깐. 설마 저게 이번에 태자가 됐다는 그 세계 정복 병 미치광이예요?"

"모른다. 그냥 왕자라고만 알고 있을 뿐, 누가 태자인지는 아직 알아내지 못했다."

암살자들한테 칼질하던 거로 봐선 아켈란스 그놈도 실성한 놈은 맞는데. 이게 따로 미친 건지, 아니면 세계 정복 병에 추가로 더 미친 건지 알 길이 없군. 이것 참. 그러니까 결국은 눈앞에서 크라노의 왕자를 놓친 건가?

"뭐예요, 아저씨! 알았으면 같이 따라가던가 해서 놈들의 속뜻을 파헤쳤어야 하는 것을, 왜 기껏 저쪽에서 제안했는데 거절해요? 타루덴, 당장 마차 준비해!"

"안 된다."

"어째서!"

내 앞을 막으며 반대하는 아저씨를 보며 소리쳤다. 지금 눈앞에 내 아버지를 배를 쑤셔놓은 원흉의 측근, 혹은 그 장본인일지도 모르는 자가 있는데 그걸 그냥 구경만 하고 있으라고?

"저쪽이 먼저 제안했다. 꿍꿍이가 있다는 거겠지. 따라줄 의무는 없다. 그리고 이쪽도 다 생각이 있지. 걱정 마라. 이미 주변에 사람들을 심어놨다. 어린이는 어린이대로 어른들 일에 끼어들지 말고 눈앞에 당장 해야 할 일만 하거라."

대놓고 애 취급. 하지만 반박할 수 없었다. 잉게 공의 말대로 이대로 따라가면 저쪽의 페이스에 말려 버릴 게 확실하다. 계획도 없이 무작정 녀석을 감시하고 있을 수도 없다. 분하지만 이곳의 일은 이곳의 베테랑에게 맡기는 게 순서였다.

"만약 녀석에 대한 정보가 들어오면 바로 알려줄 수 있나요?"

"글쎄. 적어도 그 망토 두목이라는 레키아라는 자의 정보가 들어오면 폐하보다도 먼저 너희 집에 소식이 들어갈 건 확실하다. 네 아버지도 벼르고 있거든."

"추가로 저 아켈란스에 대한 정보도 가능하면 빨리 알려주세요."

낮은 목소리로 협박하듯 당부하자 아저씨는 씨익 웃으며 내 머리를 쓰다듬었다.

"생각해 보고. 그럼 늦기 전에 나도 슬슬 제도로 떠나볼까? 카델란까진 잘 데려왔으니 나머진 타루덴, 자네가 알아서 하게. 엘페이온한테 말 좀 잘 하고. 애들 안 위험하게 잘 보살펴 줬다고 꼭 강조하고."

특히나 뒷부분에 특별히 힘주어 발하며 아저씨는 잉게 공가의 문장기가 새겨진 마차에 올라탔다.

"뭐야, 같이 가는 거 아니었어?"

고개를 돌려 타루덴에게 물었다. 타루덴은 심드렁하니 특유의 사무적인 말투로 대답했다.

"말하지 않았습니까? 제도는 안 간다고. 여기 온 김에 카델란의 상회를 둘러보며 정리하기로 했습니다."

"뭐야 그거! 그냥 둘러대는 소리 아니었어?!"

"겸사겸사입니다."

겸사겸사는 무슨!! 어째 아버지가 순순히 타루덴을 붙여서 보냈다 했다. 이럴려고 같이 보낸 거였어! 상회를 둘러보며 간다니, 그럼 할머니 고향엔 대체 언제 가려고!!

차라리 아켈란스 놈을 따라 제도로 가서 거기서 가로지를 걸 그랬나? 후회는 물밀듯이 밀려오지만, 지나간 과거는 돌아오지 않는다. 어쩌겠나, 타 대륙까지 와서 내 맘대로 돌아다니기엔 아는 게 너무 없는걸. 가자는 대로 끌려 다녀주는 수밖에.

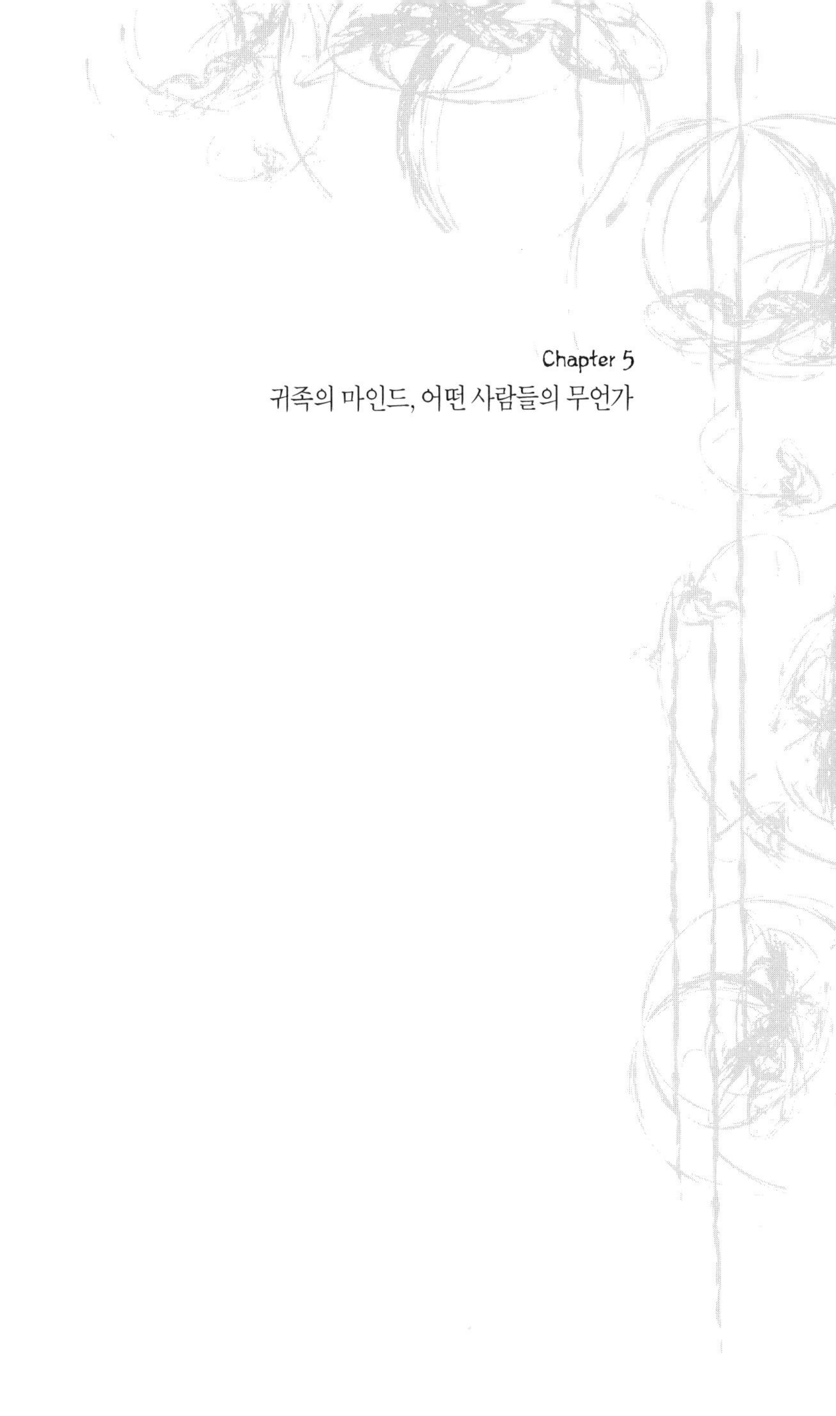

Chapter 5
귀족의 마인드, 어떤 사람들의 무언가

카델란 내의 왕국 두 개를 지나고 카델란 지부 상회도 세 곳이나 거치며 마차는 세 번째 왕국 프라스에 들어섰다. 할머니의 고향 에토슈는 프라스 왕국의 가장 동쪽에 있다. 프라스 왕국에 들어선 지 벌써 닷새째. 하지만 목적지인 에토슈는 아직 사흘을 더 달려야 했다. 과연 카델란에서 제일 큰 왕국인 프라스다.

넓고도 풍요로운 땅. 다른 왕국과는 한눈에 비교될 정도로 많은 인구 수. 비록 제도와는 좀 떨어졌지만 제도가 있는 카델토 왕국 다음으로 손꼽히는 왕국다웠다. 이것이 바로 제국의 향취라며 마음껏 뽐내는 듯한 도시, 건물, 세련된 옷차림의 사람들. 그런 그들을 보며 난 단 한 가지 생각에 몰두했다.

"어째서 크라노의 왕자가 카델란에 왔을까."

"기껏 제국의 화려함을 구경하면서 나오는 소리는 그것뿐입니까?"

"하지만 계속 신경 쓰이잖아. 적당히 메기쯤 되는 놈인 줄 알았더니 갑자기 잉어. 그것도 황금색. 그런 놈이 카델란까지 와서 볼일이란 게 대체 뭐냐고."

핀잔을 주는 루사인을 향해 계속 투덜거렸다. 솔직히 불만이었다. 어쩌면 크라노의 중요한 비밀에 다가갈 수 있었는데 그것을 놓친 것은 아닌가 불안했다. 정작 달리는 마차 안에서 아무것도 할 수 없다는 게 답답했다.

"깊게 생각할 것 없습니다. 그가 말한대로 순수하게 은사를 만나려는 것. 아니면 다른 목적이 있는 것. 거짓말 아니면 진심. 절반의 확률. 지금 짐작할 수 있는 것은 없습니다. 잉게 공에게서 연락이 오기 전까진 생각하지 않는 게 좋지요. 혹시 모를 위험에 경계하는 정도로 충분합니다."

나로선 아버지의 원수를 눈앞에서 놓친 것 같아 불만인 것을 루사인은 별거 아니란 듯 가볍게 넘긴다. 가끔 느끼는 거지만 참 차가운 녀석이다. 나름대로 보통 인간과는 감정의 관점이 다른 내가 느낄 정도다. 이성을 잃고 흥분하는 것을 본 기억이 없다. 건국 기념일에 아버지가 검에 찔렸을 때 그 자리에 루사인이 있었다 하더라도 녀석은 그저 바라만 보고 있었을 것 같은 예감이 들었다. 그리고 그런 생각을 하는 나 자신이 싫어져 다시 말없이 마차 밖의 풍경으로 관심을 돌렸다.

한 무리의 신민들이 마차를 보고 황급히 양쪽 길가로 흩어져선 넙죽 엎으려 절을 하고 있었다. 제국에 들어와서부터 계속 볼 수 있는 모습이었다. 내가 이 제국의 귀족도 아닌데 저렇게 바들바들 떨며 무릎까지 꿇을 필요가 있나 궁금해지던 참이었다.

"내가 이 동네 귀족도 아니고, 저 사람들은 대체 왜 고개를 숙이는 거지? 마차만 보면 무조건 저러나? 그런데 마차는 평민들도 탈 수 있잖아."

"문장기 때문입니다. 카델란에서 마차에 문장기를 달 수 있는 것은 귀족밖에 없으니까요. 문장기가 휘날리는 마차에 타고 있는 것은 당연히 귀족이지요. 문장기가 카델란의 것이든 타국 귀족의 것이든 상관없습니다. 문장기가 걸려 있는 마차라면 문장의 무늬를 보기 이전에 무조건 고개부터 숙여야 합니다."

"흐응. 그런가? 그런데 말이야, 내가 딱히 저들에게 볼일이 있는 것도 아닌데 그냥 지나가는 마차 정도에 저렇게 깍듯이 절을 올릴 필요가 있어? 저건 너무 오버하는 거 아냐?"

마차가 지나가는 대로 도미노 게임이라도 하듯 털썩털썩 엎어지는 제국 신민들을 보며 다시 물었다. 저 엎드린 신민들의 등에 보이는 것은 다름 아닌 두려움이었다. 대체 무엇이

서들을 저리 떨게 하는지 알 수가 없었다.

"웬일로 이런 거에 관심이 생긴 겁니까? 평소엔 아무 생각 없이 지나쳤잖아요."

"응? 그냥 궁금해서."

내 대답에 루사인은 여전히 의심스럽다는 얼굴로 날 바라보았다. 그리고 곧 창문 너머 마차 밖의 사람들을 보며 한숨을 쉬었다.

"카델란에서 귀족의 권력은 절대적입니다. 평민은 그저 도구일 뿐이죠."

"도구?"

"대륙은 중앙에 뻗어 있는 드래곤의 산맥을 중심으로 위는 카델란, 아래는 카델란 해방 연합 전선이라 주장하는 에델 연합국으로 나뉘어져 있습니다. 그리고 두 국가는 200년에 거쳐 장기적인 소모 전쟁을 하고 있죠."

"그렇게 오래 전쟁을 치르고 있는 것 치곤 상당히 평화로운데?"

다시 한 번 마차 밖으로 시선을 돌려 도시의 사람들을 바라보며 물었다. 평화롭고 일상적인 생활을 영위하는 사람들. 그 누구에게도 전쟁의 그림자는 보이질 않았다.

"일상이니까요. 태어나기 전부터 시작된 전쟁입니다. 이젠 당연하다 느낄 정도겠지요. 그리고 그것을 주도한 것이 귀족입니다. 평민은 징집의 대상. 전쟁을 위해 필요한 도구들이죠. 그런 도구들이 들고일어날 수 없게 처음부터 복종시키는 겁니다. 세뇌라도 하듯.”

“하지만 아무리 그래도 저런 신민들 사이에도 머리 좀 쓰는 사람은 나올 텐데, 그런 사람이 늘어날수록 귀족의 압정은 약해질 수밖에 없잖아?”

“그런 사람은 싹부터 잘라 버리는 거죠. 잉게 공에게 들었잖아요, 카델란은 아무리 뛰어난 능력을 가지고 있어도 신분이 평민인 이상 그 힘을 쓸 수 없다고. 조금이라도 머리가 돌아가거나 반항의 기미가 보이면 그 자리에서 사살합니다. 카델란은 그게 가능해요.”

“아무런 죄가 없어도?”

“ ‘귀족의 마음에 들지 않는다는 죄’ 지요.”

불쾌한 듯 쓴웃음을 짓는 루사인을 보며 난 조금 불안해졌다. 루사인에게서 무언가 알 수 없는 거부감이 뿜어져 나오는 것 같았다. 그게 무엇을 향하는 것인지 정확히 무엇인지 알 수 없었지만, 손을 뻗어 붙잡고 싶을 정도로 위태로워 보였다.

“그래도 우리나라는 그나마 다행이네. 신분이 낮아도 능력만 있으면 나라에서 일을 할 수 있잖아. 그리고 평민이라 해도 함부로 죽일 수도 없고. 법이란 게 있으니까.”

“제국에도 법은 있습니다. 뭐… 제국은 귀족들 모두가 그것을 가지고 있지만요.”

“그것?”

“실버나이트가 가지고 있는 면죄부. 제국은 그것을 가진 사람이 에페트리아보다 조금 더 많을 뿐이지요.”

루사인의 비아냥거림을 확연히 느낄 수가 있었다. 루사인의 불쾌감은 이 제국이 아니라 에페트리아를 향하고 있었다. 지금까지 내가 알던 루사인의 얼굴이 아니었다. 생소함. 전혀 다른 분위기의 소년이 내 옆에 앉아 있었다.

“능력이 있는 평민을 기용하는 것은 다른 나라에서 볼 때 아주 파격적인 것이죠. 하지만 실상은 별다를 바 없습니다. 권력으로 억눌러 전쟁에 이용하나, 감언이설로 속여 그 능력을 이용하나, 귀족에게 소모되는 결과는 같죠. 아무리 뛰어나도 종신 귀족. 혼자만의 작위로 끝납니다.”

“……..”

계속 이어지는 루사인의 말에 난 아무 말도 할 수 없었다. 머리 좋은 녀석이라 그런지 너무도 그럴듯한 말에 전혀 반박할 수 없었다. 그저 놀란 눈으로 바라볼 뿐이었다.

“에페트리아 천 년의 역사 동안 종신 귀족에서 세습 귀족으로 격상된 평민이 몇 명인지 아십니까? 단 두 명입니다. 루베르크에서 월반한 역사적으로 손에 꼽히는 두 천재. 그 정도가 아니면 꿈도 꿀 수 없는 것입니다. 그런 것을 교묘하게 감추며 능력만 좋으면 세습 귀족이 될 수 있다며 유혹하고 가지고 있는 모든 것이 고갈될 때까지 짜내고 이용하는 거죠.”

계속되는 악평. 겁이 날 정도로 무섭게 이어지는 루사인의 말을 더는 듣지 못하고 난 옆에 앉은 루사인의 팔을 꼭 잡아 마주볼 수 있을 정도로 끌어당겼다.

"루사인⋯⋯."

"왜요? 제가 틀린 말 했습니까?"

"루사인⋯⋯."

퉁명스레 묻는 루사인을 바라보며 난 무슨 말을 해야 할까 고민했다. 하지만 대답할 말이 없었다. 다들 알다시피 난 머리가 나쁘다. 그런 내가 루사인을, 그것도 그동안 감춰오던 것을 한번에 밖에 내놓을 정도로 흥분한 루사인을 멈추게 할 말 따위 떠오를 리 없었다. 그저 잡고 있는 팔을 더욱 세게 잡으며 겁먹은 표정을 물어볼 뿐이었다.

"루사인⋯ 그래서 루사인은 귀족이 미운 거야? 싫은 거야? 계속, 그렇게 싫었던 거야?"

그리고 그제야 나와 눈을 마주친 루사인은 잠시 멈칫하더니 곧 화난 표정을 지우고 평소의 얼굴로 돌아와 미소 지었다.

"모르겠습니다. 그저 저렇게 귀족에게 넙죽 절을 올리며 복종하는 모습에 어렸을 때의 기억이 잠깐 떠올라서 화가 났었나 봐요."

"응? 어릴 때?"

루사인이 저리 말하는 어릴 때라면 아마 우리 집안에 들어

오기 이전의 일일 것이다. 난 전혀 알지 못하는 때. 누구도 알려주지 않는 루사인의 과거가 존재하는 때.

"페르나슈 공가로 들어오기 전까지 백작령의 빈민촌에서 살았거든요."

"빈민… 촌?"

그야말로 경악할 일이었다. 전에 듣기로 루사인의 부모 모두 루베르크 출신이라 했다. 아버지는 월반까지 했을 정도. 그런 사람들이 아무리 사랑에 눈이 멀어 야반도주를 했다지만 빈민촌에 들어가서 살아야 할 이유가 없지 않은가.

"이상해할 것 없습니다. 두 분 모두 미성년이었고 또 그때까지 공부만 했던 사람들이었습니다. 신분을 보증해 주는 사람도 없고 일거리도 없었습니다. 가진 것도 없으니 빈민촌에 들어가 몸으로 때우며 먹고살 수밖에 없었죠. 물론 두 분 다 노동에 익숙하지 않은 분들이었으니 자리 잡기까지 참 힘들었다고 들었습니다."

"들어?"

"어머니한테요. 돌아가시기 전까지 몇 번이고 두 분의 과거에 대해 들었습니다. 슬펐던 때, 기뻤던 때 모두 다. 겨우 자리 잡고 두 분이 수도를 떠나 도망친 지 5년이 지나서야 제가 태어났습니다. 그땐 정말 기뻤다고 하시더군요. 하지만 제가 두 살 때 아버지가 사고로 돌아가시고 혼자 남은 어머니께서 겨우겨우 빈민 구제금과 주변의 소일거리를 하며 절 키우셨습니다."

나도 모르게 고개가 끄덕여졌다. 그저 공부밖에 몰랐던 학생들, 아무것도 없이 시작하기란 참 힘들었겠지. 겨우 자리가 잡히나 했더니 남편의 죽음. 젊은 여자가 어린아이 하나 데리고 사는 것은 하루하루가 고통이었을 것이다.

그런데 전에 루사인은 말했다, 부모님은 나쁘지 않은 삶이라 했었다고. 그리고 루사인은 말했다, 빈민촌에 있던 기억 때문에 화가 났다고. 도무지 맞질 않았다. 어딘가 한 부분은 거짓말이 분명했다.

"머리 굴리지 마세요. 저 거짓말한 적 없으니까."

여전히 내 머릿속을 훤히 꿰뚫고 있는 녀석답게 시원스레 말했다.

"먹고살기 힘들어 배는 고팠지만 그래도 잘 지냈습니다. 아버지가 돌아가시고 나서도 어머니는 약한 소리 안 하시고 절 키우셨어요. 하지만 돌아가시기 1년 전. 갑자기 나타났더군요, 백작의 아들이. 제 어머니는 당시 빈민촌은 물론 근처 평민들 사이에서도 아름답다고 소문난 분이셨습니다."

이쯤 되면 짐작 가는 스토리는 하나다. 뻔할 수밖에. 적당히 귀족한테 당하고, 그래서 여차저차 끝이 안 좋아서 루사인이 귀족을 싫어하는 것인가?

"이상한 생각하지 마세요. 상상하는 일은 없었습니다."

"……."

귀신같은 놈. 하여튼 무슨 생각을 못하게 해. 그럼 대체 뭐가 문젠데!

"어머니는 아무리 귀족의 망나니 아들이라도 함부로 다가올 수 없을 정도의 위엄 어린 기품을 지닌 분이셨습니다. 옷은 낡고 차림새는 초라해도 늘 빛이 비추는 것 같았습니다. 그래서 그 귀족은 어머니가 포기할 때까지 어머니의 소일거리를 막고 빈민 구제금도 중단했죠. 반년 만에 쓰러지셨습니다, 영양실조로."

쓴웃음을 짓는 루사인의 얼굴에 언뜻 증오가 보였다. 수년간이나 감춰놓고 있던 감정이 살짝 비춰졌다.

"그때야 소식을 들은 페트다 부인이 찾아왔습니다. 그리고 우리 모자를 데려가려 했지만 어머니가 반대했습니다. 절대 돌아가지 않겠다고요. 그저 혹시 모르니 저를 위해 추천장이나 써달라고 하더군요. 얼마의 식량과 돈을 남기고 페트다 부인은 수도로 갔습니다. 그리고 한번 쓰러진 어머니는 두 번 다시 일어나지 못하셨죠."

그렇게 루사인의 과거 이야기는 끝이 났다. 한참의 침묵이 흐르고 난 루사인을 향해 물었다.

"그 백작 놈의 아들은?"

"주인어른이… 페르나슈 공작 전하가 처리했을 겁니다. 그래서 지금도 아쉬워요. 그때 말릴 것을. 그놈은… 내 손으로 절망을 맛보게 하고 싶었는데. 그러니까 귀족들은 다 같은 겁니다, 이곳이나 에페트리아나. 서로의 권력을 조금 더 약한 자들에게 휘두르죠. 똑같습니다.”

루사인의 덧없는 중얼거림에 오싹하며 소름이 끼쳤다. 목표없는 살기가 마차 안을 감싸고 있었다. 과거에 대한 후회, 분노. 그런 감정들이 휘몰아치고 있었다. 있는 힘껏 잡고 있던 루사인의 팔을 더욱 세게 잡아당겼다. 그리고 루사인의 눈을 빤히 마주보았다.

“루사인, 귀족이 미워? 나도 싫어? 나… 미워하지 마. 다른 사람은 몰라도 루사인이 날 싫어하는 건 참을 수 없어. 견딜 수 없을 거야.”

불안한 마음을 담아 애원하듯 바라보았다. 그리고 루사인은 그제야 피식 웃으며 살기를 감췄다.

“도련님을 미워할 리가 있나요? 도련님은 정말로 ‘아무것도 모르는 것’ 뿐인데.”

“…응? 나 머리 나쁜 거 말하는 거야?”

“조금 달라요. 도련님은 주인어른의 일생의 대작인걸요.”

“응? 대체 무슨 말이야?”

도무지 영문을 몰라 고개를 갸웃거리며 다시 물었다. 그러자 루사인은 환한 미소로 내게 답했다.

“순수한 어린아이는 잔혹하죠. ‘죄악’ 을 모르던 아이가 어른이 되었을 때 그것은 참회일까요, 아니면 외면일까요.”

“무슨 소릴 하는 거야? 하나도 못 알아듣겠어.”

두덜거리는 나를 루사인은 계속해서 미소 지으며 바라보았다. 그리고 마차는 계속해서 달렸다.

꼬박 사흘을 마저 달린 마차는 드디어 목적지인 에토슈에 도착했다. 과연 상업으로 유명한 도시답게 들어서자마자 수많은 인파와 그들과 함께 이동하는 짐들이 눈길을 끌었다. 달리는 마차 안에서 열심히 구경을 하고 있을 때, 타루덴이 마부를 불러 마차를 세웠다.

"자, 그럼 전 이쯤에서 마차를 갈아타고 에토슈 지점 상회로 가겠습니다."

"어라? 같이 안 가? 우린 어쩌라고?"

평소엔 상회까지 같이 갔는데 갑자기 따로 움직인다니까 좀 당황스러웠다. 아버지가 전에 말했었다. 어머니의 레어에 대해선 상인들이 알고 있으니 상회에 가서 물어보라고. 그런데 정작 가장 중요한 이곳에서 날 따돌리려 하니 불만이 있을 수밖에.

"레어의 위치는 제가 알아오면 됩니다. 세라 아가씨와 루사인 도련님은 이대로 마차를 타고 별장으로 먼저 가 계세요."

"별장?"

"공작가 소유의 별장이 있습니다. 전 공작 전하께서 지내시는 곳이니 먼저 가서 인사부터 드리세요."

"전 공작 전하라면… 할아버지?!"

완전히 잊고 있었던 존재를 떠올리고 소리쳤다. 하지만 타루덴은 이미 마차를 갈아타고 떠난 지 오래였다.

"아 잠깐, 어쩌지? 만나면 뭐라고 해야 하는 거야? 에, 그러니까 할아버지니까……."

다시 달리기 시작한 마차 안에서 갑작스레 닥쳐온 정신적 공황에 안절부절못하고 중얼거리자 구경만 하던 루사인이 날 잡아끌어 의자에 앉혔다.

"서성대지 말고 앉아요, 괜히 급정거라도 하면 위험하니까. 뭘 그리 고민해요? 언젠 생각하고 계획성있게 무언가를 했어요? 그냥 저지르고 봤으면서."

"아, 그런가? 아니, 그래도 뭐랄까… 할아버지라고 하면 일단은 혈육이고… 에 그러니까… 아버지랑 사이 안 좋은 것도 같았지?"

그러니까 가장 걱정되는 것은 그것이었다. 카델란으로 떠나기 전, 아버지가 말하는 뉘앙스로 봐선 절대로 좋은 사이는 아니다. 손뼉도 마주쳐야 소리가 난다, 가는 말이 고와야 오는 말이 곱다 등등의 말이 있다. 그런즉, 아버지가 할아버지를 싫어한다면 할아버지 역시 아버지를 좋아하는 것은 아니란 말씀. 이런 상황에 아버지가 예의상 부탁한 안부를 할아버지 심기에 거슬리지 않게 어떻게 무난하게 전해야 하느냔 말이다!

선대 국왕과 형제다. 페트다 부인과 의남매다. 할아버지 성격, 너무 뻔하게 보이잖아. 아무리 내가 머리가 나쁘더라도 그 정도 눈치는 있다고.

하지만 이런 내 절규를 아는지 모르는지 마차는 어느새 한적한 길로 들어섰다. 눈앞에 커다란 정문이 보였다. '페르나슈 공가의 사유지'라고 쓰여 있는 팻말이 내 시선을 사로잡았다. 그리고 알 수 없는 오한을 온몸 가득 느꼈다.

사유지에 들어서고도 한참을 달리던 마차가 드디어 저택 앞에 멈춰 섰다. 이미 우리가 온다는 소식이 알려졌는지 고용인들이 주욱 늘어서서 우리를 맞이하고 있었다.

"별장에 오신 것을 환영합니다. 세라 아가씨, 루사인 도련님, 전 이 별장의 총 책임자인 로렐입니다."

나이가 꽤 들어 보이는 여자가 미소 지으며 대표로 인사했다. 말로는 별장이라지만 저택의 규모는 상당히 컸다. 할아버지도 이곳에 계신다 하니 아마 이곳이 카델란에 있는 우리 가문의 본가 같은 곳일 거다.

"할아버지는?"

"전 공작 전하께선 뒷마당의 물레방아 정원에 계십니다. 네이드, 두 분을 안내해 드려라."

"예. 이쪽으로 오십시오."

20대 중후반으로 보이는 청년이 짧게 대답하곤 우리들 앞에 서서 어딘가를 향해 걸었다. 청년을 따라가는 나와 루사인의 뒤로 로렐의 목소리가 계속 이어졌다.

"다른 분들은 짐을 옮기도록 하죠. 방은 각각 담당자들이 안내할 겁니다. 아가씨와 도련님의 짐부터 조심스레 시작합니다."

꽤나 활동적이고 밝은 성격 같았다. 한마디 한마디가 힘이 있는 것이 듣는 사람도 기분이 좋아지는 목소리였다.

"많이 놀라셨습니까? 힘이 넘치는 분이시죠, 로렐님은. 처음 오신 분들은 모두 멍하니 바라봅니다. 저런 성격이니 여자의 몸으로 이곳 총책임자까지 올라간 겁니다."

"나쁘지 않네."

네이드가 즐거운 목소리로 설명하는 것을 들으며 고개를 끄덕였다. 왠지 세린이 지금 성격 그대로 자란다면 저 로렐과 비슷한 유형이 될 것 같다는 상상을 하면서 열심히 네이드의 뒤를 따라갔다.

별장을 가로질러 뒷문을 통해 나간 곳은 아기자기하게 꾸며진 미니 정원이었다. 채광이 좋은 마당 한가운데로 인공 냇가가 한눈에 들어왔다. 중심에서 조금 떨어진 곳에 바위들을 쌓아놓은 틈으로 작은 물레방아가 보였다. 물론 역시 미니 사이즈. 기껏해야 어른 키보다 조금 높은 정도였다.

물레방아의 옆, 바위 그늘 아래 의자에 앉아 있는 남자가 눈에 띄었다. 흰머리가 희끗희끗한 검은 머리. 얼굴에 주름은 잡혔지만 어딘지 상당히 낯익은 노인이 한 치의 어긋남 없는 바른 자세로 의자에 앉아 물레방아를 바라보고 있었다.

"주인어른, 세라 아가씨와 루사인 도련님이 도착하셨습니다."

할아버지 곁으로 다가간 네이드가 격식을 차린 딱딱한 목소리로 말하자 할아버진 그제야 이쪽으로 시선을 돌렸다. 아, 그래 한눈에 봐도 알 수 있겠다. 고려할 여지도 없는 우리 할아버지구나. 폐하와 아버지를 여기저기 섞어놓은 듯한 외모하며, 가만히 앉아 있는 것만으로도 위엄이 느껴지는 모습이라니. 너무도 뻔해서 이젠 질려 버릴 정도다.

"네이드, 물러가거라. 아무도 이 근처에 돌아다니지 못하게 주의를 주고."

"예, 주인어른."

허리를 숙여 깍듯이 인사를 한 네이드가 정원을 나가 이곳으로 통하는 문을 닫고 나서야 할아버지는 입을 열었다.

"키르라이안이군."

"……네."

도대체가 내 성별전환에 대해 모르는 사람이 없구나. 이거 누구 말대로 진짜 공공연한 비밀이 되어버리는 것 아냐, 루베르크 왕립학교를 벗어나 왕국 전체로? 그건 사양인데…….

"엘페이온도 쓸데없는 짓을 하는군. 도대체가 무슨 생각을 하고 사는 건지.”

어딘지 꽁한 목소리. 역시나 짐작했던 대로 할아버지 역시 아버지에게 그다지 좋은 감정을 가지고 있지 않은 것 같았다. 아, 낭팬데 이거.

“며느리랍시고 떡하니 드래곤을 데려오질 않나. 자식까지 이 모양으로 만들고. 드래곤이야 이쪽에서 빚을 졌으니 넘어 간다 치지만 무슨 서커스를 하는 것도 아니고 손자가 손녀가 되어버렸으니…….”

내 드레스 차림이 심하게 거슬리는지 인상까지 쓰며 한참 이나 날 위아래로 훑어보는 할아버지를 보며, 무슨 수를 써서 라도 이 자리에서 어서 빨리 벗어나야 한다고 다짐했다. 하지 만 내 머리는 언제나와 같이 주인을 배신하고 전혀 다른 쪽에 호기심의 마수를 뻗고 있었다. 그러니까 어떤 거냐 하면,

“빚을 지다니요? 어머니한테 무언가 약점 잡힌 거라도 있 어요?”

눈을 반짝이며 묻자 할아버지는 여전히 못마땅하다는 표 정으로 날 바라보며 퉁명스레 물었다.

“엘페이온에게 못 들었느냐?”

“전혀, 아무 소리도.”

“어렸을 때부터 따라다니던 고질병을 그 드래곤이 고쳤다. 나약한 녀석, 고작 그까짓 것에 드래곤의 힘까지 빌려야 했다 니.”

에 그러니까… 여기서도 아버지가 어릴 때 앓았다넌 그 의문의 병이 포인트라는 거로군. 분위기로 보건대 할아버지도 그 병의 정체를 말하진 않을 것 같고… 교묘하게 슬쩍 말 돌리는 게 느껴지니까.

"기껏 마거리트한테 맡겨 그나마 사람 노릇은 하게 만들었건만……."

마거리트라면 대고모님, 페트다 부인이다. 무언가 아버지한테 아쉬운 점이 한두 가지가 아닌 것 같군. 한번 시작되니 계속 이어지는 저 말들만 들어도 알겠다.

"하나같이 다들 뜻대로 되질 않았어. 게다가 이젠 전혀 닮지 않은 금발의 손녀라니."

투덜거리며 혼자 중얼거리던 할아버지의 시선이 점차로 루사인에게로 향했다. 처음엔 그저 날 바라보다 슬쩍 지나치던 시선으로. 그리고 점차로 흘끔흘끔 훔쳐보던 것이 이젠 아예 대놓고 뚫어져라 바라보게 되었다.

"네가 루사인이구나."

"처음 뵙겠습니다, 전 공작 전하."

딱딱하게 굳은 목소리로 인사하는 루사인에게 할아버지는 여전히 눈길을 떼지 않았다. 처음엔 조금 놀란 표정. 그리고 그대로 굳어버리는 얼굴. 하지만 이어지는 저 표정. 그리운 듯 무언가를 떠올리는 눈길. 저 얼굴을 난 알고 있다. 건국 기념일 행사 때 폐하가 루사인을 바라보던 얼굴이 저랬었다. 세월의 차이만큼이나 주름이 잡힌 것만 다를 뿐, 비슷한 얼굴에 똑같은 표정은 또다시 날 불안하게 만들었다.

"아 저 그러니까 할아버지, 루사인은 제 전속 시종으로 여행을 하기엔 카델란의 관습이 문제라 높은 신분이 필요해서……."

어떻게든 분위기를 바꾸기 위해 거짓 웃음을 지으며 무슨 말이든 꺼내 보려 했다. 하지만 내 노력은 통하지 않았다. 할아버지는 내 말 따위는 옆에서 풀 뜯는 강아지 울음소리만큼도 신경 쓰지 않고 루사인을 향해 물었다.

"여전히 그 집에서 그러고 살고 있는 것이냐."

"…예."

"저 바보 금발은 여전히 모르고 있고?"

"그렇습니다."

무언가 이해할 수 없는 선문답이 순식간에 오갔다. 그나마 안 되는 머리로 추리해 보자면 루사인이 살고 있는 집은 우리 집이고 여기서 바보 금발이라면 아마도 내가 분명한데…

"뭐, 뭐야! 지금 나보고 바보 금발이라고 한 거야?!"

나도 모르게 두 사람을 향해 버럭 소리 지르자 할아버지가 어이없는 표정으로 날 바라보았다.

"…이제 깨달은 거냐?"

"뭘 새삼 흥분해요?"

뭐, 뭐냐 저 죽이 잘 맞는 소년과 노인은!! 분명히 좀 전에 처음 뵙는다고 인사했잖아! 만난 지 5분도 안 돼서 벌써 동맹 결성이란 말인가?! 너무 빨라!!

"엘페이온은 늘 내게 가족이 그렇게 된 것은 내가 무관심해서였다고 따졌지. 하지만 내게 보란 듯이 신경 써서 키운 자식이 저 모양이라면 녀석도 그다지 성공한 것 같진 않은데 말이야."

"나름 '순수하게'를 목적으로 키운다는 게 백치를 넘어서 무뇌에 무개념까지 동반했다지만 그래도 목적대로 성장하고 있다며 즐거워하시던데요."

"그게 목적? 내 자식이지만 대체 무슨 생각을 하고 사는지 도무지 모르겠군."

"그리고 솔직히 세라님이 남자였을 땐 방목했어요."

"……."

루사인의 설명에 할아버지는 기가 차다는 얼굴로 나와 루사인을 번갈아 봤고 난 길길이 날뛰었다.

"누, 누굴 들판에 뛰노는 망아지로 아나! 방목은 무슨 방목이야!! 아니, 그전에 무자로 시작되는 이상한 단어들은 또 뭐고!!"

"망아지가 아니라 망나니겠죠."

"어이, 너……."

뱁새눈을 뜨고 루사인을 노려보던 난 문득 평소와 다른 무언가를 느끼고 멈칫했다. 이상하게 말이 많았다. 루사인의 성

격을 생각하면 처음 보는 사람, 그것도 신분이 한참 위인 노
인에게 저렇게 길게 말하는 건 분명히 이상했다.

"루사… 인?"

조심스레 루사인을 불러보았다. 하지만 루사인은 내게 눈
길 한번 주지 않고 오직 할아버지만 똑바로 바라볼 뿐이었다.
할아버지 역시 그런 루사인을 말없이 바라보았다. 한참 동안
침묵이 흘렀다. 먼저 침묵을 깬 건 할아버지였다.

"날 원망하느냐."

낮은 목소리. 한숨이라도 쉬듯 작은 목소리로 묻는 말에 루
사인은 여전히 어떤 대답도 하지 않았다.

"눈빛이 똑같구나. 네 엄마도… 날 그렇게 바라보았었다."

그 순간 루사인이 미묘하게 움찔거리는 것을 느꼈다. 또
다. 또 루사인의 부모가 화제가 되었다. 요즘 들어 만나게 된
사람들마다 다들, 루사인의 부모를 언급한다. 고모님도, 잉게
공도, 그리고 할아버지도. 날 둘러싸고 있는 것들이, 내가 그
동안 알고 있던 것들이, 점점 낯설어지고 있다. 대체 뭐가 얼
마나 숨겨져 있는 거지? 루사인, 넌 누구야? 왜 이렇게 내가
모르는 것들이 많은 거야?

"어머니가 그렇게 돌아가셨습니다. 좋을 리가 없잖아요."

루사인이 떨리는 목소리로 대답했다. 할아버지는 그런 루
사인을 한심하다는 얼굴로 바라보았다.

"그게 네 엄마가 선택한 것이다. 알고 있지 않느냐. 무슨

생각을 하는지 도대체가 알 수 없는 계집 따위……."

루사인의 손이 떨리는 것이 보였다. 핏줄이 도드라져 보일 정도로 있는 힘껏 쥐어 부들부들 떨리는 손이 루사인의 속마음을 보여주고 있었다. 당장이라도 폭풍이 일 것 같은, 분노로 이글거리던 루사인의 눈길이 차츰 잦아들었을 때 녀석은 심호흡을 하며 입을 열었다.

"어머니가 무엇을 생각했는지… 아마 평생 알 수 없으실 겁니다. 실례하겠습니다."

그리곤 그대로 휙 돌아서며 별장으로 향했다. 평소 바른 몸가짐과 예의범절의 표본이라 불리던 루사인이었다. 아무리 속으로 비웃는 상대라 해도 겉으로나마 지켜야 할 것은 지키는 녀석이었다. 눈앞의 상대는 전 공작 전하, 왕자, 그리고 현재 국왕의 숙부다. 참으로 무례한 행동이었다. 평소의 루사인을 생각한다면 도저히 있을 수 없는 일이 눈앞에서 벌어졌다. 당장이라도 모독 죄를 들어 즉시 처형해도 할 말이 없는 상황이었다.

하지만 할아버지는 아무 말도 하지 않았다. 그저 못마땅하단 얼굴로 루사인의 뒷모습을 바라만 보고 있을 뿐이었다.

"루사인!"

"키르라이안."

서둘러 루사인을 부르며 녀석의 곁으로 가려 할 때 할아버지가 차가운 목소리로 날 불러 세웠다.

“솔직히 말해 난 네가 더 걱정된다.”

“…네?”

이건 또 무슨 봉창 두들기는 소리인가? 지금까지 내 존재는 싹 무시하고 루사인과 전혀 이해 못할 소리만 열심히 하더니 이제 와서 내가 걱정된다고? 게다가 말은 저러면서 솔직히 진짜로 걱정하는 것 같지도 않다. 무언가 흥미 위주. 좋은 구경거리를 발견한 듯한 얼굴. 뭐랄까, 꿩 대신 닭? 꿔다논 보릿자루? 루사인이 가고 나니 심심해져서 날 화제로 돌리는 것도 아니고 대체 뭐야!!

“역시 아무것도 모르는구나. 하긴 감도 못 잡고 있겠지.”

“…그러니까 뭘 말이에요?”

서술어 목적어가 다 들어가긴 했는데 내용물이 없잖아요. ‘무엇에 대해’ 인지 명확히 제시를 해줬으면 합니다만.

“솔직히 말해 난 실패했다. 누구 하나 내 의도대로 자란 애가 없었지. 자식들이 하나같이 다…….”

“자식… 들……?”

난 순간 고개를 갸웃거렸다. 내가 아무리 머리가 나빠도 저게 복수형인 것은 알고 있다. 하나가 아닌 다수, 둘 이상. 뭐지? 할아버지가 말실수를 했을 린 없는데. 대체 뭐야? 아버지 혼자가 아니었던 거야? 할아버지의 자식이?

“그래, 어쩌면 가장 피해를 본 것이 엘페이온이었을지도 모른다. 아이는 어머니와 함께 커야 한다고 믿었으니까. 아버지는 아이에게 신경 쓰지 않고 엄하게 키워야 한다고 생각하며 마리와 함께 방치해 뒀으니까. 어린아이가 정신이 나간 제 엄마와 단둘이 있는 것은 힘들었겠지. 그래서 그렇게 되어버린 거겠지.”

“그러니까 아버지가 뭐가 어떻게 된 건데요?”

한숨을 쉬며 물어보았다. 이 상태라면 진짜 대화의 1/10도 이해하지 못하고 넘어가 버릴게 분명했다.

“왕가를 주의해라.”

“…네?”

아니, 대체 묻는 말에 대답은 안 하고 저건 또 갑자기 무슨 소리냐고. 강하다, 진짜 강하다. 과연 대고모님의 오라버니. 아버지보다도 더 심각한 고잉 마이 페이스다. 안 듣는다. 남의 말 따위 진짜 안 듣는다고 이 사람!!

“네가 왕족인 이상, 왕가를 벗어날 수 없을 것이다. 나도 그랬고, 내 아이들도 그랬다. 엘페이온이 무엇을 꾸미는지 정확히는 알 수 없다. 하지만 자신과 같은 결과를 만들지 않기 위해 애를 쓰는 것은 알고 있지.”

“무슨 소린지 전혀 모르겠어요.”

“지금은 몰라도 된다, 언젠가 알게 될 테니. 네 아버지가 적나라하게 보여줄 거다. 나를 원망하며, 나와는 다른 길을 가겠다고 하던 녀석이… 과연 얼마나 스스로의 목을 죄어올지 궁금하구나. 너를 지키겠다는 명목으로 얼마나 널 상처 입힐지, 과연 언제까지 어린애 근성으로 살아갈지, 끝까지 보고 싶을 정도다.”

오싹하며 오한이 느껴졌다. 등 뒤로 소름이 끼쳤다. 살기도, 그 무엇도 없었다. 하지만 무서웠다. 한마디, 한마디 할아버지가 내뱉을 때마다 그 말에 무게가 실리며 내 안에 들어와 알 수 없는 어딘가를 묵직하게 눌렀다. 수 년간. 아니, 수십 년간 묵혀두고 숙성시킨 배배 꼬이고 꼬인 원한이 담긴 언어였다.

이 정도야? 이 정도로 심각한 거야? 아버지와 할아버지 사이가? 그냥 싫어하는 정도 아니었어? 이 정도로 서로를 미워하는 부모와 자식이 있는 거야?

“마리가… 마리가 그렇게 죽지 않았더라면 어쩌면 나도 다른 길이 있었을지도 모르겠다. 그 애 때문에… 그 애 때문에…….”

홀로 중얼거리던 할아버지는 내게서 시선을 떼고 어딘가를 바라보았다. 그곳은 분명 루사인이 별장 안으로 들어가기 전까지 할아버지를 바라보며 서 있던 곳이었다. 그 애란 누구? 어째서 할아버지는 루사인이 있던 자리를 그렇게 노려보고 있는 거지? 왜? 대체 왜?

“가거라. 이 집의 어디든 마음대로 돌아다니는 것은 좋지만 앞으로 이 정원엔 얼씬도 하지 말거라. 가는 날까지 더는 마주치지 않았으면 좋겠구나.”

차가운 목소리의 축객령. 나는 뒤도 돌아보지 않고 할아버지의 정원을 나왔다. 다시 붙잡힌다면 안 그래도 복잡해진 머리가 완전히 폭발해 버릴게 분명했다. 늘 말하지만 생각하는 건 내 몫이 아니다. 언제나 루사인이 해줬다. 하지만 이번 일은 아마 알려주지 않을 거다. 그런 느낌이 들었다. 루사인이, 그리고 아버지가 지금까지 숨겨온 어떤 것의 꼬리를 조금 밟은 것 같은 기분이었다.

별장 안으로 들어서자 루사인이 내게 다가왔다. 지금까지 문 앞에서 기다리고 있었던 눈치였다.

"금방 따라오실 줄 알았는데 꽤 오래 계셨네요."

"몰라. 이해도 못할 말을 계속 하는데 대체 뭐가 뭔지……."

"모르는 건 그냥 넘기세요. 언젠 그런 거 하나하나 다 따져가며 살았나요."

미소 짓는 루사인을 의심 가득한 눈초리로 노려보았다. 또다. 언제나 그렇다. 늘 이런 식으로 내 주의를 무언가로부터 떼어놓는다. 아주 오래전부터 모르는 게 있으면 그대로 모르는 채 넘어가도록 내 사고를 제어했다. 그래서 무언가 모르는 게 생기더라도 그냥 가볍게 넘겨 버렸다. 어쩌면… 그러니까 이거 혹시…

"루사인, 내가 공부 안 하려고 하고 성적 나쁜 거 혹시 너랑 아버지의 세뇌교육 때문 아니야?"

"네?"

"분명해. 아버지가 노리는 게 그거야. 자긴 어릴 때 공부 잘했으니까 그게 싫어서 할아버지한테 반항한다고 날 이렇게 키운 거야. 어때, 내 추리가?"

눈을 빛내며 자신있는 얼굴로 물었다. 지금까지 옆에서 보고 들은 것들을 종합해서 나온 결과다. 자신있었다. 그래, 이게 정답이었다.

"…뭘 가르치려고 해도 노는데 바빠서 누가 떠들든 무시했던 본인의 과거는 생각나지 않나 보군요."

"안 나는데?"

한심하다는 얼굴로 날 바라보는 루사인을 향해 망설임없이 대답했다. 그러자 루사인은 긴 한숨을 쉬었다.

"네이드가 방을 안내해 주기 위해 기다리고 있습니다. 따라오세요."

더는 말할 가치도 없다는 듯 아예 외면하며 성큼 걷기 시작한 루사인의 뒤로 서둘러 따라붙었다.

"뭐야, 아닌 거야? 이상하다, 확실하다고 생각했는데."

고개를 갸웃거리며 말하자 루사인이 피식 웃으며 답했다.

"뭐, 아주 약간. 넘겨짚다 때려 맞춘 부분이 없잖아 있긴 합니다."

"뭐야 그게? 그러니까 어느 부분인데."

“딱히 몰라도 상관없잖아요. 모르면 모르는 대로 넘어가세
요.”

루사인은 미소 지은 채 2층 계단으로 향했다. 물론 더 이상
대답은 없었다.

Chapter 6
어머니의 레어, 드래곤의 힘

타루덴은 밤이 늦어서야 겨우 별장에 도착했다. 꽤 바빴는
지 피곤한 얼굴로 안에 들어선 타루덴은 할아버지의 방으로
바로 들어갔고, 한참이 지나서야 나왔다. 얼굴은 어째 방에
들어가기 전보다 더 피곤한 기색이었다.

"기다리고 계셨습니까?"

방문 밖에 아예 자리 잡고 의자까지 대령해 앉아 있는 날
발견하곤 곁에 다가와 물었다.

"여기 온 목적이 뭔데? 알아 왔어?"

"정확한 약도는 여기 있습니다. 가시려면 내일 아침 일찍
출발하세요. 그럼 오후쯤 도착할 겁니다. 돌아오는 시간까지

생각하면 서둘러야 할 겁니다."

"일단은 어머니를 만나야 돌아오든 말든 하지."

아무리 약도가 있더라도 초행길이고, 게다가 어머니란 변수가 있다. 모든 일은 계획대로 진행되지 않는다는 진리 정도는 알고 있다고.

"만나지 못하셨거나 혹시라도 늦어져 하루 만에 돌아오기 힘들 경우를 위해 산맥 근처의 여관에 예약해 뒀습니다. 자세한 것은 루사인 도련님에게 전해 드리겠습니다."

"뭐, 그 정도 준비면 되겠지. 부탁해."

피곤해 보인다 싶더니 여기저기로 바쁘게 움직였나 보다. 여관 예약까지 하고 말이다. 볼수록 꼼꼼한 사람이다. 그러니 아버지도 나와 상회를 믿고 맡겼겠지.

"그래도 여기 지도는 우리나라의 남쪽 어딘가랑은 다르게 세세하네. 이 정도면 쉽게 찾아가겠는걸."

타루덴이 넘겨준 약도를 보며 중얼거렸다. 아예 산맥 전체를 드래곤의 영역으로 표시한 티아라의 레어를 생각하면 이건 완전 길 깔아놓고 답을 알려주는 격이었다. 과연 수많은 드래곤들과 함께 공생하는 제국이었다. 이 정도 정보와 자료는 충분히 마련해 놓고 있다는 거로군.

계획은 순차적으로 진행됐다. 아침 일찍이라기보단 새벽에 가까운 시간부터 별장을 나서 마차를 달린 우린 오전 중에 산맥이 시작하는 마을에 도착했다. 그곳에서 이른 점심을 가볍게 챙겨 먹고, 예약해 뒀다는 여관에 마차를 맡겼다. 산을 오르기 위해 오래간만에 레이스가 치렁거리는 원피스가 아닌 제대로 된 바지를 입었다. 덕분에 신이 나서 따라오는 사람들이 지치든 불평하든 전혀 아랑곳하지 않고 열심히 산속 깊이 헤집고 들어갔다.

"조심하세요. 지형이 거칠어지고 있습니다. 곧 드래곤의 영역입니다. 이 근처에 경계선이 그어져 있어요."

"괜찮아, 괜찮아. 아직 경계는 아니란 거잖아. 그리고 솔직히, 아예 그냥 내 기척을 느끼고 드래곤이 확인하러 왔으면 좋겠어. 어차피 우리 엄마잖아. 귀찮게 찾아가느니 그쪽에서 찾아와 주면 만사 오케이."

"뭐든 일이 그렇게 쉽게 될……?"

나의 무사안일주의에 한숨을 쉬며 핀잔을 주던 루사인의 표정이 갑자기 굳었다. 그리고 알 수 없다는 얼굴로 날 바라보고 뒤를 따르던 호위무사들을 바라보았다.

"루사인? 무슨 일이야?"

심상치 않은 루사인의 표정에 조심스레 물었다. 정확히는 알 수 없지만 무언가 일이 터졌다는 것 정도는 짐작할 수 있었다.

"움직일 수 있습니까?"

"응?"

진지하게 묻는 루사인의 질문에 인상을 쓰며 되물었다. 이건 또 갑자기 무슨 봉창 두들기는 소리래? 하지만 농담으로 받아들이기엔 루사인의 표정이 꽤나 심각했다.

"무리없는데? 표정이 왜 그래?"

"이곳에 발을 한 발짝 들인 순간부터 꼼짝도 할 수 없습니다. 더 이상 안쪽으로 들어갈 수 없어요."

"응?"

그러고 보니 루사인답지 않게 식은땀을 꽤나 흘리고 있었다. 그리고 뒤의 호위들 역시 더 이상 내 쪽으로 다가오지 못하고 눈치를 살피는 분위기였다.

"다들 못 움직이는 거야? 나만 빼고?"

"그런 것 같습니다."

"어째서 나만… 어라 이거 혹시?"

갑자기 무언가가 머릿속을 스치고 지나갔다. 저들은 움직이지 못하고 나는 움직인다. 저들은 인간이고 나는 인간과 드래곤의 하프다. 여기서부턴 드래곤의 영역이 시작된다. 그러니까 즉, 루사인이 발을 들이민 저곳부터가 드래곤의 영역인 것이다. 드래곤의 힘으로 인간이 들어오지 못하게 마법이라도 걸었겠지. 그리고 난 절반이지만 드래곤의 피가 흐르니 그 주문에서 예외라는 거랄까.

"할 수 없네. 나 혼자라도 가야지."

"괜찮겠습니까?"

"괜찮고말고 간에 인간은 못 들어오잖아. 그렇다면 위험물이라 해봤자 기껏해야 산짐승이라거나 이곳의 주인, 드래곤이겠지. 그리고 그 드래곤은 우리 엄마가 확실하고. 어떻게든 되겠지."

시큰둥하게 대답하며 여전히 꼼짝하지 못하고 서 있는 루사인을 뒤로하고 안쪽으로 성큼 들어섰다. 역시, 루사인이나 호위무사들이 힘들어하는 기운 같은 건 전혀 느껴지지 않았다.

"찾아갈 수 있겠어요?"

"약도 정도는 나도 볼 줄 알아. 거기서 기다리고 있어."

노파심에 계속 묻는 루사인을 향해 손을 들어 흔들며, 약도에 그려진 대로 따라 걸었다. 솔직히 말하자면 드래곤의 영역에 들어선 만큼 곧 엄마를 만날 수 있다는 기대감에 즐겁기도 했다, 콧노래를 부르고 싶을 정도로.

루사인들과 헤어지고 한 시간 정도를 걷고 나서야 드디어, 약도에 표시되어 있는 엄마의 레어라는 동굴 앞에 도착할 수 있었다. 산길을 따라 걷고 비탈진 벼랑을 타고 올라야 도착할 수 있는 이 동굴의 입구는 발 한 번 잘못 디디면 저 아래 까마득한 어딘가로 떨어질 게 분명한 절벽 한쪽에 자리 잡고 있었다.

"취향 참 독특하네. 외출하기 정말 어렵겠다. 드래곤은 날개가 있으니 상관없으려나?"

투덜거리며 미끄러지지 않게 바닥을 확인했다. 혹시 몰라 검을 꺼내 단단한 흙 부분을 골라 힘껏 찔러 넣어 안전장치도 만들고 힘껏 발돋움했다. 역시 몸으로 때우는 것 하나는 자신 있는지라 계산했던 대로 동굴 안쪽으로 몸을 날릴 수 있었다.

"흠. 그러니까 이 안인데……."

자리에서 일어나 흙먼지를 털고 검을 다시 검집에 넣으며 동굴 안을 둘러보았다. 드래곤이 드나드는 레어인 만큼 입구도 상당히 컸지만 안은 더욱 넓었다. 그리고 안쪽으로 갈수록 더욱 깊어서 안에 무엇이 있는지 보이지도 않을 정도로 어두웠다.

다시 한 번 바닥을 확인하고 암흑으로 둘러싸인 동굴 안쪽으로 들어갔다. 하프 드래곤이라지만 그래도 인간의 모습인 내가 걷기엔 너무도 넓은 곳이었다. 왠지 이상한 느낌도 들었다. 그러니까 어딘지 묘하게… 세상과 단절된 것 같은 그런 느낌이랄까?

"아, 저… 아무도 없나요? 에, 그러니까… 엄마? 어머니? 어머님? 없나……."

어쩐지 불안한 마음이 들어 되는 대로 목소리를 내어봤다. 하지만 돌아오는 건 동굴을 울리는 내 메아리였다.

"설마 없는 건가."

긴장했던 만큼 실망감이 밀려들어왔다. 그리고 그때, 무언가 부스럭대며 움직이는 것을 느낄 수 있었다. 온몸에 신경을 곤두세웠던 만큼 난 순식간에 소리나는 쪽으로 반응하며 몸을 돌렸다.

"거기 누구야!"

―라이트닝.

누군가 주문을 외우는 소리가 울렸다. 마음속에 울리는 이 음성. 여름에 티아라가 드래곤으로 변했을 때와 느낌이 같았다. 그러니까, 저 음성의 주인은 그러니까…….

"어머니?"

갑자기 주변이 '팟!' 하고 밝아졌다. 어둠에 익숙해진 눈이 갑자기 밝은 빛을 감당하기엔 힘들었다. 한참 두 눈을 찡그리며 깜빡이고 나서야 겨우 빛에 익숙해졌다. 눈앞의 사물을 알아볼 수 있을 정도가 됐을 때, 난 황금색의 커다란 덩어리를 발견했다. 물론, 티아라를 만났던 경험으로 보건대 이건 드래곤의 몸이 분명했다. 고개를 들어 올려다보았다. 마법 덕인지 따로 조명 도구도 없이 빛을 발하는 넓은 동굴의 천장 아래에 드래곤의 머리가 보였다. 드래곤은 날 내려다보고 있었다.

―너… 키르라이안?

다시 머릿속을 울리는 드래곤의 음성이 동굴을 가득 메웠다. 상대가 내 이름을 알고 있는 시점에서 올려다보고 있는 드래곤의 정체에 확신이 들었다.

"어머니? 저기… 목이 너무 아픈데 그 높이 좀 어떻게 안 될까요?"

그 순간 눈앞에 황금빛이 출렁이더니 거대한 금색의 드래곤이 점차 작아졌다. 그리고 빛이 사라진 자리에 나와 너무도 닮은 여성이 모습을 드러냈다. 그녀는 한참이나 날 들여다보더니 무언가 맘에 안 드는 듯 인상을 썼다.

"네가 어떻게 이곳에 온 것이지? 게다가 그 모습은? 대체 그동안 시간이 얼마나 지난 거지?"

"에? 무슨 소리예요?"

경악한 눈길로 날 바라보는 어머니를 향해 나 역시 인상을 쓰며 되물을 뿐이었다. 솔직히 물어볼 거라면 나야말로 산같이 쌓아놨다. 당장도 남자로 돌아갈 방법 같은 것을 듣기 위해 찾아온 것 아닌가. 그런데 그런 내게 이렇게 질문 공세를 해대면 정신 차리기 어렵단 말이다.

"내가 널 마지막으로 본 건 네가 세 살 때였다. 그런데 지금 모습은 아무리 봐도……."

"올해로 16세입니다."

"열여섯… 13년이나 지났단 말이야? 설마……."

어이없다는 듯, 허탈해하며 중얼거리는 어머니를 향해 난 조심스레 물었다.

"저기 어머니? 그러니까… 시간이 그만큼 지난 걸 몰랐었단 말이에요? 그동안 뭘 하다가?"

"…잤다."

"…네?"

내 질문에 머뭇거리며 작은 목소리로 대답하는 어머니를 보며 난 다시 되물었다. 아니, 그러니까 잠깐… 잘못 들은 건가? 그렇겠지? 설마… 그 이유일려고. 설마…

"잤다, 자버렸다. 그냥 푹 잤다고!"

"……."

그러니까 그 이유가 맞다는 겁니까?

"잠깐 피곤해져서 머리도 아프고 고향 생각도 나고. 레어에 들렀다가 아주 잠깐 잔다고 눈을 감았다고. 금방 일어나려고 했었는데……."

그랬는데 그게 13년이 지나 버렸다 이거로군요. 그러니까 아주 잠깐 눈만 붙인다는 게 13년? 뭐랄까, 역시나 드래곤. 스케일이 크네요. 라고 납득할 문제인가 이게?

"뭔가 침입자가 있어서 눈을 떴는데 눈앞에 보이는 게 아무리 봐도 내 자식. 그것도 이미 자랄 대로 자란. 아니, 잠깐. 너 지금 여자애니? 열여섯 살이랬잖아!!"

넋두리를 하며 허탈함에 중얼거리던 어머니가 갑자기 퍼뜩 놀라며 소리쳤다. 뭐, 지금 여자애인 것도 맞고, 열여섯 살인 것도 맞는데 왜 새삼 저리 놀라는지 알 수가 없었다. 하지만 내 의문은 곧 이어지는 어머니의 외침에 순식간에 해결되었다.

"이… 다 늙어 꼬부라진 엘프 할망구가! 성인이 되기 전까진 봉인 풀지 말라고 그렇게 신신당부해 놨더니 기어코 일을 벌었구나! 그깟 늙은 엘프 따위의 마력, 앞으로 백 년은 못쓰게 봉인시켜 버릴 테다!!"

다 늙어 꼬부라진 엘프 할망구가 누구인지 너무도 정확하게 짐작이 갔다. 훗. 전 잉게 공작, 어디 한번 당해봐라. 어느 문헌을 뒤져 봐도 엘프가 드래곤 이겼다는 글은 본 적이 없으니 내 천추의 한을 어머니가 갚아주겠구나. 후후훗. 아니, 잠깐. 그런데 뭔가 좀 걸리는데……?

"저기 어머니."

"뭐니. 말하렴."

"방금 말한 것 중에 '성인이 되기 전까지' 라는 것은 성인이 되면 제 몸이 여자가 되게 만들었어도 신경 쓰지 않았다는 것인가요?"

"거기서 성인이란 인간으로서 몸의 성장이 끝나는 때를 말한단다."

그러니까 내가 묻는 건 그런 게 아니라고!! 여기서 성인의 정의 따위는 논외다.

"제가 지금 묻고 싶은 건 어째서 봉인을 푸는데 성인이란 전제가 붙었냐는 건데요."

"그거? 으음… 그러니까, 일단 성인이 될 때까지 남자로 자라면 한쪽의 성에 정체성을 확립하는 거고 그럼으로써 몸이 여자가 된다 해도 이리저리 휘둘리지 않을 거고, 그럼 결국은 어느 쪽도 아닌 존재가 되어서……."

"잠깐 어머니, 거기서 그만."

수, 숨 좀 돌리자. 저게 지금 대체 뭐라고 하는 소리냐. 정체성이 어쩌고 또 뭐? 내가 이해할 수 있는 범위를 넘어섰다. 물론 평소에도 내가 이해할 만한 게 그리 많진 않았지만 장담한다. 이건 내가 아니어도 이해 못할 거다. 루사인도 헤맬 거다. 진짜라고!

"저기 그러니까 조금만 풀어서, 뭔가 이해를 좀 할 수 있는 범위로 부탁드려요."

"으음… 글쎄, 그러니까 결론은 아직 아무것도 모른다는 거로구나."

"네?"

그러니까 또다시, 내가 원하는 대답 따위는 저 먼 어딘가에 처박아놨는지 하고 싶은 말만 하는 어머니였다.

"엘페이온이 말 안 해줬지? 그럼 아직 진행형이란 소리네."

"그러니까 뭐가요?"

"네가 왜 남자로 자랐는지. 어째서 그걸 모르게 했는지."

난 순간 고개를 들어 어머니의 눈을 똑바로 바라보았다. 초상화에서 봤던 그 모습 그대로의, 나와 닮은 미인이 내 눈을 마주하며 날 내려다보았다.

"그냥 단지… 드래곤의 성질대로 무조건 여자로 태어나는 게 아까우니 남자로 잠깐 있어보게 한 다음 나중에 성별을 선

택하게 하자는 게 목적 아니었나요? 다른 이유가 있었던 거예
요?”

“그런 거였다면 처음부터 네 성별의 이중성에 대해 알려줬
겠지. 하지만 엘페이온의 목적은 어디까지나, 네가 남자 그
자체라고 스스로 믿게 하는 것에 있었으니까.”

“왜요? 왜 그런 게 필요한데요? 무엇을 위한 목적인데요?”

도무지 알 수 없었다. 내 일인데, 나와 관련된 일인데 정작
나는 모르고 있었다. 나도 모르게 날 중심으로 무언가 벌어지
고 있다는 것을, 그것이 계획 그대로 잘 나아가고 있다는 것
을 용납하기 힘들었다.

어머니는 말없이 날 바라보았다. 그리고 쓴웃음을 지으며
한숨을 쉬었다.

“하프 드래곤은 말이야. 거의 대부분 여자아이란다.”

“에?”

“인간의 매력에 빠져들어 그 사이에 파고든 드래곤은 생각
보다 많아. 하지만 그들 사이에 태어나는 하프 드래곤은 늘
여자아이이야. 왜인지 아니?”

“전혀 모르겠는데요?”

대체 나한테 뭘 바라는 거냐. 지금껏 몸담았던 인간의 역사
는 물론, 우리 왕국의 역사도 잘 모르는 판에 드래곤의 역사
까지 알고 있을 거라 생각 하냐고. 아, 어머니는 아직 나에 대
해 잘 모르던가.

"드래곤은 일생에 단 한 번, 종이 다른 생명체에 목숨을 같이할 수 있는 계약을 맺을 수가 있단다. 하지만, 그 힘은 하프 드래곤을 낳을 수 있는 힘이기도 해."

"하프… 드래곤?"

"둘 중 하나를 선택하는 거지. 사랑하는 사람과의 자식을 낳느냐, 아니면 자신이 사랑하는 사람과 단둘이 평생을 사느냐. 넌 어떻게 하겠니?"

"좋아하는 사람이 옆에 남는 게 더 좋을 것 같은데요?"

전혀 고민하지 않고 단호하게 대답하자 어머니는 쓸쓸한 표정을 지었다. 너무 슬퍼서 금방이라도 눈물 흘릴 것 같은 얼굴로 날 바라보았다.

"그렇지? 그게 이상적이야. 그런데 이상하게, 여자들은 그걸 가지고 고민을 해. 그리고 거의 대부분, 결국은 아이를 선택하게 돼. 하프 드래곤은 부모 중 드래곤의 성별을 따라가잖아. 대부분의 남자 드래곤은 사랑하는 상대를, 여자 드래곤은 아이를 선택하게 되니까 결국 하프 드래곤들 중 열에 아홉은 여자아이가 되는 거지. 누가 그러더군, 쓰잘머리 없는 모성본능 따위라고."

"으음… 그래요? 음. 역시 잘 모르겠는데."

열심히 집중해서 들었지만 어머니의 말은 여전히 어려웠다. 이미 한참 전에 정체성이 어쩌고 할 때 이해의 한계를 넘어서 버렸다. 이젠 그냥 말하면 말하는 대로 멍하니 들을 수밖에.

"난 말이지 엄청 고민했단다. 사실은 엘페이온과 계약을 하고 싶었는데, 정말 원하던 것은 그것이었는데, 네 아버지가 거절했어. 그래서 네가 태어난 거지."

아 예, 이건 이해하겠습니다. 꿩 대신 닭이군요. 아버지가 안 되니 나라도? 이거, 그 당사자인 나로선 안 그래도 닭 머리라 놀림받는 처지에 아예 닭 그 자체로 낙찰되는 기분이라 느낌이 좀 묘하네요.

"처음 네게서 드래곤의 성질을 봉인하고 남자로 태어나게 하는 것을 제안한 건 나다. 아무래도 남자로 자라는 게, 그 모성 본능이니 뭐니 휘둘리지 않고 좋아하는 사람을 선택할 수 있을 것 같았거든. 그걸 듣고 네 아버지는 무언가 다른 것을 계획하더구나."

"무슨 계획이요?"

"비밀. 그게 아직 진행 중인 모종의 무언가니까, 미리 말하면 재미없지."

말을 안 할 거면 차라리 처음부터 꺼내질 말던가. 이건 약 올리는 것도 아니고 그렇게 놀리듯 말하면 이쪽은 많이 거슬린다고요.

"어쨌든… 그래서 인간 남자로 자란 네가 성인이 될 때까진 계속 남자였으면 좋겠다고 생각했어. 그래야 언제라도 드래곤의 힘을 쓰게 되어 여자가 된다 해도, 좋아하는 사람을 두고 망설이지 않을 테니까."

"왜 남자로서 선택해야 하는 거예요?"

"여자로서 한번 아이를 생각하게 되면 어느 쪽을 선택하든 마음에 남으니까. 그래, 내가 이곳에 온 이유도 그거였어."

"이유? 그냥 잠깐 왔다가 졸려서 잔 거 아니었어요?"

참으로 어이없는 변명이지만 분명 아까 그리 말했잖아. 잠깐 들렀다가 조금만 잔다는 게 아예 퍼질러 자다가 눈뜬 게 지금이라고. 그 이유에 또 어떤 다른 명분을 덧발라 놓으려고 저런 우울한 표정으로 회상 모드를 오픈하려 하시나.

"네가 태어나고, 정말 순식간에 3년이 지나더구나. 눈 깜짝할 새에. 그만큼 네 아버지도 나이를 먹은 거고. 그렇게 시간이 지나 어느새 10년이 흐르고 50년이 흐르면 네 아버지는 이 세상에서 사라지겠지. 그걸 생각하니 옆에서 보고 있을 수 없었다. 차라리 엘페이온이 싫어하더라도 계약을 맺어버릴 걸 하고 후회했어, 계속."

난 어머니를 빤히 바라보았다. 드래곤은 인간은 생각할 수 없을 정도로 오랜 시간을 살아간다고 했었지. 그런 긴 수명을 가진 존재에게 인간의 100년이란 수명은 참으로 짧고 덧없게 느껴질지 모른다. 짧은 만큼 더 빠르게 느껴지겠지. 어쩐지 지금 이 상황은 누군가와 전에 이야기하던 것의 연장이라고 생각할 정도로 비슷했다.

"옆에서 보기가 괴로웠다. 차라리 옆에 있지 않으면 그만큼 헤어질 때 좀 더 편하지 않을까 고민하기도 했지. 13년이나 자버린 거… 어쩌면 그래서였는지도 몰라. 나도 모르게 내 몸 어딘가의 방어 본능이 날 계속 자게 만들어 버린 걸지도.”

“이해 안 돼요.”

“어렵니?”

여전히 슬픈 눈빛으로 날 바라보며 어머니가 물었다. 그리고 난 고개를 가로저으며 어머니에게 반문했다.

“이건 전에 카린과 이야기하던 거예요. 뭘 그렇게 두려워해요? 사라지는 것이 두렵다면 아예 처음부터 다가오질 말았어야죠. 좋아하게 되었다면, 후회하지 않게 만족할 때까지 질리도록 같이 지내면 되잖아요. 왜 꼭 헤어치는 것을 먼저 생각해야 해요?”

“하지만 그렇게 해서 결국 헤어지게 됐을 때, 쌓인 추억이 너무 많아 그 슬픔을 감당할 수 없게 되면? 인간과의 백년도 안 되는 짧은 추억으로 길고도 긴 수천 년의 시간을 슬픔으로 보내야 한다면?”

“그런 거 난 몰라요. 하지만 그 슬픔 역시 추억이 돼서 남을 것 같아요. 누군가를 좋아했던 기억. 떠나보낸 슬픔. 내가 기억하는 한, 추억을 되새기는 동안 그 사람은 이 세상에 있는 거잖아요. 내가 바로 그 사람이 이곳에 있었다는 증거가 되는 거예요. 물론, 이것도 얼마 전에 카린이 말해준거지만.”

“카린이라면 너와 동갑인 잉게가의 쿼터구나. 그 어린애가 그런 소릴 했다는 거니? 너는 함께 그런 대화를 나누고? 어린 애들의 대화 수준이 높구나."

어머니의 말에 조금은 뒤가 켕겼다. 대화를 나누고 자시고 간에 그것을 생각하는 건 카린뿐이다. 난 그저 옆에서 카린이 말해주는 것을 주워들었을 뿐. 이상하게, 아무리 머리 나쁘기로 유명한 나라지만 저런 이야기를 해주는 카린의 말은 속속들이 이해가 갔다. 카린과 저런 이야기를 나눌 때마다 하루하루가 소중했다. 내 곁의 사람들과 함께 있는 시간이 얼마나 짧고도 가치있는 것인지 새삼 깨닫게 해주었기 때문에.

"어머니, 다른 건 몰라도요 이거 하난 확실해요."

"무엇이 말이냐?"

"제가 세 살 때부터 잠들었다고 하셨죠? 지금 열여섯 살이 된 저를 보면 뭔가 아깝지 않나요, 심하게 사고 치면서 자라긴 했지만 그 과정을 보지 못한 것이? 아버지도 올해로 마흔 이에요. 아버지의 30대를 어머닌 전혀 못 보셨잖아요. 그거 아깝지 않아요?"

어머닌 말없이 날 바라보았다. 13년 전의 나와 비교라도 하는 듯 내 얼굴을 하나하나 뜯어보며 여기저기 살펴보았다. 그리고 난 계속해서 말을 이었다.

"헤어질 때를 생각해서, 그때 너무 슬플까 봐 미리부터 겁 먹고 멀어지려 하면… 후회할 것 같아요. '내가 이 사람을 좋아했었지. 그런데 그 사람이 어땠더라? 아, 기억이 나지 않아'. 이렇게 끝나는 건 너무 허무하잖아요."

내 말이 끝나자 어머니는 갑자기 내게로 다가왔다. 그리고 내 손을 잡고 자신 쪽으로 끌어당겼다.

"어라?"

그대로 어머니의 품에 와락 안겨 버렸다. 어머니는 내 머리를 쓰다듬고 등을 툭툭 치며 지금까지완 다른 상쾌한 목소리로 말했다.

"그래, 정말로 다 컸구나. 정말 마지막 기억엔 겨우 세 살짜리 꼬마였는데, 제법 어려운 소리도 할 줄 알아. 네 말대로 아까워졌어. 네가 어떻게 자랐는지 옆에서 보지 못한 게 너무 아쉬워."

품에 안고 있던 날 놓아주고 다시 잡고 있던 손을 잡아끌었다. 그리고 어머닌 생긋 웃으며 입구로 향했다.

"갑자기 엘페이온이 너무너무 보고 싶어졌어. 지금 당장 바다를 건너 할센 대륙으로 가고 싶어."

"아 저기, 혹시 날아가게요? 나 일행도 있는데……."

"일행?"

"루사인이라고 시종 같지 않은 시종… 이라기보다는 일단 내 사촌이라는 위장 신분을 가진 정체를 알 수 없는 녀석이랑 수석 시녀랑 호위들이랑……."

어머니의 영역 경계에 발이 묶여 있는 대규모의 내 일행과 별장, 상회, 예약한 여관 등에 퍼져 있는 시녀나 타루덴 등을 떠올리며 당장이라도 드래곤으로 변해 날아가 버릴 듯한 어머니를 말렸다. 이 기세라면 변신해서 그대로 날 납치하고 날아오를 것 같아 불안했다.

하지만 어머니는 여러모로 근심걱정 가득한 내 얼굴을 보더니 다시 한 번 생긋 미소 지었다.

"그래? 그렇다면 이젠 딸이 되어버린, 잠들기 전 추억의 아들과 느긋하게 배 여행이라도 하며 집에 돌아가 볼까?"

그러니까 아들이면 아들이지 그 추억의 아들은 또 무엇인가요? 하지만 어머니가 즐거워하니 일단은 초면이기도 하고, 오늘은 이해할게요. 오늘만.

어머니를 모시고 돌아가자 주변은 완전히 발칵 뒤집혀 버렸다. 그도 그럴 것이 어머니는 드래곤이다. 보이는 모습은 비록 인간과 같지만 이름만 듣던 드래곤의 존재를 눈앞에 마주하고 제정신인 사람은 고작해야 루사인 정도였다.

어머니의 능력이라면, 마음만 먹는다면 단숨에 에페트리아로 돌아갈 수 있었다. 하지만 어머니는 레어를 나올 때 나와 여행을 해보겠다고 한 말을 지키기라도 하듯 타루덴에게 당신이 여행에 필요한 물건도 준비하라 명령했다. 일단은 드래곤이지만, 에페트리아의 공작부인이란 명함도 가지고 있는 만큼 그 이름에 걸맞은 준비를 위해 타루덴은 어느 때보다도 바쁘게 여기저기 돌아다녔다.

가장 중요하게 신경 쓰는 것은 의복이었다. 하루에도 서너 명씩 디자이너들이 별장에 들렀고, 그들이 다녀간 숫자만큼 드레스가 늘었다. 물론 그중엔 내 드레스도 끼어 있었다. 아버지의 드레스 수집병은 옆에 없어도 그 마력을 충분히 발휘하는지, 아니면 에페트리아를 떠날 때 타루덴에게 무언가 언질을 줬는지, 한눈에 봐도 아버지 취향이 분명한 화사한 색의 레이스 주렁주렁 달린 드레스가 내 옷장을 채워갔다.

"내가 진짜 미치겠다. 아무리 돈 걱정 안 하는 집이라지만 이건 심한 거 아냐? 나 아직 성장기라고. 키가 쭉 커서 못 입게 되면 아까워서 어떡해. 아니, 그전에 남자로 돌아가기라도 하면 어쩌려고……."

옷장에 차곡차곡 늘어가는 드레스를 보며 한숨을 쉬었다. 내가 투덜거린다 해서 아버지의 특명을 받은 타루덴이 드레스 사는 것을 멈출 리도 없고, 그냥 언제나와 같은 넋두리였다. 하지만 오늘, 평소와 다른 것이 있다면 어머니가 옆에 있다는 사실이었다.

"남자로 돌아가다니? 그게 무슨 소리지?"

"네? 아 그게 그러니까……."

나 바보인가? 어머니를 찾은 목적이 남자로 돌아가는 방법을 묻기 위한 거였잖아. 그것을 삼 일이 지나도록 완전히 잊고는 쓸데없는 수다나 떨고 쇼핑이나 하고 다녔으니.

"그러고 보니 너 드래곤의 성질이 살짝 열려 있더구나? 내가 드래곤의 성질을 깨운 기억은 없는데… 아무리 쉰내 나는 엘프 할망구라도 그런 건 못해. 그렇다는 건 다른 드래곤과 접촉이 있었다는 건데……."

"남부 산맥에서 티아라를 만났어요."

내 말에 어머니는 매우 놀란 얼굴로, 안 그래도 큰 눈을 더욱 크게 뜨며 소리쳤다.

"만나줬단 말이야?! 어떻게?!"

"…에? 아, 아니 그냥 어쩌다 보니……."

어머니의 박력에 놀라 멍한 눈으로 나도 모르게 대답했다. 잘못 말하면 눈앞에 드래곤 브레스가 작열할 것 같은 분위기였다.

"내가 엘페이온을 만나 할센 대륙에 갔던 것도 언니를 만나보기 위해서였는데! 정작 난 만나지도 못하고 고민만 하다 끝났지만……."

무언가 매우 아쉬운 얼굴로 중얼거리던 어머니가 갑자기 고개를 들어 날 똑바로 바라보았다. 그리고 의혹의 눈초리를 담아 추궁하듯 물었다.

"너 혹시, 남자로 돌아간다는 거… 언니한테 무슨 이상한 소리 들은 거 아냐?"

"아뇨? 전혀 방법이 없다던데요? 이상한 소리라뇨? 방법이 있긴 한 거예요?"

"뭐, 남자가 될 방법이 없는 것은 아니지만……."

그 순간 내 앞에 서광이 비추었다. 아, 있구나, 있어. 없는 것은 아니렸다? 그러니까 분명히 있다는 소리겠다? 그래, 역시 어머니를 찾은 게 다행이었어. 그 누구도 방법이 없다며 고개를 저었는데 어머니는 있다고 하잖아! 돌아간다. 돌아가는 거다. 드디어 이제야, 다시 남자로, 키르라이안으로 돌아가는 거라고!

"그래서요? 그 방법이 뭐예요? 어떻게 하면 돌아가는 거예요?"

"넌 다시 남자가 되고 싶은 거니?"

"네. 그래서 어머니를 찾은 거예요. 어서, 어서 말해줘요. 지금 당장. 빨리~"

눈을 빛내며 기대감이 가득한 얼굴로 어머니를 올려다보았다. 마치 기도하는 것처럼 두 손을 마주 잡고 어머니의 입이 열리길 간절히 소망하고, 기다렸다.

"무조건 드래곤 쪽의 성별을 따라 태어나는 하프 드래곤은 딱 한 번 성별을 바꿀 기회가 있어. 성인이 될 때."

"그럼… 스무 살이 될 때인가요? 앞으로 4년… 아니지 올해 다 갔으니 이제 3년 남았나. 그 정도면 뭐."

"그건 아냐."

"……?"

조금 시간이 걸리긴 하지만 방법이 있다는 소리에 이미 내 마음은 평온해졌다. 하지만 어머닌 그런 내게 돌을 던졌다.

뭔가, 불안해지기 시작했다.

"인간의 기준이 아니라… 드래곤으로서. 그러니까 해츨링에서 성룡으로 성장할 때지."

"라고 하는 건?"

"일반적인 드래곤은 천 살이 되는 해에 성룡이 되지만 하프 드래곤이라면 대충 6~700살쯤일까?"

순간 누군가 망치로 내 머리를 '퍽!' 하고 치는 것 같은 기분이 들었다. 머리 위에 뎅뎅거리며 수십 개의 종이 울려대기 시작했다.

잠깐 정리를 해보자. 그러니까 내가 다시 남자로 돌아갈 수 있는 방법이 있긴 한데, 그것은 내가 인간이 아닌 드래곤으로서 성인이 되는 때라 이거지? 그런데 그건 어림잡아 6~700년은 지나야 한다는 거고? 그렇다는 것은 즉, 앞으로 6~700년 동안 계속, 쭈욱, 여자로 살아야 한다는 거야? 그런 거야?

"그래서 하프 드래곤들은 성인이 된다 해도 성별이 바뀐 아이가 거의 없지. 그 시간 동안 살아온 성별을 바꿀 정도로 괴팍한 취향을 가지긴 힘드니까. 어려울 거야. 지금까지 살아온 것을 싹 바꿔야 하는 거니까."

추가로 더 설명해 주는 어머니의 말에 고개를 끄덕였다. 그래, 그 심정 내가 안다. 16년간 남자로 살아오다 갑자기 여자가 되고 나서 내가 겪은 고생만 해도 이루 말할 수 없으니까. 수백 년 동안 살아오던 성별을 바꾸긴 더 어렵겠지.

"그러니까 그게 더 문제란 말이라고!! 이건 사형선고야. 나보고 그냥 죽으라고 하는 거라고! 혹시 모를 희망을 가지고 살아왔는데, 확인사살이잖아!! 어떻게 기다리란 말이야, 그 수백 년을!!"

그쯤 되면 진짜 누구 말대로 바지보다 드레스가 더 익숙해져 있을 거라고!!

"이 망할 영감탱이! 뻔히 다 알고 일을 꾸몄겠다! 아버지고 뭐고 없어! 다 엎어!!"

"어머머, 흥분했나 보네. 이제야 제대로 나오는 막말. 너무 깍듯하게 어머니, 어머니 하는 거 마음에 안 들었는데 그냥 그대로 막 나가렴. 난 버르장머리없게 반말하는 아이를 정말 키우고 싶었거든. 내 이상형이야. 엘페이온이 애는 제대로 키웠네. 호호호."

있는 대로 소리치는 나를 보며 어머닌 즐겁게 웃었다. 진심으로 마음에 들어하는 모습이었다. 아버지 성격에 잘도 내가 막 나가게 키운다 했더니… 이거 어머니 취향이었구나. 그 애 처가. 아니, 공처가. 어머니가 좋아하는 성격으로 날 키운 거였어!! 설마 루사인이 말하던 게 그거야? 아버지가… 날 키우며 목표대로 성장하고 있다고 흐뭇해한다는 거. 이걸 말하는 거였어?!

"야, 루사인! ……어? 어디 갔지?"

성질부리며 화풀이하듯 큰 목소리로 루사인을 찾던 난, 늘 루사인이 서 있는 곳을 향해 뒤돌아섰다가 퍼뜩 놀랐다. 웬만한 일이 아니고선 내 곁을 떠나지 않는 녀석이 이상하게 자리를 비워두고 있었다. 전혀 느낄 새도 없이 이 방을 나간 것 같았다.

"루사인 도련님은 타루덴님이 찾으셔서 잠시 나가셨어요."

옆에서 드레스를 정리하던 세린이 말해줬다.

그때, 문이 달칵 열리며 루사인이 방 안에 들어섰다. 이거 너무 상투적이지만 호랑이도 제 말하면 온다더니 양반은 아닌가 보다. 정말 타이밍도 좋게 나타난다.

"아직 여기 계셨습니까? 세린, 다른 시녀들을 모두 불러 서둘러 이 방의 옷들을 정리해라. 이곳의 짐만 옮기면 끝난다."

"아, 네."

갑자기 시녀들의 움직임이 부산해졌다. 여기저기서 커다란 가방을 꺼내오더니 빠른 속도로 옷을 하나하나 정리해 갔다. 눈으로 따라가기도 힘들 정도로 빠르게 정리하는 모습을 보며 감탄하자 루사인이 잡아끌었다.

"거치적거리게 멍하니 서 있지 말고 나오세요."

"…응."

어딘지 온몸의 힘이 쭉 빠진 느낌에 힘없이 대답하며 루사인이 끌어내는 대로 휘청거리며 따라 나갔다.

"왜 그리 기운이 없어요?"

"응?"

"이제 어머님도 찾으셨으니 기회 봐서 다시 남자로 돌아갈 방법을 알아내겠다고 벼르고 있었잖아요."

"아, 그래… 그렇지……."

루사인의 말에 다시 멍하니 중얼거렸다. 아… 다시 생각나고야 말았다. 그래, 충격이 너무 커서 잠시 다른 데에 신경을 분산시켰었나 보다, 괜히 화풀이하는 쪽으로. 하아아… 확인 사살당했지. 거기까지 대화가 흘렀어. 그렇지…

"표정 보니… 결과가 마음에 들지 않나 보군요."

"재기불능일 정도로."

이번 건 크다. 정말로 크다. 지금까지 날 구성하고 있던 것들이 와르르 무너져 한순간에 빠져나가 버렸다. 이를테면 '희망' 같은 것. 여자가 되고 나서, 그래도 어딘가에 남자로 돌아갈 방법이 있을 거라는 희망을 가지고 살았다. 그래서 여기까지 왔다. 그런데 이런 결과라니. 이제 더는, 꿈도 꾸지 못할 일이 되어버렸잖아.

물론 다시 돌아갈 수는 있다. 수백 년 후에. 하하하. 그따위 거 개나 줘버려라!!

허탈감에 멍하니 있는 사이 짧은 티타임이 지났다. 그리고 곧 준비가 다 끝났다며 세린이 알리러 왔다. 힘없이 발걸음을 옮겨 문 앞에 서 있는 마차로 향했다. 처음 왔을 때와 같이 집안의 고용인들이 모두 나와 우릴 배웅했다. 역시나 할아버지의 모습은 보이지 않았다.

"정문까지 배웅해 드리겠습니다."

네이드가 우리 마차에 올라탔다. 그리고 마차는 별장의 길고 긴 정원과 마당을 지나 정문을 향해 달리기 시작했다.

"할 말이 있나?"

네이드의 표정에서 무언가 느꼈는지 루사인이 딱딱한 목소리로 물었다. 아, 정말 정이 뚝 떨어지는 목소리다. 자신이 호감을 가지고 있는 상대가 아니면 늘 저렇게 차갑다. 심하게 낯을 가리는 녀석의 성격이 그대로 드러나는 게 재미있었다.

"조금 주제넘은 짓인 것 같지만, 역시 시종은 주인어른이 원하는 것을 가장 우선으로 해야 하니까요."

"그러니까 하고 싶은 말이 무엇이지?"

"잠시나마 에페트리아의 향취를 느낄 수 있게 해줘서 감사합니다. 이국의 땅에서 만난 혈육은 다른 무엇보다도 큰 선물이니까요."

차가운 루사인의 반응에 아랑곳하지 않고 생글거리며 대답하는 네이드를 보며, 난 퉁명스레 물었다.

"무슨 소리야? 엄청 싫어하던 눈치던데. 나보고 얼씬도 하지 말랬다고."

"계속 마주치면 고향에 돌아가고 싶어지니까요."

네이드가 말하는 것을 이해할 수 없었다. 아버지와 무지 사이 안 좋아 보이는 저 할아버지가 사실은 향수병 걸린 노인네라는 거야 뭐야.

"고향 생각 나면 돌아오면 될 거 아냐. 아버지를 안 좋아한
다는 것 정도는 알겠는데, 그렇다고 바다 건너 외국까지 와서
사는 건 엄청나게 오버하는 거거든."

"하하. 그런 건 아닙니다. 주인어른께서 이곳에 계신 이유
는 주인마님, 그러니까 마리님께 속죄하기 위한 것이니까
요."

"마리? ……할머니?"

갑자기 튀어나온 할머니의 이름에 인상을 찡그렸다. 솔직
히 내게 있어 좋은 감정이 있을 리 없는 존재였다. 정략결혼
의 도구. 미친 상태로 할아버지와 결혼하고, 그래서 아버지가
너무도 싫어한 분이었다. 그런 할머니에게 속죄?

"제 할머님이 마리님의 유모셨기에 남들보다 들은 게 많습
니다. 모두들 저쪽 대륙으로 건너가 죽을 때까지 고향에 돌아
오지 못한 마리님을 떠올리며 주인어른을 피도 눈물도 없는
분이라 하셨죠."

"인정해. 게다가 집 비우는 날도 많아서 방치시켰다고 하
더라고."

"그렇죠. 하지만 그게 마리님을 위한 길이었습니다. 마리
님의 병은… 고향에 오면 더욱 악화되니까요. 특이한 병이었
다고 합니다. 무언가를 계속 갈망하는 만큼 살아갈 수 있는.
마음에 안정을 얻는 순간 삶의 의욕을 잃어버린다더군요."

“뭐야 그게?”

참으로 이상한 병이다. 미쳤다더니 정말 이상하게 미쳤었구나. 평생 만족하지 못하고 살아야 한다는 거 아냐. 만족하는 순간 인생은 끝.

“고향을 너무도 사랑했던 마리님은 평생 고향에 돌아가고 싶은 갈망에 목숨을 이어간 거죠. 주인어른은 그렇게 해서라도 마리님이 오래도록 살아갈 수 있게 하고 싶었던 거고요. 그래서 마리님이 돌아가신 지금, 고향에 돌아오고 싶어하던 마리님의 마음과 함께 이곳에 계신 겁니다.”

“무슨 소리야? 그러니까 저 할아버지가 나름대로… 부인을 사랑했던 로맨티스트였다는 거야?”

“예. 바로 그겁니다. 애석하게도 이 사실을 아는 분은 거의 없더라고요. 아마 본국의 공작 전하도 모르셨을 겁니다. 마리님의 병에 대해 아는 사람은 극히 드무니까요. 주인어른 성격에 누군가한테 말했을 것 같지도 않고.”

하아, 말도 안 돼. 비록 눈앞에 마주한 것은 한 시간도 채 안 됐었다만 시간이었다만 내가 느낀 할아버지는 빈틈없는 확고한 노친네였다. 그런 사람에게 저런 낭만은……

잠깐. 그런데 할머니는 결국 고향에 돌아오지 못했잖아. 그런데 어째서 자살한 거지? 자살이란 삶의 의욕을 잃었다는 것. 남들과 다른 할머니의 경우라면 무언가 만족을 하고, 갈망하던 것이 사라졌다는 소린데 대체 어떻게?

“이봐, 네이드.”

갑자기 든 의문에 네이드를 불렀다. 하지만 의도적으로 무시하는 건지, 아니면 마차 소리에 묻혀 듣지 못했는지 녀석은 내 부름에 아무런 대꾸 없이 창밖으로 고개를 내밀어 마차를 세웠다.

“정문에 도착했군요. 전 이만 가보겠습니다. 공작 전하께 안부 전해주세요.”

순식간에 마차에서 내리며 꾸벅 인사를 하는 녀석을 보며 난 더 이상 할머니에 대해 물을 수 없었다. 어차피 지난 일. 10년은 묵은 과거를 새삼 들춰가며 죽은 자에 대해 이야기하고 싶지 않았다. 그리고 무엇보다 내 마음은 앞으로 수백 년 후에나 다시 남자로 돌아가는 게 가능하단 결론에 이미 다른 건 생각할 수 없을 정도로 상처투성이였다.

Chapter 7
돌아가는 길, 절망과 만나다

　항구까지 가는 길은 늘 그렇듯 순조로웠다. 할머니의 고향에 오는 길에 이미 각 상회의 볼일을 끝마쳤었다. 때문에 중간에 어디 들를 일 없이 논스톱으로 항구를 향했다.

　가는 길에 어머니와 여러 가지 이야길 나눴다. 지금까지 내버려 둔 것에 대한 속죄인지 어머닌 계속해서 드래곤에 대한 이야기를 해줬다. 그리고 지금 내가 쓸 수 있는 마법에 대해서도 알려주었다.

　난 인간과 다른, 그렇다고 일반적인 드래곤하고도 다른 하프 드래곤이기에 몸의 성장과 정신의 성장이 서로 균형이 맞지 않는다 했다. 그래서 늘 곁에서 그때그때 강제적으로라도 머리를 깨워줘야 했는데 깜빡 잠이 들어 내버려 둔 덕에 바보가 된 것을 책임지겠다고 했다. 깜빡 잠이 든 것치곤 상당히 오랜 시간이 지났지만 지금이라도 에프터 서비스를 하겠다니 마다할 것도 없다. 적어도 왕국 3대 바보 왕족 설에 내세울 당당한 이유는 생겼으니까. 혹시 누가 알까, 어머니가 열심히 머리를 깨워줘서 다음 학기에 당당히 루사인을 누르고 1등 할지.

며칠을 어머니와 대화하며 이런저런 것들을 듣고 배우는 동안, 어느새 남자로 돌아가야 한다는 강박관념을 잊어버렸다. 이제 와서 까짓 평생 계집애로 살아간다 해도 뭐 어떠랴 싶었다. 어차피 수백 년을 보내야 남자로 돌아갈 수 있다면, 그때쯤 되면 여자로서의 삶에 익숙해져 있을 테니 별 의미가 없을 것 같았다. 그래서 하프들 중 자신의 성별을 바꾼 사람이 거의 없다고 어머니도 말했었지.

하지만 뭐랄까… 희망이 깨진 그때 힘이 쭉 빠졌었다. 아니, 힘 말고 다른 것도 빠진 것 같았다, 그렇지 않고선 이렇게 무덤덤할 리가 없으니까. 내 일이지만 내 일이 아닌 것 같은 기분. 무언가 붕 뜬 느낌이었다.

"그게 체념입니다."

"엉?"

갑자기 등 뒤에서 들리는 루사인의 목소리에 퍼뜩 놀라 뒤돌아섰다. 루사인은 손에 들고 있던 코트를 내 몸에 덮어주며 다시 말했다.

"바람이 찹니다. 이제 슬슬 겨울이거든요. 나가실 때 외투는 꼭 챙기라 했잖아요."

"별로. 바로 앞인걸."

"바닷바람은 특히 더 차다고 경고했죠?"

괜히 따라 나온 녀석이 괘씸해서 투덜거리자 루사인은 더욱 강한 어조로 말했다. 지금까지의 패턴을 보면 알겠지만 난 루사인을 당하지 못한다. 그저 다시 돌아서서 새카만 바다를 바라볼 뿐이었다.

"그냥 안에 있으니 답답했어. 탁 트인 무언가가 보고 싶어서 나왔는데 밤 바다는 참 신기하네. 새카맣게 하늘이랑 연결되어 있어."

배의 난간에 손을 짚고 별이 총총히 박힌 하늘을 가리켰다. 루사인은 한숨을 쉬며 내 옆에 서서 나와 같이 난간을 잡았다.

"처음이죠? 체념이란 걸 느낀 게."

"몰라. 그게 뭔데."

"간절히 바라는 데 정말 할 수 없는 일. 지금까진 무언가 원하는 게 있으면 결국은 손에 넣고야 말았잖아요. 죽었다 깨어나도 될 수 없는 일은 처음이죠? 아니, 그전에 진심으로 간절히 무언가를 원했던 것도 처음이었잖아요."

늘 그렇지만 루사인이 말하는 것은 언제나 내 고개를 끄덕

이게 만든다. 그래, 그렇다. 그런 것 같다. 루사인이 말하는
거니까 그렇겠지.

"너무 기죽어 있지 마세요. 어차피 처음이랑 똑같잖아요.
방법을 몰랐던 거나, 안 된다는 것을 알게 된 거나. 둘 다 불
가능하긴 마찬가지. 이제 와서 새삼 축 처져 있어 봤자 보기
에만 안 좋아요."

"그래도 몰랐을 땐 될 거라는 희망이라도 있었잖아."

힘없이 투덜거리자 루사인은 어쩔 수 없다는 듯 어깨를 으
쓱했다. 그리고 가벼운 한숨을 쉬고 다시 말했다.

"그럼 이건 어떨까요. 지금의 그 체념, 결국은 모두 주인어
른의 계획대로 가는 겁니다."

"뭐?"

도끼눈을 뜨고 루사인을 노려보며 되물었다. 지금, 그러니
까 이게 다 아버지 계획이라고 말한 거냐?

"여자가 되는 것도, 그래서 태어나 처음으로 체념이란 감
정을 느끼는 것도, 모두 계획대로라고요. 남자로 돌아가는 게
수백 년 후에나 가능하다는 것 정도는 주인어른도 처음부터
알고 있을 겁니다. 그걸 계속 가르쳐 주지 않고 이제야 어머
니를 만나 듣게 한 것도 모두, 주인어른이 세운 모종의 계획
의 일부분이란 거죠."

"그러니까 대체 그 모종의 계획이란 게 뭐야? 루사인, 넌
알고 있잖아? 대체 아버진 어떤 생각을 하고 있는 거야? 날 가

지고 무슨 거창한 계획을 짜놓고 있는 거야?"

난간을 쥐고 있는 루사인의 팔을 낚아채 내 쪽으로 끌어당겼다. 바다를 바라보던 루사인의 눈동자 속에 내가 비춰졌다. 갑작스레 끌어당겨져 놀란 눈으로 날 바라보던 루사인은 다시 여유로운 미소를 지었다.

"전 그것에 대해 말할 수 없습니다. 그렇게 약속했거든요."

"누구랑? 아버지? 아니면 내가 아는 다른 누군가?"

"글쎄요… 제가 말할 수 있는 범위에서 한 가지 질문하자면, 도련님은 주인어른이 잘 세워놓은 계획에 그대로 따르고 싶으신가요?"

"아니, 전혀."

단 1초의 고려도 없이 딱 잘라 거절하는 날 보며 루사인은 환하게 웃었다.

"그럼 그렇게 체념만 하고 있을 때가 아니잖아요. 힘없이 축 처져서 집에 돌아가면 정말 좋아하실 겁니다, 누군가가."

루사인이 강조하는 누군가에 아버지의 얼굴이 겹쳐졌다. 아, 그래. 이러고 있을 수야 없지. 내가 다른 건 몰라도 아버지 좋을 짓은 할 수 없다고. 생각해 봐라. 원흉이 누구냐고. 내 봉인을 푼 카린의 할머니? 아니다. 마법 배우겠다고 오기 부린 나? 그것도 아니지. 그렇다고 내가 마법을 배우게 결심하게 만든 카린이나 플루토 자식도 아니다. 모든 건 사전에 정보를 차단해 놓고 보종의 무언가를 꾸민 아버지가 문제였다고!! 그런 아버지 입가에 함박웃음을 피워 드릴 수야 없지. 암암.

"어라? 그러고 보니… 플루토에 대해 신경을 안 썼네 요즘."

나에 대한 체념을 버리니 갑자기 친구들이 걱정되기 시작했다. 솔직히 건국 기념일에 프리츠가 무죄란 것만 알았지, 플루토 자식이 그 시간에 뭘 하고 다녔는지에 대해선 누구도 아는 사람이 없었다. 학교 내에서 녀석을 본 사람이 없다는 것만큼은 확실했다.

"프리츠님이 무죄란 것을 알고 그쪽에 대한 경계도 풀어버렸죠."

"그리고 나서 바로 카델란으로 향했으니……."

솔직히 녀석 하나만의 문제라면 아무런 근심도 걱정도 없다. 녀석이 레키아든, 크라노의 밀정이든 어차피 일 터지면 어른들의 문제다. 폐하나 아버지들이 알아서 처리할 문제가 되어버린다. 괜히 복잡해지는 건 딱 질색이다. 플루토의 경우가 그렇다. 딱 간단하게 녀석 하나만으로 끝나면 좋을 텐데. 거기에 괜히 프리츠까지 끼어들어 가면 어른들만의 문제가 아니게 되어버린다.

건국 기념일에 프리츠는 녀석과 함께 움직이지 않았다. 이것이 과연 녀석과 관계가 없다는 증거가 될까? 프리츠는 레키아와 플루토의 관계에 대해 얼마나 알고 있는 것일까?

"그러고 보니 그 레키아의 정체 말입니다."

"응? 녀석이 뭐?"

문득 생각난 듯 중얼거리는 루사인의 말에 온 신경을 집중해서 호들갑을 떨며 물었다. 무언가 말하려던 루사인은 순간 멈칫하며 고민하는 표정을 지었다.

"아니, 아닙니다. 아무것도 아니에요."

"뭐야? 왜 말을 하다 말아? 뭐가 생각난 거야? 또 뭘 감추려는 건데?"

갑자기 말을 얼버무리는 루사인을 향해 집요하게 매달렸다. 레키아의 정체라… 무언가 감을 잡기 시작한 게 분명했다. 이 자식, 분명히 결정적인 무언가를 떠올리고는 나한테 말 안 하는 거다. 루사인은 곤란하단 얼굴로 날 바라봤다.

"진짜 아무것도 아니에요. 확인도 안된 거고. 아직 말할 정도가 아니에요. 나중에 확신이 서면 말하겠습니다."

녀석이 이 정도로 말한다면 이건 진심인 거다. 감추거나 따돌리는 것이 아닌 건 확실했다.

"진짜로 나중에 말해주는 거지?"

"약속합니다."

여기까지 했으면 이제 됐다. 이렇게까지 말해놓고 나중에 딴말하는 녀석은 아니니까. 그러니까 녀석의 직감에 확신이 더해지면, 의문의 검은 망토 레키아와 플루토에 대한 결정적인 증거라도 물어오는 거겠지.

"바람이 차가워졌습니다. 마님께서 걱정하셔요. 들어가죠."

"그러고 보니 좀 춥네. 가자."

새어 들어오는 바람에 몸서리치며 루사인이 덮어준 코트를 세게 움켜쥐었다. 습기를 가득 품은 찬바람이 축축하게 감싸고도는 게 이곳에 오래 있어봐야 좋을 것이 없었다. 날 이곳으로 이끌었던 문제의 '체념'이란 것을 버린 이상 추운데 홀로 사색하는 것은 딱 질색이니까.

"빨리 가자. 춥다."

난간에서 떨어져 빠른 걸음으로 갑판을 지나며 루사인을 재촉했다.

끼이익.

내가 들어가려던 문이 다른 누군가에 의해 열렸다. 그리고 그 안에서 어떤 한 사람이 나왔다.

검은색이었다. 그 사람에 대해 설명하자면 그 한 단어로 충분했다. 풍성하게 퍼진 검은색 드레스, 걸을 때마다 치맛단 아래로 살짝 고개를 내미는 검은 구두, 얼굴의 절반을 가리는 검은 레이스에 감싸인 검은 모자, 그리고 단정하게 올린 검은색의 머리칼, 옷은 목까지 올라오고 손은 검은 장갑으로 마무리 지었다. 때문에 레이스 모자에 가려지지 않은 반쪽만 보이는 새하얀 얼굴만이 유일하게 다른 색이었다.

그녀의 모습에 대해 또 다른 방법으로 간단하게 설명할 수 있다. 지금이라도 당장 장례식에 참석해도 좋을 모습이라 하면 좋을까? 어딘지 우울해 보이는 분위기까지 완벽한 장례식의 조문객이었다. 아니, 정정하겠다. 저 정도라면 손님이 아닌 상주라 해도 손색이 없었다. 그래, 마치 젊은 미망인을 보는 듯한 기분이었다. 그리고 이곳은 남편의 장례식.

"어머! 아무도 없는 줄 알았는데."

한마디도 하지 않을 것 같던 그녀는 생각보다 쉽게 입을 열었다. 상상하던 것보다 가벼운 음성이었다. 검은색에 늘 세트로 따라다녀야 할 우울함이 그녀에겐 담겨 있지 않았다.

그녀는 흥미로운 표정으로 날 바라보았다. 어딘지 재미있다는 듯, 날 위아래로 한참 훑어보더니 미소를 지으며 말했다.

"정말 완벽한 제국식 미녀군. 새하얀 피부에 실버블론드. 눈이 푸른색이 아닌 게 조금 아쉽지만 황금색 눈동자는 희귀한 색이니 그 가치로 치면 푸른색, 그 이상이지. 나와보길 잘했어. 오래간만에 눈요기를 하네."

초면부터 반말, 그리고 사람을 구경거리 취급하는 저 마인드 상당히 무례하지만 이상하게 그녀와 너무도 잘 어울렸다. 한눈에 느낄 수 있었다. 그녀는 결코 누구의 아래에 서본 적이 없는 사람이었다. 그만큼 당당하고, 그만큼 자신있는 모습인 것이다. 때문에 내가 여기서 그녀에게 신분에 대해 논해봤자 본전도 못 찾을 거라 어렴풋이 짐작했다. 하지만 거슬리는 건 거슬리는 것. 인상을 팍 쓰며 그녀를 향해 따졌다.

"미안하지만 난 에페트리아 인이야. 제국식 미녀란 소리는 실례야."

그래, 솔직히 말해 이게 가장 불만이었다. 그냥 에페트리아 인이 아니다. 왕족. 그것도 단 3대 전에 직계에서 갈라져 나온 아주 혈통 좋은 가문의 유일한 후계자란 말이다. 하지만 검은색의 미녀는 내 주장을 그다지 심각하게 받아들이는 눈치가 아니었다.

"흐음… 그래? 아무리 봐도 그 얼굴은 딱 제국 대표 미녀인데. 에페트리아 인이라… 조금 의외네."

"뭐가 의외란 거야. 에페트리아 인이 이렇게 생겨서 불만이야?"

"그런 뜻은 아니야. 뭐 하지만, 덕분에 네가 누군지 알아버렸네."

"…뭐?"

멈칫해선 검은색의 그녀를 한참이나 노려보았다. 물론 내가 정체를 감추거나 하는 것은 아니다. 때문에 내가 누구인지 알아도 별 상관 없었다. 어차피 이 배를 이용하는 사람들 중 조금만 다른 사람에게 관심이 있는 자라면 내가 이 배를 타고 여행 중인 것 정도는 알고 있을 것이다. 에페트리아로 향하는 배를 타고 있으면서 에페트리아의 왕족을 무시할 무식한 놈은 없을 테니까.

하지만 그녀가 말하는 것은 그런 수준의 것이 아니었다. 뭐랄까… 왕족이니 귀족이니 하는 것을 넘어서서 나란 인간 자체에 대해 알고 있다고 말하는 것 같았다. 모든 걸 다 꿰뚫어 보는 것 같은 느낌. 그래서 상당히 불쾌했다.

"그런 당신은 누군데?"

낮은 목소리로 협박하듯 으르렁대며 물었다. 검은색의 그녀는 그런 내 살기를 가볍게 넘겼다, 여유있는 미소를 지으며.

"미안. 일행이 그런 거 말하지 말랬어, 에페트리아를 뜰 때까지."

에페트리아로 향하는 배에서 자신의 이름을 밝히지 않는 자라면 한정되어 있다.

"크라노 인이군."

"일행이."

고개를 끄덕이는 그녀를 보며 난 한숨을 쉬었다. 또 크라노와 연결되어 버렸다. 올 봄부터 너무 자주 듣는 이름이었다. 이젠 정말 질려서 평생 다시는 그 나라에 대해 생각하지 않으면 좋겠다고 애원할 정도로 질리도록 들어온 이름이었다. 이 정도면 아무리 머리 나쁘기로 유명한 나라도 평생 잊어먹지 않을 거라고.

"그나저나 어떡할까. 이 시간이면 아무도 없을 줄 알고 나왔는데."

우리와 바다를 번갈아 보며 조금 곤란한 얼굴로 여자는 중얼거렸다.

"뭐야. 아무도 없는 데서 무슨 짓을 하려고?"

"그냥……."

퉁명스레 묻자 여자는 씁쓸한 미소를 지으며 바다 건너 어딘가 먼 곳을 바라보았다. 그리고 주의하지 않으면 들리지도 않을 작은 목소리로 대답했다.

"…추모식."

그리고 난 다시 한 번 그녀를 바라보았다. 그래, 처음 봤을 때부터 장례식을 떠올렸지. 진짜로 어디 초상집이라도 다녀온 건가?

"누가 죽었어?"

"응. 사랑하는 사람."

이거 원. 사람이 너무 첫인상 그대로 따라가는 거 아닌가? 설마 하니 정말로 남편 보낸 미망인이라도 되는 거 아냐? 그럼 나 당장 뒷골목 가서 점 집 연다, 그 야매 할망구 옆집에.

"남편이야?"

"아니. 다른 사람의 남자."

"엑?"

설마 불륜? 하지만 첫인상대로 평하자면 눈앞의 여자는 자존심이 강한 사람이다. 남의 남편과 질척한 관계를 즐기는 여자라기보다는 아주 고고한 귀부인 쪽이 더 어울렸다. 아무리 좋아하는 상대라도 그에게 다른 여자가 있다면 뒤도 안 돌아보고 떠나 버릴 타입이었다. 그래서 그녀의 대답은 참으로 의외였다.

"이봐 아가씨, 이상한 상상하는 건 좋은데 그런 지저분한 것에 난 끼워 넣지 말아줘. 그가 다른 여자를 선택한 뒤론 단 한 번도 만난 적이 없으니까."

"그런데 무슨 추모식이야. 그것도 그렇게 싹 다 검은색으로 차려입고."

한마디로 떠난 남자였다. 그런 사람의 죽음을 슬퍼할 정도로 누군가를 좋아하는 것, 이해할 수 없었다. 이런 내 마음을 눈치 챘는지 그녀는 검은색에 어울리지 않는 따뜻한 미소를 지었다.

"그냥. 이젠 아무도 없거든. 저 땅에, 그의 죽음을 기억하는 사람이… 나라도 그 사람을 떠올리며 애도했는데, 이젠 나도 제국을 떠나니까. 그래서 이 땅에서 마지막으로 추도식을 해주는 거야. 카델란의 마지막 밤이니까."

그러고 보니 아직은 카델란의 영해라는 것을 기억해 냈다. 카델란에서의 마지막이라… 하긴. 내일 오후쯤이면 공해로 들어설 테니까.

"죽은 지 오래됐나 봐? 말하는 게."

"좀 지나긴 했어."

그제야 옷차림이나 분위기에 비해 그녀의 말투가 가벼운 것을 이해할 수 있었다. 세월은 슬픔도 깎아내린다니까, 지난 시간만큼 처음보단 많이 수그러들었겠지. 하지만 그렇게 오랜 시간이 지나도록 아직도 저렇게 그리워한다는 것은 또 그만큼 많이 좋아했다는 거겠지.

"자, 여기까지 말했는데… 그냥 여기 있을래?"

"응?"

"이쯤 되면 슬슬 자리를 피해줘야 하잖아?"

그녀는 자신의 뒤에 있는 선실로 들어가는 문을 가리키며 다시 물었다. 그리고 난 고개를 끄덕였다.

"뭐 어차피 들어가려던 참이었으니까. 그럼, 좋아했던 사람을 열심히 추모하라고."

"정정해 줄래? 아직 사랑하는 사람이야."

"아~ 네. 마음대로."

건성건성 대답하며 루사인이 열어준 문 안으로 들어섰다. 루사인이 문을 닫기 위해 팔을 뻗었다. 닫히는 문 사이로 언뜻 그녀의 모습이 보였다. 차가운 바닷바람에 검은 머리칼이 흩날리는 게 한눈에 들어왔다. 바람에 따라 이리저리 날리는 머리카락이 어쩐지 검은 뱀 같았다. 차갑고, 음습하고 보기만 해도 독에 중독될 것 같은 흡인력. 시커먼 검은 바다 속에 빨려 들어갈 것 같은 느낌이 들었다. 나도 모르게 겁이 났다. 오한이 들며 몸이 떨려왔다.

달칵.

문이 닫히는 소리에 흠칫 놀랐다. 그리고 옆에 서 있는 루사인을 올려다보았다.

"왜 그리 떨고 있어요? 식은땀에… 몸살입니까? 서둘러 방으로 가죠."

"아, 아니 아냐."

루사인은 내 몸 상태를 보고 놀란 눈으로 중얼거리더니 억세게 붙잡고 끌고 가려 했다. 난 고개를 저으며 부정했다. 그런 게 아니다. 내 몸은 멀쩡하다. 단지 무언가 두려움에 긴장했을 뿐이다.

"루사인, 넌 아무것도 못 느낀 거야?"

"무엇을 말입니까?"

"…아무것도 아냐. 그냥, 잠깐 꿈이라도 꿨나봐. 들어가자. 역시 몸살 기운이 있나?"

전혀 모르겠다는 얼굴로 날 바라보는 루사인을 보며 난 작은 한숨을 쉬었다. 루사인이 문을 닫는 찰나였다. 그 짧은 시간에 보고 느낀 거라기엔 상당히 무리가 있겠지. 그러니까 역시 꿈인가 보다. 조금 사실적이고, 너무 생생했지만…….

바닷바람이 정말 무섭긴 한가 보다. 튼튼하기로 둘째가라면 서러운 나였다. 지금까지 잔병치레 하나 없이 굳세게 자라왔는데, 몸살로 쓰러질 줄은 정말 몰랐다. 몸에 열이 오른다는 게 이렇게 짜증나는 일이란 것 처음 알았다. 하지만 몸살이라 해도 그냥 가벼운 정도라 하루 정도 침대에 누워 있었더니 금세 가뿐해졌다.

"후. 몸 여기저기가 다 쑤시네. 밖에 날씨 어때? 나갈 만하지?"

"어제보단 따뜻하더군요."

기지개를 펴며 옆에 대기하고 있던 루사인에게 묻자 녀석은 살짝 웃으며 대답했다. 밖에 날씨에 신경 쓴다는 것이 이미 내 몸이 거뜬히 나았다고 확신하는 모습이었다.

"그럼 바람 쐬러 가자."

"외투 꼭 챙기세요."

루사인이 건네주는 두터운 코트를 꼭 여미며 선 내 복도를 걸었다. 그리고 이틀 전까지 머물렀던 갑판으로 향했다.

실내와는 온도부터 차이가 나는 차가운 바깥바람이 날 맞이했다. 카델란으로 향할 땐 그래도 시원할 때라 나와 있는 사람이 꽤 많았었는데, 11월인 지금은 그다지 찬바람을 즐기는 사람이 없는 모양이었다. 우리가 나가자 저쪽 구석에 있던 귀부인이 시녀들을 이끌고 선실로 들어갔다. 아마 혼자 있는 걸 즐기려 했었나 보다.

배의 난간을 잡고, 바다 냄새를 맡고 있을 때, 선실 문이 또 한 번 열렸다. 아마 누군가가 나온 거라고 생각하며 별 신경 쓰지 않던 난, 그 누군가가 내게 다가오는 느낌에 고개를 돌렸다.

"또 보네."

내 곁에 다가온 여자는 생긋 웃으며 인사했다. 뭐랄까, 나로선 처음 보는 여자였다. 저렇게나 눈에 띄는 외모를 가진 여자를 내가 기억하지 못할 리 없었다.

일단 옷차림부터 튀었다. 붉은색 베레모. 허리선에 닿는 짧은 길이의 가죽 자켓. 몸에 달라붙는 검은색 티. 그리고 붉은색 미니스커트와 허벅지까지 올라오는 붉은색 가죽 부츠. 치켜 올라간 검은 두 눈과 어깨를 살짝 덮는 검은 생머리가 바람에 날리고 있는 모습이 정말 생소했다. 전혀 기억에 없었다.

"누구야?"

인상을 쓰며 다시 한 번 여자의 전신을 훑어보며 물었다. 난 전혀 모르는 사람인데, 다짜고짜 와서 구면인 척 인사하는 게 불쾌했다.

"어머? 기억력이 나쁜가 봐, 그새 잊다니. 내가 그렇게 존재감이 없었나?"

놀리는 것처럼, 아니, 놀리는 게 분명한 태도로 과장되게 슬픈 얼굴을 하며 말하는 그녀였다. 그래서 새삼 더욱 기분이 나빠졌다.

"너, 누군지 당장 말하지 않으면……."

"흐음. 옷이 검은색이 아니라 그런가."

"…뭐?"

낮은 목소리로 협박하려던 난, 그녀가 중얼거리는 소리에 퍼뜩 놀라 눈을 부릅뜨고 다시 한 번 그녀를 위아래로 살폈다. 눈앞의 이 여자는 모르지만 검은색 하면 생각나는 여자가 하나 있긴 하다. 그러니까 이틀 전에 이곳에서 만났었지. 하지만 도저히 그 검은 상복의 여자와 눈앞의 용병이나 군인, 혹은 도둑 길드 간부 같은 옷차림의 여자를 동일인물로 생각할 수 없었다. 분위기부터가 달랐다. 이건 종 자체가 다르다고!!

"아쉽네, 금방 기억해 줄 거라 생각했는데."

"어느 쪽이 진짜야? 그쪽이야 이쪽이야. 사람이 이 정도로 변신을 해놓고 알아봐 주길 바라는 것도 실례라고."

정말로 아쉬운지 입술을 비죽 내밀고 투덜대는 여자를 향해 나 역시 투덜거렸다. 내가 못 알아보는 게 문제가 아니라 본인이 못 알아보게 한 것 아닌가. 그러자 여자는 어느새 표정을 바꿔 날 바라보았다. 비웃는 것 같은 미소를 입가에 머물고 고까운 얼굴로 날 내려다보며 그녀는 물었다.

"그게 문제가 아니지. 그래도 하프 드래곤이라면 날 잊을 리가 없을 거라 생각했었거든."

"……!!"

싸악하며 핏기가 가시는 소리가 들리는 듯했다. 나도 모르게 크게 숨을 들이마셨다. 놀라 비명 소리조차 목구멍을 통과

하지 못할 정도로 경악했다. 눈을 동그랗게 뜨고 그녀를 바라볼 뿐이었다.

"…정체가 무엇이냐. 넌 누구냐."

지금까지 구경만 하던 루사인이 낮은 목소리로 물었다. 경계가 가득한 음성이었다. 손은 어느새 허리춤의 검 손잡이에 닿아 있었다. 언제라도 검을 빼어 들 수 있게, 몸을 긴장하고 있는 것이 느껴졌다.

"내게 검을 들이대려는 것인가? 고작 인간이?"

여자가 루사인을 노려보며 으르렁거렸다. 바람이 그녀의 주변에서만 따로 부는 것 같았다. 지금까지 바닷바람에 따라 한 방향으로 움직이던 검은색 머리카락이 그녀에게서 뿜어져 나오는 기운에 사방으로 흩날리기 시작했다. 그녀의 몸에서 무언가 검은 사기 같은게 아리랑이처럼 피어오르는 것을 느꼈다.

"…윽!!"

루사인의 이마에 식은땀이 흘렀다. 검을 쥐고 있는 손이 부르르 떨리는 것도 보였다. 어떻게든 움직이려 하지만, 뱀 앞의 개구리마냥 꼼짝하지 못하고 있었다.

그때였다. '벌컥' 하고 선실의 문이 열리더니 익숙한 금발 머리가 갑판으로 뛰어나왔다.

"세라! 어째서 여기에서 드래곤의 힘이……!"

나오자마자 날 찾던 어머니는 다급한 목소리로 외쳤다. 그리곤 내 앞의 검은 머리의 여자를 발견하고 걸음을 멈췄다.
루사인을 노려보던 여자도 어머니의 목소리를 듣고는 ‘휙’
하고 뒤돌아섰다.

“오래간만이야, 아일란스. 이 앞의 하프 드래곤을 보고 혹
시나 했는데, 역시 네 아이였구나.”

그녀는 어머니를 향해 밝은 목소리로 인사했다. 하지만 어
머닌 여전히 굳은 얼굴로 서서 미동도 하지 않았다. 길게 느
껴졌던 짧은 침묵의 시간이 지나고 어머닌 떨리는 목소리로
눈앞의 여자를 향해 물었다.

“…사티?”

그리고 여자는 씨익 웃었다.

“기억해 주고 있었네. 마지막으로 만난 게 네가 500살쯤이
었을 텐데. 이름까지 기억하다니, 영광인데.”

대화를 듣고 나서야 상황을 이해할 수 있었다. 저 검은 머
리의 여자는 드래곤이었던 거다. 이름은 아마도 사티. 어머니
와는 구면으로 어머니보다 나이가 많은 드래곤이 분명했다.

그래, 그러니까 내가 하프 드래곤이란 것을 알 수 있던 거
로군. 드래곤은 자신의 동족이나 하프의 기운을 잘 구분하는
것 같으니까.

하지만 어째 분위기가 이상했다. 사티는 생글생글 미소 지
으며 어머니를 반가이—빈정거리는 느낌이 더 강하지만—맞이
하는데, 어머니는 여전히 굳은 상태다. 둘 사이에 묘한 공기

가 흘렀다. 한눈에 봐도 둘의 사이가 그다지 좋은 편이 아니란 것을 알 수 있었다.

“사티, 아이들에게서 떨어져.”

어머니가 노려보며 명령했다. 하지만 사티는 전혀 아랑곳하지 않았다. 여전히 얼굴 가득 미소를 띤 채 슬쩍 고개를 돌려 나와 루사인을 바라보았다. 그리고 다시 어머니에게로 시선을 옮겼다.

“싫다면?”

“무슨 짓이라도 저지르면 용서하지 않겠어.”

“아~ 그래? 큭큭. 큭큭큭큭. 큭… 아하하하하하!”

갑자기 사티는 자지러지게 웃기 시작했다. 그대로 배를 잡고, 바닥을 구르기라도 할 기세로 큰소리로 웃고 또 웃었다.

“아하하. 아하하하하. 아, 배야. 눈에 눈물까지 맺히잖아, 이거. 이것 참. 누구한테 협박이야? 인간의 역사 속에 들어가 힘을 제약받는 드래곤이 할 소린 아니잖아.”

어머니는 아무 말 없이 막말하는 사티를 바라보았다. 쥐고 있는 주먹이 부르르 떨리는 것이 보였다, 눈가를 씰룩이는 것도.

사티의 웃음이 차츰 잦아들었다. 지금까지 계속 미소 짓던 얼굴에 웃음기가 완전히 사라졌다. 어머니보다도 더 굳은 얼굴을 하고, 차가운 눈으로 어머니를 노려보았다. 하지만 입은 여전히 빈정거림으로 가득차 있었다.

"아! 그리고 보니 저 아이가 네 아이였지 참. 저 아이에 한해선 제약이 풀리던가? 어머나 무서워라~ 그래도 드래곤의 현자라 불리던 아일란스인데, 몸을 사려야 하나?"

다시 한 번 침묵이 흘렀고, 먼저 움직인 것은 사티였다. 그녀는 거침없이 어머니를 향해 성큼성큼 다가갔다. 그리고 숨소리까지 들릴 정도로 가까이 마주 보게 되었을 때, 어머니를 내려다보며 말했다.

"왜 문을 막고 서 있어? 비켜."

그제야 어머니는 옆으로 몇 발짝 옮기며 사티에게서 떨어졌다. 그리고 다시 사티를 돌아보며 물었다.

"어디로 가려는 거야."

"보면 몰라? 선실로 들어가려는 거잖아."

"내가 그걸 묻는 게 아니란 걸, 알고 있잖아. 다시 묻겠어. 어디로 가려는 거야?"

"네가 알 필요 없잖아. 드래곤의 권능을 버리고 제약 속에 떨어진 어리석은 아가씨."

아까부터 제약, 제약. 사티는 계속해서 저 단어를 들먹이며 어머니를 조롱했다. 그리고 그때마다 어머니는 움찔거렸다. 그리고 이번에도 역시, 어머니는 큰 소리로 외쳤다.

"누가 널 끌어낸 거야! 누가 널 데려가는 거야!"

"그거? 궁금해?"

사티는 여전히 여유있는 얼굴로 물었다. 그리고 그때, 기다렸다는 듯이 선실의 문이 열리며 누군가 모습을 드러냈다. 안에서 나온 그는 주위를 둘러보고는 사티를 향해 물었다.

"이게 무슨 소란이지?"

"어쩌다 아는 사람을 만났거든."

남자를 자신의 곁으로 끌어당기며 사티가 대답했다. 그리고 어머니를 향해 남자를 가리키며 말했다.

"인사해, 이쪽이야. 이 사람이 날 초대했어, 저 바다 건너 할센 대륙으로."

사티의 곁에 선 남자를 보며 난 나도 모르게 검을 뽑아 들었다. 그리고 힘껏 발돋움하며 녀석을 향해 달려들었다.

"너, 이 자식!! 아켈란스!!"

푸른색 머리의 남자. 크라노의 왕자, 아켈란스가 사티의 곁에 서서 미소 지으며 날 바라보고 있었다.

차가운 바람이 날 휘감았다. 아켈란스를 향해 달려들던 발걸음이 한순간에 무거워지며 두 다리가 땅에 붙어 떨어지질 않았다. 뒤늦게 내 뒤를 따르던 루사인이 곁에 다가와 섰다.

"무슨 일입니까? 왜 갑자기 멈춰 섰습니까."

"발이 안 움직여. 마법이야."

루사인에게 대답하며 시선을 돌려 사티를 바라보았다. 생긋 웃고 있는 모습. 범인은 분명 저 여자였다. 저 여자가, 아켈란스를 향해 달려드는 날 막았다. 그 잘난 마법으로.

"오해하지 마. 널 막은 건 내가 아니니까. 누명은 억울하지."

갑자기 사티가 부정하며 나섰다.

"무슨 소리야. 여기서 너 말고 누가 마법으로 날 막는다는 거야."

"나다."

"에?"

어머니가 내 곁으로 다가오며 대답했다. 그리고 난 당황했다. 대체 왜, 어머니가 날 막았는지 이해할 수 없었다. 설마하니 어머니가 저 아켈란스를 구하기 위해 마법을 썼을 리는 없다. 그렇다는 것은 혹시?

"그대로 달려들면 사티의 공격에 당했을 거야. 오래 산 만큼 능력 하난 좋거든."

어머니의 말에 다시 한 번 사티를 바라보았다. 그녀는 아무 말 없이 그저 미소 짓고 있을 뿐이었다. 그 미소에 긍정이 담겨 있었다. 그녀의 곁에 서 있던 아켈란스가 날 바라보며 인사했다.

"오래간만입니다. 이번에도 같은 배로군요. 그런데 만나자마자 칼부림이라니, 환영 인사가 너무 격렬한 것 아닌가?"

깍듯하던 존대어가 마지막엔 반말이 되어버렸다. 드디어 녀석의 성격이 드러나기 시작했다.

"닥쳐, 크라노의 왕자. 잘도 은사를 만나러 간다고 속였겠다. 뭐야, 옆의 그 드래곤은!!"

“저런. 역시나 알아버렸네, 끝까지 모르길 바랐는데. 하지만 속인 적은 없어. 은사를 만난 건 사실이니까. 졸업하기 전까지 연구하던 분야였거든. 드디어 내 조건에 맞는 드래곤을 찾아냈다는 소식을 듣고 찾아가던 길이었지.”

“조건에 맞는 드래곤?”

슬쩍 눈길을 돌려 사티를 바라보았다. 전체적으로 붉은색으로 도배한 화려한 외모의 그녀를 보며 인상을 썼다. 그러니까 대체 무슨 조건에 맞는다는 거냐, 대체!

“이렇게, 직접 모시고 갈 수 있는 드래곤이란 소리지.”

“나야말로 조건이 정말 마음에 들었어. 그런 조건에 할센 대륙으로의 초대라면 마다할 이유가 없지.”

아켈란스가 대답하고 사티가 맞장구쳤다. 그리고 더 이상 이쪽에 볼일이 없는지 사티는 선실 안으로 들어가 버렸다. 사티의 뒤를 따라 선실로 향하던 아켈란스가 뒤돌아섰다.

“설마 이 좁은 배에서 무슨 짓을 저지를 생각은 아니겠지? 우리 서로 조용히 가자고.”

“너만 조용히 있으면 아무 문제 없어. 덧붙이자면 너희 나라도. 먼저 일을 벌이는 건 꼭 그쪽이잖아.”

“그런가? 뭐 어때. 조만간에 또 만나지.”

“만날 일 없어. 꺼져.”

차가운 목소리로 녀석을 쫓았다. 하지만 녀석은 더 이상 날 바라보지 않았다. 아켈란스의 시선은 내 옆, 루사인에게 향하고 있었다. 그는 여전히 여유있는 미소를 지으며 물었다.

"루사인 할트엔리드라지? 할트엔리드라… 어딘지 익숙한 이름이란 말이야."

"그쪽이 함부로 들먹거릴 이름은 아닌 게 확실하지. 나야말로 그쪽 이름에 대해 생각나는 게 있는데."

루사인이 답지 않게 눈에 띌 정도로 인상을 쓰며 불쾌한 목소리로 대답했다. 무언가 감추려던 것을 들켜 버린 것 같은 느낌이었다. 그리고 그에 대한 반동으로 숨겨두었던 카드를 꺼내 들은 분위기였다.

"그런가? 그럼 서로 간에 진지하게 대화를 할 시간을 가져야겠군. 그러니까 조만간 다시 보자고, 그쪽도."

아켈란스는 빈정거림을 담아 말하며 선실 안으로 들어갔다. '달칵' 하는 소리와 함께 문이 닫히고 선실과 갑판은 다시 단절되었다.

어머니는 여전히 굳은 얼굴로 사티와 아켈란스가 사라진 선실의 문을 노려보았다. 난 눈치를 보며 조심스레 어머니에게 다가갔다.

"어머니, 어떻게 된 거야? 누구야, 저 여자? 무슨 사이야? 왜 그런 반응이야?"

묻고 싶은 게 너무도 많았다. 대답을 들어야 할 질문들이 줄을 서서 대기하고 있었다. 여전히 아무 반응 없는 어머니의 손을 잡았다. 그제야 어머니의 시선 안에 내가 들어왔다.

“누구야?”

다시 한 번 사티에 대해 물었다. 그리고 어머니는 긴 한숨을 쉬었다.

“미친 고룡, 사티. 그 흉폭함과 잔인함엔 같은 드래곤도 고개를 젓지. 어느 누구도 다가가지 못하고, 누구에게도 다가가지 않고 홀로 지내온 드래곤. 지금은 그나마 상태가 괜찮네. 하긴, 그렇게 가고 싶어하던 할센 대륙으로 가는 길이니 제정신이어야지. 2천 년 동안 기다려 왔을 테니까.”

“2천 년……?”

누군 지금 몇백 년은 지나야 남자로 돌아갈 수 있다는 소리에 생전 처음 체념이란 것을 느꼈는데, 2천 년? 뭐냐, 저 까마득한 숫자는.

“아니, 대체 왜 기다린 거야? 가고 싶으면 그냥 가면 될 걸 가지고. 드래곤이잖아. 뭐가 문제야?”

“하프 드래곤은 괜찮지, 어딜 가더라도. 하지만 드래곤은 아니야.”

“뭐가?”

“자신이 살고 있는 대륙이라면 문제없지만 다른 대륙일 경우 영역의 문제가 생겨. 타 대륙으로 이동할 땐, 반드시 그곳에 자신의 영역이 있거나 아니면 그 대륙의 누군가에게 허락을 받아야 하거든. 그래야 그곳으로 갈 수 있어.”

“으… 응?”

난 멍한 눈으로 고개를 갸웃거렸다. 이거 또… 이해 안 가기 시작한다. 어머니는 이런 내 상태를 눈치 챘는지 손가락을 들어 내 이마를 툭 쳐줬다. 이건 어머니가 내 머리를 깨울 때마다 사용하는 주문이었다. 그렇게 머리를 일단 깨우고 나서 다시 한 번 설명을 시작했다.

"난 언니가 있는 할센 대륙에 가고 싶었지만 가지 못했어. 내 영역은 카델란에 있고, 할센은 다른 대륙이니까. 그때 네 아버지를 만났지. 할센 대륙 사람. 그래서 네 아버지의 초대를 받고 할센 대륙으로 넘어갈 수 있었어. 이런 식이야. 이해 가니?"

"음. 대충? 그렇다면 티아라도 발칸 대륙에서 넘어왔었다니까, 할센 대륙의 누군가에게 초대를 받고 이주해 온 거란 말이지?"

"그래. 그런 식으로, 사티도 할센 대륙에 가고 싶어했지만 계속 기회가 없었던 거지, 2천 년 간. 그러던 것을… 드디어 저 푸른 머리 청년을 만나 소원 성취한 모양이야."

어머닌 아켈란스를 말하며 참으로 못마땅한 표정을 지었다. 아무래도 사티가 할센 대륙으로 가는 것이 마음에 들지 않는 모습이었다. 그러고 보니 아예 사티 자체를 좋아하지 않았지 아마?

"무슨 관계야, 사티랑?"

어머니의 눈치를 살피며 조심스레 물었다. 어머니는 쓴웃음을 지으며 대답했다.

"아무 관계도 아니야."

"그런 것치곤 서로 잘 아는 것 같던데?"

"뭐 그냥……."

"그냥?"

어쩐지 말끝을 흐리는 어머니의 반응에 무언가 중요한 말이 이어져 나올 것 같았다. 그래서 눈을 빛내며 어머니의 다음 말을 기다렸다.

"나랑 관계가 있다기보다는, 언니 덕분에 알게 된 거지."

"언니라면 티아라?"

"그래. 언니의 친구였거든."

"친구우우?"

친구라면 내게 있어 카린이나 프리츠 같은 종류가 아니던가? 그런 사이라면 친구 동생인 엄마한테 왜 저렇게 살벌했는데! 아니, 잠깐. 어머닌 지금 분명 친구 '였다' 라고 했지? 과거형. 그럼 지금은?

"언니가 할센 대륙으로 건너온 2천 년 동안 한 번도 만나지 못 했을 거야. 그동안 사티가 언니에게 칼을 갈고 있다고 들었으니 할센 대륙에 가는 이유도 뻔하겠지."

칼을 갈고 있다라… 친구가 대체 어떻게 하면 생판 남만도 못한 사이가 되었을까. 이해가 가지 않으면서도 한편으로 머릿속을 스치고 가는 무언가가 있었다. 전에 아버지가 쓰러졌을 때, 그 원인을 프리츠라고 생각했었던 그때… 나도 그랬었다. 그래, 둘도 없는 원수가 될 뻔했었지. 내 속이 타 들어가면서도, 아버지를 잃게 된다는 생각에 제정신이 아니었지.

어쩌면 사티도 그런 것일지 모른다. 티아라가 드래곤이라곤 눈 씻고 찾아도 없는 할센 대륙으로 건너온 것이 그래서일지도 모른다. 그런 것이 아닐까 생각됐다.

"티아라는 왜 사티랑 그런 사이가 되어버린 건데?"

"글쎄. 몰라. 그때 난 어렸거든. 자세한 건 언니한테 들어."

뭔가 재미있는 이야기를 들을 줄 알았는데, 이런 식으로 결론이 나면 실망이다. 조만간에 집에 도착하는 대로 티아라에게 놀러오라고 연락이나 할까 고민할 때 어머니가 다시 작은 목소리로 말했다.

"하지만 이건 알고 있지. 사티, 그 이름은 절망이라고."

"응?"

"이름 뒤에 이어지는 죽음의 그림자. 검은색 죽음의 빛. 새카만 어둠의 절망. 흑룡 사티."

어머닌 전혀 알아듣지도 못할 이상한 소리만 중얼거리곤 선실 안으로 들어갔다. 갑판에 남은 난 인상을 쓰며 투덜거릴 뿐이었다.

"대체 뭐야. 어머니 상태도 이상하고, 이상한 여자도 나타나고. 그리고 아켈란스까지 등장. 또 무슨 짓을 저지르려고?"

"이거 하난 확실하죠. 크라노에 드래곤이 붙었습니다."

루사인이 간단하게 정리해 버렸다. 그래, 그렇구나. 그동안은 티아라가 버티고 있어서 크라노가 침략을 할 수 없었지. 하지만 또 다른 드래곤의 출현이라면…

"잠깐, 우리 쪽엔 어머니도 있잖아. 어머닌 티아라의 동생이기도 하니까 아무리 상대가 죽음이니 절망이니 하는 드래곤이라 해도 이쪽은 둘인데."

"뭐, 모든 건 벌어져야 알 수 있는 거죠. 이런 소리도 있잖아요, 뚜껑을 열어봐야 알 수 있다는. 춥습니다. 우리도 들어가죠."

루사인은 성의없이 말하며 선실 문을 열고 날 잡아끌었다.

한숨이 절로 나왔다. 언제부턴가 세상은 날 밀어내고 자기들끼리 돌아가고 있었다. 늘 사건의 중심에서 바라보고 있지만, 정작 내게는 어느 누구도 손을 뻗지 않는다. 투명한 막이 가로막고 서서, 나도 모르게 벌어지는 여러 가지 일을 그냥 보여주기만 하고 있었다. 정작 나와 관련된 것 같은 일도, 난 아무것도 모른다. 이젠 어떤 게 진짜인지, 어떤 게 나와 상관없는 일인지 구분할 수도 없게 되었다.

사이드 스토리

떠난 그 후

키르라이안과 루사인이 탄 마차가 카델란으로 떠나고 수십 일 정도 지난 어느 날 밤이었다. 화려한 마차 한 대가 페르나슈 공가의 저택 앞에 멈춰 섰다. 한눈에 보기에도 귀족적 취향이 물씬 풍기는 마차지만, 어디에도 문장기는 보이질 않았다. 그렇다는 것은 신분을 감추고 몰래 방문한 것.

저택의 문이 열리고 페트다 부인이 직접 손님을 마중하러 나왔다. 공작의 고모씩이나 되는 그녀가 홀로 나와 맞이할 정도였다. 그건 곧 마차의 주인이 그녀보다 지위가 높고, 또한 번잡한 것을 싫어한다는 것을 보여주는 것이다.

마차의 문이 열리고, 시종이 서둘러 마차 밖으로 나왔다.

그리고 공손히 손을 내밀어 마차의 주인이 불편하지 않게 마차에서 내려설 수 있게 했다. '스르륵' 치마 자락이 쓸리는 소리와 함께 하얀 다리가 마차 밖으로 나왔다. 이어서 드레스 전체가 보였고 곧 마차 안의 여자가 달빛 아래 모습을 드러냈다.

새하얀 피부, 숲을 느끼게 하는 초록빛 머리카락, 그리고 탁한 호수색의 눈동자 무엇보다 인간하곤 다른 긴 귀가 시선을 잡아끌고 있었다. 언뜻 카린과 비슷한 외모지만 전혀 달랐다. 분위기에서 느껴지는 성숙함은 물론이고 풍겨져 나오는 기운 자체가 인간이 아닌 요정의 그것이었다. 카린이 인간에 가까운 엘프라면 이쪽은 순혈의 결정체. 다른 어떤 종족의 피가 섞이지 않은 순수한 엘프는 똑같은 이목구비임에도 인간의 범위에 넣을 수 없는 무언가가 있었다.

"기다리고 있었습니다, 전 잉게 공작 전하."

페트다 부인이 살짝 고개를 숙여 인사하자 엘프는 미소 지었다.

"오래간만이군. 페르나슈 공작은 있는가?"

"오늘쯤이면 오실 거라며 맞이할 준비를 마쳤습니다."

"여전히 눈치가 빠른 아이라니까."

전 잉게 공작은 쿡쿡 웃으며 페트다 부인에게 눈짓했다. 집 안으로 안내하라는 무언의 명령이었다. 고작해야 20대 중후반으로 보이는 외모. 하지만 그런 나이의 아가씨들은 결코 가질 수 없는 눈길이었다. 천 년은 지난 게 분명한 긴 시간 동안 세상을 살아온 만큼, 그 세월의 무게를 고스란히 담고 있는 엘프의 눈을 마주한 페트다 부인은 살짝 고개를 숙여 예를 취했다. 그리고 저택의 문을 열어 안으로 향했다. 그 뒤를 전 잉게 공작이 따라 들어갔다.

어두운 방이었다. 방 안엔 작은 탁자가 놓여 있었다. 그리고 그 위에 양초 세 개가 타오르고 있었다. 그것 말고 다른 조명은 없었다. 촛불이 바람에 흔들릴 때마다 방 안의 빛도 함께 흔들렸다. 그래서 더욱 어둡고 기괴한 느낌이 물씬 풍기고 있었다.

"뭐야 이건? 구석 중의 구석에 처박힌 이런 좁은 방. 게다가 마법 전구도 없다니? 오컬트라도 연구하려고 하나?"

"어쩔 수 없었습니다. 이곳이 방음이 가장 완벽한 방이니까요."

안에 들어서자마자 투덜거리는 전 잉게 공작을 달래며 페르나슈 공작이 변명했다. 그제야 그녀는 귀를 쫑긋거리며 주위를 살폈다.

"타당한 이유로군. 마법적 방어는 끝냈나?"

"그건 잉게 공께서 하실 거잖아요."

"흠, 건방진 건 여전하군. 사일런트!"

전 잉게 공작은 못마땅한 표정을 지으면서도 페르나슈 공작이 원하는 대로 주문을 외웠다. 순식간에 마법 연성이 끝나자 아무것도 없는 방의 모서리가 은빛으로 반짝이더니 다시 어둠에 잠겼다. 그리고 그녀는 페르나슈 공작의 맞은편 의자에 앉았다.

"오래간만이구나. 크게 다쳤다더니 이젠 좀 살 만한가 보다?"

"이제야 좀 움직일 만합니다."

"의외로 목숨이 질기군."

"그러게 말입니다. 뭐, 그건 그렇고. 손이 조금 빠르셨더군요."

일상적인 쓸데없는 안부인사가 오가던 중 페르나슈 공작이 갑자기 본론을 꺼내들었다.

"네 성격이 더 급한 것 같아."

"누구만 하겠습니까. 성인이 되면 부탁한다고 했는데 4년이나 남았었잖아요. 솔직히 조금 당황했었습니다."

괜히 핀잔을 주다 본전도 못 찾는 꼴이었다. 전 잉게 공작은 쓸쓸한 얼굴로 변명을 시작했다.

"눈앞에서 마법을 쓰게 해달라고 졸라대는데, 이쯤 되면 뭐 어떠랴 싶었을 뿐이다. 그리고 그땐 하도 시기가 수상하니 슬슬 시작해 보는 게 어떨까 묻기 위해 수도에 올라왔던 참이었다."

전 공작의 말에 페르타슈 공작은 고개를 끄덕였다. 나름 납득한다는 뜻이었다.

"약속이라도 한 듯, 일이 터지기 시작하더군요. 설마 크라노가 그렇게 빨리 움직이기 시작할 줄은 몰랐습니다."

"그럼 내가 네 아이의 봉인을 미리 풀어버린 것을 이해하는 거냐?"

"늦었으면 후회하는 건 저였을 테니, 인정합니다."

페르나슈 공작이 고개를 숙이며 감사의 인사를 하자 전 잉게 공작은 미소 지었다.

"착한 아이로구나. 그럼 상을 줘야지. 사위 녀석의 연락이다. 배에 크라노의 왕자가 함께 타고 있었다고 하더구나. 세라가 접근하려는 것을 타루덴을 시켜 따로 돌아가게 했다."

"크라노의 왕자… 입니까? 이름은?"

"아켈란스."

전 잉게 공작의 대답에 페르나슈 공작은 재미있다는 표정을 지었다. 음흉한 미소가 흘렀다. 페르나슈 공작은 젊었을 때 카델란에 유학을 갔었다. 그때 당시 카델란엔 현 크라노의 국왕도 유학 중이었다. 때문에 크라노의 왕가에 대한 소문을 수시로 접했고, 그래서 알고 있는 사실도 많았다.

"그럼 저도 좋은 정보를 하나 드리죠. 그게 크라노의 태자입니다. 로베르트에게 절대 감시에 소홀히 하지 않게 주의하라고 전하세요."

"미안하군. 제도로 가는 길에 벌써 놓쳤다고 연락이 왔었네."

“그거 정말 애석하군요.”

아쉬움에 한숨이 이어졌다. 호시탐탐 에페트리아를 노리며 일을 벌이는 태자였다. 그런 그가 이런 시기에 직접 카델란으로 향했다면 무언가 중요한 일이 기다리고 있는 게 분명했다. 좀 더 그 왕자의 뒤를 캤다면 생각지 못한 정보를 손에 넣었을 텐데, 놓쳐 버린 게 아쉬웠다. 하지만 상대가 태자인 만큼 미행에 따라붙는 난이도가 상당했을 테니 딱히 실패했다고 잘잘못을 따질 수도 없는 일이었다.

“어쨌든 지금은 사방으로 사람을 깔아 은밀히 행방을 조사하고 있으니 잘하면 조만간에 다시 소식이 들어올 게다.”

“연락이 올 때마다 바로바로 부탁드립니다. 저쪽보다 먼저, 많은 정보를 확보해야 하니까요.”

‘저쪽’을 강조하며 말하자 전 잉게 공작이 쓴웃음을 지었다. 이런 반응 따위 이미 예상하고 있었다는 얼굴로 짧은 한숨을 쉬었다.

“저쪽 하니 생각났어. 저쪽도 나름대로 다른 정보원을 심어놓은 것 같아. 검은 망토의 움직임에 대해선 우리보다 소식이 빨라. 어쩌면 직접적으로 관련이 있을지도 몰라. 알고 있었나?”

“…아뇨. 전혀. 언뜻 불청객이 하나 있다는 정도는 들었지만 그 아이는 전혀 염두해 두지 않았었는데…….”

“다른 자가 숨어 있을지도. 어쨌든 무언가 꾸미고 있는 건 사실이야.”

“그건 제가 나름대로 조사해 보겠습니다.”

페르나슈 공작의 대답에 전 잉게 공작은 고개를 끄덕였다. 그리곤 바로 자리에서 일어섰다.

“할말은 끝났네. 돌아가겠어. 사위에게서 다시 연락이 도착하면 또 들르지.”

“부탁드리겠습니다.”

페르나슈 공작은 꾸벅 인사하며 서둘러 전 잉게 공작의 앞으로 나서 문을 열기 위해 손을 뻗었다. 신분이 높은 귀부인을 접대하는 완벽한 예의범절에 전 잉게 공작이 만족할 때, 페르나슈 공작의 손이 순간 멈췄다.

“그러고 보니 늘 궁금한 게 있었습니다.”

“뭐가 말이냐?”

“당신은 공신귀족입니다. 이 나라의 재건에 가장 힘쓴 사람 중 한 명이죠. 제가 지금 계획하고 있는 것은 에페트리아를 근간에서부터 무너뜨릴지 모릅니다. 어쩌면 배신, 반역으로 이어질지도 모르는 것입니다. 그런데 왜, 어째서 아무런 망설임 없이 처음부터 손을 내밀어주신 겁니까?”

진지한 얼굴로 묻자 전 잉게 공작의 얼굴에 미소가 번졌다. 어쩌면 지금까지 계속 페르나슈 공작이 이렇게 물어주기를 기다려 왔을지도 모른다.

그녀는 기다렸다는 듯 처음부터 이런 질문에 대한 답은 미리 만들어둔 듯 망설임없이 대답했다.

"난 조용한 게 싫거든. 그래서 죽은 듯한 엘프들의 세계를 뛰쳐나와 인간들의 전쟁에 관여하기 시작했어. 싸움은, 전쟁은, 가장 죽음에 가까우면서 자신이 살아 있다는 것을 생생하게 느끼게 해주거든. 아이러니하지. 하지만 그게 좋아."

"전쟁이라도 벌어지길 바라는 겁니까?"

"그럼 아주 좋지. 내가 에페트리아의 편에 선 건 어디까지나 너무 강한 크라노를 견제하기 위해서였어. 지금이라면 한 번 붙어볼 만하잖아? 물론 승산은 없지만. 그래도… 재미는 있을 것 같아."

생긋 웃는 전 잉게 공작을 보며 페르나슈 공작은 긴 한숨을 쉬었다.

"위험한 분이로군요."

"누구만 할까."

여운이 남는 말을 남기고 활짝 웃으며 전 잉게 공작은 당당하게 걸어나갔다. 누구의 안내도 받지 않고, 저택의 입구로 향하는 그녀의 뒷모습에 힘이 넘쳤다. 방문 밖에서 기다리고 서 있던 페트다 부인이 페르나슈 공작의 곁으로 다가왔다.

"언제 봐도 기운이 넘치시는 분이로군. 누가 보면 이 집의 주인이 저분인 줄 알 거야. 중요한 이야기는 끝냈느냐."

"예, 고모님. 전 잠시 외출을 해야겠습니다."

"아직 몸도 성치 않으면서 이 밤에 어딜 나간다는 거냐."

페트다 부인이 인상을 쓰며 공작을 만류했다. 하지만 공작은 쓴웃음을 지으며 고개를 저었다.

"멀리 가지 않습니다. 잠깐 마티아스 공작을 만나보고 오겠습니다."

"미리 약속도 없이 갑자기 말이냐?"

"상관없습니다. 하인드, 준비해라."

공작이 명령하자 페트다 부인의 뒤에 서 있던 남자가 서둘러 밖으로 나갔다. 페트다 부인은 걱정스러운 얼굴로 한숨을 쉬었다.

"엘페이온, 네가 그 일 때문에 네 아버지와 다른 방법을 선택하기 위해 무언가 꾸미고 있다는 건 알고 있다. 하지만… 너무 무리하지 말거라."

공작은 어떠한 대답도 하지 않고 그저 쓸쓸히 미소 지었다. 페트다 부인의 불안해하는 눈길을 뒤로하고 저택의 밖으로 향했다.

마티아스 공작은 한쪽 팔로 턱을 괴고 다른 손으론 탁자를 툭툭 치며 불만 가득한 얼굴로 앉아 있었다. 자다가 억지로 두드려서 깨워진 덕에 풍겨져 나오는 분위기부터 '건드리면 폭발함' 상태였다. 하지만 아무리 인상을 써봤자 잠옷 차림으론 영 모양새가 나질 않았다.

"언제나 규칙적인 새 나라의 어린이로군. 일찍 자고 일찍 일어나면 누가 상 주나?"

누군가 다른 사람이었다면 이미 마티아스 공작의 분위기에 위축되어 감히 눈도 마주치지 못했을 것이다. 하지만 페르나슈 공작은 전혀 아랑곳 않고 오히려 빈정거림까지 덧붙였다.

"닥쳐. 예고도 없이 찾아온 주제에 뭐가 잘났다고 그딴 소리야? 지금이 몇 신 줄 알아? 새벽 2시다. 이게 일찍인가? 넌 학교 다닐 때부터 인생 막 살더니 여전한가 보군. 그러니 그렇게 비실비실해선 정체도 모를 놈들에게 당하지."

"그래도 난 비실비실한 몸으로라도 폐하를 위해 최선을 다했어. 내가 그 정체 모를 놈들에게 당할 때 잘난 마티아스가의 공작님은 집에서 뒹굴었지 아마?"

"……."

계속 이어지는 페르나슈 공작의 빈정거림에 결국 마티아스 공작은 말문이 막혀 속으로 열을 삭히기 위해 안간힘을 썼다.

사실 놀면서 뒹군 건 아니었다. 나름대로 폐하의 밀명을 받아 이곳, 자신의 저택을 기점으로 축제 중에 전반적인 정보를 수집하고 있었다. 물론 이것은 페르나슈 공작도 이미 알고 있는 사항이지만 그날, 그 위험하던 순간에 자신이 폐하의 곁에 없었던 것 역시 부정할 수 없는 사실이기에 변명의 여지가 없었다. 축제 기간의 모든 정보를 총괄하고 있는 만큼 습격을 받은 그때 누구보다도 먼저 달려왔어야 했다. 전혀 눈치 채지 못했었다. 일생일대의 실수였다.

"그래서 뭐야. 그때 일을 따지러 온 건가? 오래도 참았군. 그동안 침대에 누워서 이제나저제나 회복되길 기다리느라 참으로 애썼겠어. 외출해도 좋다고 의사 허락이 떨어지자마자 달려와서 이런 시각인 거냐?"

"뭐, 죽을 뻔했던 일에 대해 이를 갈고 있었던 건 사실이지. 그런 건 꼭 갚아줘야 분이 풀리거든."

"니가 애냐!!"

최대한 비꼬아서 말한 것을 순순히 인정하는 페르나슈 공작을 보며 마티아스 공작은 드디어 폭발했다. 안 그래도 자다가 깨서 기분이 나쁘던 참이었다. 저혈압인 덕분에 자다 일어나면 최악인데 눈 뜨자마자 만난 것이 페르나슈 공작이었다. 최악에 최악이 겹쳐 부글부글 끓어오르던 판에 그나마 놀려먹으려는 것에 도리어 당하게 되었다. 앞뒤 안 보고 막 나가던 어린 시절이었다면 모를까, 이 나이까지 돼서 상대의 몸이 정상이 아니란 것을 뻔히 아는데 주먹질할 수도 없고 참으로 답답할 따름이었다.

"흥분하지 말고 앉아. 다른 용건이니까. 설마 하니 내가 그것으로 이 새벽에 찾아왔을까. 그 일은 두고두고 벼르고 있다가 기회 봐서 만천하에 떠벌려야지. 그래야 고개도 제대로 못 들고 다니지."

“이봐 너……..”

페르나슈 공작의 표정이나 분위기로 보건대 절대 과장이나 거짓 섞인 농담이 아니었다. 순도 100%의 진심이었다. 마티아스 공작은 이를 갈며 심호흡했다. 괜히 말리면 자기 속만 끓을 거란 사실은 이미 오래전에 깨달았다. 이럴 땐 그냥 무시하고 넘기는 게 제일이었다.

“그래, 그럼 대체 무슨 일이냐.”

화를 삭이기 위해 꽉 진 주먹을 부들부들 떨며 물었다. 드디어 대화를 할 준비가 된 마티아스 공작을 보며 페르나슈 공작은 슬며시 미소 지었다.

이 새벽에 찾아온 불청객이지만 손님은 손님. 그것도 상대는 왕족이며 공작. 언제 준비했는지 시종이 두 공작의 앞에 차를 놓고 있었다. 이런 시간이라면 술이 더 어울리겠지만, 페르나슈 공작이 부상을 당한 몸을 요양하는 것을 알고 나름대로의 배려였다.

“사람을 치워.”

페르나슈 공작의 말에 마티아스 공작이 시종을 향해 눈짓하자 시종은 서둘러 방을 나갔다. 문밖에 대기 중이던 시녀들이 서둘러 자리를 뜨는 소리가 들렸다. 곧 문이 닫히는 소리가 들렸고, 방은 정적에 감싸였다. 그제야 페르나슈 공작이 이곳에 찾아온 용건을 밝혔다.

“재미있는 소문이 들리더군. 어떤 꼬마를 데리고 있지?”

“거스틴 남작의 둘째 아들 말인가? 프리츠의 친구다.”

“그렇게들 알고 있더라고.”

“…….”

페르나슈 공작이 코웃음을 쳤다. 마티아스 공작은 말없이 눈앞의 찻잔을 들었다. 대답할 필요가 없다는 뜻이었다.

“그 검은 망토랑 무슨 관계야?”

침묵 속에 직격타를 날렸지만 마티아스 공작은 여전히 차를 홀짝거리며 어떤 말도 하지 않았다. 그런 그를 못마땅한 얼굴로 바라보던 페르나슈 공작 역시 찻잔을 들었다. 하지만 단 한 순간도 마티아스 공작을 향한 눈길을 거두지 않았다.

얼마간 침묵이 흘렀다. 먼저 입을 연 것은 마티아스 공작이었다.

“너야말로 언제까지 루사인을 그대로 둘 거야?”

하지만 나오는 소리는 전혀 엉뚱한 것이었다. 페르나슈 공작은 찻잔을 내려놓았다. 그리고 퉁명스레 물었다.

“뭐가?”

“언제까지 되지도 않는 시종 놀이나 시키고 있을 거냐고.”

마티아스 공작이 진지한 눈길로 다시 말하자 페르나슈 공작은 짧은 한숨을 쉬었다.

“양자로 삼으려고 했더니 여기저기서 말들이 많았잖아. 방해하는 사람도 있고. 안 그래?”

본인 역시 불만인 듯 투덜거리자 마티아스 공작은 입가에 비웃음을 띄웠다.

"너만 루사인을 양자로 들이고 싶은 게 아니니까. 하지만 아무리 그래도 네 그 천방지축의 시종으로 둘 줄은 몰랐다."

"본인이 그게 좋다더라고. 괜히 나섰다가 누군가한테 뺏기면 나만 손해니까 마음대로 하라고 했어. 그렇게라도 숨겨둬야지."

말은 시큰둥하지만 눈빛이 차가웠다. 분노와 원망이 가득한 눈길로 마티아스 공작을 노려보고 있었다.

"그렇게 숨겨봤자 알 사람은 이미 다 알고 있어."

"하지만 함구령이 걸려 있는 일에 아는 척하고 나설 사람도 없지. 그런데 끝까지 말 돌리는 건가?"

"뭐가?"

"거스틴 남작의 둘째 아들. 크라노와 관계있지? 숨기고 있는 게 뭐야?"

마티아스 공작은 다시 침묵했다. 그 문제에 대해선 단 한마디도 하지 않겠다는 의지가 보였다. 그저 무시하고 있는 모습 같기도 했다. 페르나슈 공작은 다시 한숨을 쉬었다.

"꼭 그렇지. '너희들'은 그렇게 늘 날 따돌리지. 언제나 너희끼리 작당하고, 난 그냥 장식품이었어. 이번에도 그렇지? 또 둘이서 이야기를 끝내고 모든 게 끝나고 나서야 그저 보여주기만 할 셈이지?"

"풋."

마티아스 공작의 입에서 비웃음이 새어 나왔다. 즐거운 얼굴로 페르나슈 공작을 노려보며 빈정거리기 시작했다.

"맞잖아. 널 어떻게 믿고 일을 맡기겠어? 이봐 백설 왕자님, 아니지. 전 공작이 카델란으로 가버리고 실권을 잡았으니 이젠 백설 여왕님이라 불러줄까? 왜 여왕이냐면, 너한텐 왕은 안 어울리니까. 내가 전에 말했지?"

"뭘?"

"난 말이지, 정상인들 사이에 미친놈이 끼어 있는 게 정말 싫어. 그런데 내가 원하는 사람들은 늘 그렇게 싫어하는 미친놈의 곁으로 가더라. 이러니 널 좋아할 수가 있나. 그러니 주제를 알고 공주님은 공주님답게 요양이나 하러 가서. 정 궁금하면 그 잘난 로베르트에게 혹시 아냐고 물어보던가."

페르나슈 공작은 멍한 눈으로 마티아스 공작을 바라보았다. 하지만 곧 마티아스 공작에게 복수라도 하듯 똑같은 비웃음을 띤 채,

"큭큭. 그 로베르트에게도 차인 주제에. 하긴 업신여기던 평민에게 무시당했으니 그 원한이 하늘을 찌르겠지. 로베르트가 잉게 공작과 결혼하길 정말 잘했어. 안 그랬으면 애증에 사로잡힌 누군가의 손에 비명횡사했을 테니까."

"누, 누굴 변태로 몰아!"

마티아스 공작이 '쾅!' 하고 두 손으로 강하게 탁자를 치며 자리에서 일어섰다. 흥분한 모습이 한눈에 보였다. 하지만 페

르나슈 공작은 여전히 비웃는 얼굴 그대로 미동도 하지 않았다.

"왜? 내가 어릴 때처럼 그런 말에 흥분할 거라 생각했어? 전혀 신경도 쓰지 않고 역으로 공격하니 당황스러워? 미안하지만 문제가 되던 원흉은 이제 없거든. 더 이상 그 일로 흥분하지 않아."

"……."

"말하고 싶지 않으면 말하지 않아도 돼. 어차피 네가 말할 거라곤 생각하지 않았으니까. 그냥 반응만 보러 온 거야, 어떻게 나오나."

페르나슈 공작은 여전히 비웃으며 자리에서 일어섰다. 마티아스 공작이 분한 얼굴로 노려보고 있는 것을 여유있게 무시하며 그는 품에서 봉투 하나를 꺼내 탁자 위에 올려놓았다.

"뭐냐, 이건?"

"퇴단서. 실버나이트는 이제 그만두려고."

마티아스 공작이 퉁명스레 묻는 소리에 별거 아니란 듯 가볍게 대답했다. 그러자 마티아스 공작이 다시 흥분하며 소리쳤다.

"무슨 생각을 하는 거야!! 뭐 하잔 짓이야!!"

"뭐 어때? 난 분명 목숨을 걸고 폐하를 지켰어. 빚은 목숨으로 갚았다. 그러니까 이제 내게 남은 의무는 없는 거지."

생긋 웃으며 방을 나섰다. 그 뒤를 마티아스 공작이 서둘러 따라 나왔다.

"너, 너야말로 무슨 생각을 하고 있는 거야? 아무 생각 없이 움직일 리가 없지, 넌 영악한 놈이니까."

"왜 이래? 미친놈하곤 상대 안 한다며? 가서 그렇~게 좋아하는 그 자식이랑 열심히 머리 맞대고 고민해 봐. 난 널 차버린 로베르트랑 놀 테니까."

마지막까지 마티아스 공작을 조롱하며 페르나슈 공작은 저택을 나왔다. 등 뒤로 흥분한 마티아스 공작의 오만가지 욕설이 이어졌다. 하지만 전혀 신경 쓰지 않았다. 오히려 즐거운 듯 콧노래를 부르며 마차에 올라탔다.

"출발해."

"마티아스 공작 전하가 싸움이라도 걸 기세로 검을 들고 달려오는데요?"

"무시해. 그냥 가."

마차 문을 닫던 하인드가 염려하는 목소리로 물었지만 페르나슈 공작은 전혀 아랑곳하지 않고 명령했다. 입가엔 여전히 미소가 맺혀 있었다.

마차가 출발하고 꽥꽥 울리던 마티아스 공작의 목소리도 더는 들리지 않았다. 홀가분한 마음으로 턱을 괴고 마차의 작은 창으로 보이는 어두운 거리를 바라보았다.

드디어 해방된 기분이었다. 크라노의 검은 망토 덕분에 오래된 빚을 갚을 수 있었다. 이제 어떤 것도 거슬릴 게 없었다. 정말 너무도 시기 적절하게 검은 망토가 배에 검을 꽂아줬다.

"이거 혹시… 그놈이 일부러 노리고 시킨 건가?"

순간 떠오른 의심에 자신이 아는 누군가를 떠올리며 고민했다. 하지만 이내 고개를 가로저었다.

"설마, 그렇게 섬세한 놈은 아니지. 그 망토 놈은 진짜로 날 죽이려 했으니까."

아이러니지만 그래서 더욱 도움을 받았다. 정말로 죽이려고 했기에, 목숨을 걸고 국왕을 지킬 수 있었다. 한 번의 목숨. 분명히 갚았다.

문득 잠옷 바람으로 뛰쳐나오던 마티아스 공작이 떠올랐다. 흥분해서 소리치던 모습이 계속 눈가에 아른거렸다. 통쾌했다. 참으로 통쾌했다.

어릴 때부터 그다지 사이가 좋지 않은 관계였다. 아니, 오히려 원수 중의 원수라 부를 만한 사이였다. 영지에서 막 올라와 루베르크의 고등부 1학년에 편입했을 때, 고등부는 두 개의 세력으로 나뉘어 있었다. 그중 하나가 마티아스 공작을 중심으로 한 귀족 패거리들이었다. 하지만 그들은 늘 자신을 따돌렸다.

당시의 자신을 떠올려보면 참으로 어두웠다. 붙임성도 없고 말수도 적었다. 그때까지 학교도 다닌 적이 없고, 또래들과 어울려 본 적도 없었다. 그래서 친구를 사귀는 것이 서툴렀다. 왕족이고 공작가의 일원이면서 그렇게 어느 한구석에 조용히 있는 페르나슈 공작을 마티아스 공작이 좋아할 리 없었다. 때문에 그는 완벽한 표적이 되었다. 조용한 영지에서 한 번도 많은 사람들 사이에 둘러싸여 본 적이 없었기에 마티아스 공작 패거리들의 비아냥거림에 언제나 히스테리를 부렸었다.

그때 또 하나의 세력의 중심이던 로베르트가 페르나슈 공작을 자신의 세력에 끼워 넣었다. 애초에 마티아스 공작을 중심으로 한 귀족파들과 사이가 좋지 않았기에 그 귀족들에게 따돌림당하는 페르나슈 공작은 한순간에 동류가 되어버렸다.

덕분에 마티아스 공작은 약이 오를 대로 올라 더욱 로베르트와 페르나슈 공작을 더욱 괴롭히기 시작했다. 하지만 영악한 로베르트는 단 한 번도 마티아스 공작의 계략에 넘어가질 않았다. 그리고 영리한 페르나슈 공작은 로베르트의 곁에서 그 영악함을 학습해 갔다. 무엇을 계획해도 상대에게 먹혀들지 않고 결국 서로가 소 닭 보듯 무시하게 되었다. 그렇게 두 세력은 소강상태에 이르렀다.

일이 터진 것은 그 후였다. 당시 고등부 1학년엔 세기의 천재라 불리는 소년이 있었다. 만나는 사람마다 그 소년의 천재성에 감탄했고, 또 찬양했다. 그리고 드디어 그 천재는 루베르크 역사를 통틀어 세 번째로 월반을 하게 되었다. 그 소년이 바로 루사인의 아버지였다.

월반을 하기 전까지 그는 마티아스 공작의 패거리에 있었다. 거의 모든 구성원이 귀족인 그 패거리에 단 두 명밖에 없는 평민 중 하나였다. 하지만 그는 월반하여 2학년으로 올라가면서 로베르트의 세력 안으로 들어왔다. 늘 페르나슈 공작의 저택에 모여 수시로 어울리며 함께 놀았다.

결국 마티아스 공작이 폭발했다. 씩씩거리며 2학년 반으로 올라가선 고래고래 소리치며 뭐가 불만인지, 어째서 자신을 버리고 페르나슈 공작의 편에 섰는지 이유를 말하라며 행패를 부렸다. 그때 루사인의 아버지가 답한 대답이 아주 예술이었다. 그는 영문을 모르겠다는 얼굴로 멍하니 마티아스 공작을 바라보더니 느릿한 음성으로 답했다.

"내가 네 패거리였나? 아… 그래서 그렇게 쉬는 시간마다 내 옆으로 왔었군. 자리도 좁은데 왜 자꾸 와서 붙나 했었는데. 몰랐어."

그리고 마티아스 공작은 그 자리에서 침몰했다. 다시는 떠오르지 못할 만큼 타격을 받았다. 패거리들이 와서 쓰러진 공작을 끌고 나갈 때까지 그는 한 마디도 하지 못했다. 충격에 말문이 막혀 그저 '어버버버' 할 뿐이었다.

로베르트는 평생을 두고 그때를 생애 최고의 명장면이라

며 손꼽아 웃었다. 참고로 두 번째 명장면은 루베르크를 졸업하기 직전, 마티아스 공작이 자신의 밑으로 들어오면 어떠냐고 제안했을 때를 꼽았다. 마티아스 공작은 평민치고 상당히 머리가 좋은 로베르트의 재능을 손에 넣고 싶어했지만 워낙에 오랜 기간 원수진 일이 많았던지라 일언지하에 거절당했다.

그리고 그 원한은 모두 페르나슈 공작에게로 향했다.

그렇게 맺힌 게 많은 사이였다. 어쩌다 본의 아니게 진 빚 때문에 실버나이트에 들어와 같이 어울리긴 했지만, 그 원한이 사라질 리 없었다. 그저 나이를 먹어가면서 적당히 무시하고 넘기는 법을 배웠을 뿐이었다.

갑자기 배에서 느껴지는 통증에 고개를 숙였다. 상처는 많이 아물었지만 아직 욱신거리는 통증이 있었다. 셔츠 위로 고름이 배어 나온 게 보였다. 아직 외출을 할 단계는 아니라더니 염증이 터진 모양이었다. 페트다 부인의 말을 어기고 밖으로 나온 게 잘못이었다.

"하인드, 마차를 돌려라. 주치의의 집으로 가야겠어."

"많이 아프십니까?"

"그럭저럭."

하인드가 재빨리 자리에서 일어서서 마차 밖으로 몸을 내밀고 마부를 불렀다. 공작은 마부에게 목적지를 정정하는 것을 들으며 다시 창밖으로 시선을 돌렸다.

마티아스 공작과 나눈 대화를 다시 한 번 곱씹어보았다. 순순히 말할 거라곤 처음부터 생각도 하지 않았다. 거스틴 남작의 둘째 아들에 대해선 순전히 넘겨짚은 거였다. 솔직히 그 소년에게 무언가 있을 거라곤 전혀 예상하지 못했다. 처음 전잉게 공작에게 다른 정보원이 있을 것 같다는 소릴 들었을 때부터 그 소년을 빌미로 반응을 살피며 정보를 캐보려고 했었다.

"그 반응은 분명히 정곡을 찔린 건데……."

설마 하니 미끼로 잡은 것이 대어일지도 모른다는 기대감에 즐거워졌다. 무언가 있다. 그 소년과 검은 망토와의 사이에 남들은 모르는 접점이 존재하고 있었다. 그 소년의 정체에 대해서는 이미 짐작하고 있는 것이 있다. 그 안에서 대체 어떻게 연관되고 엮였는지를 계산해야 했다.

"어차피 시간은 많으니까 천천히 고민해 볼까?"

"예?"

하인드가 퍼뜩 놀라며 자신도 모르게 물었다. 부상을 당하고 침대에 누워서까지 일에 치이는 바쁜 사람이었다. 처음 며칠 동안이야 최대한 가신들과 페트다 부인이 처리했다지만 결국은 공작의 침대로 넘어가는 서류는 늘어만 갔다. 늘 시간에 쫓겨 사는 사람이 저런 말을 하니 그저 당황스러울 뿐이었다.

"아, 말 안 했군. 좀 전에 실버나이트 퇴단서를 내고 오는 길이다. 이제 당당한 실직자지.”

“축하드립니다. 드디어 마무리를 지으셨군요.”

“그래. 그러니까 내일 아침부터 성에서 오는 서류는 모두 반송시켜.”

“알겠습니다.”

하인드도 덩달아 웃었다. 나름대로 성의 서류를 막을 생각에 큰 각오를 다지는 모습이기도 했다.

“뭐 어쨌든… 슬슬 일을 진행시켜 봐야 할 때인데. 적어도 저쪽보다 먼저 움직여야 하는데 정작 애들이 이곳에 없으니.”

아직 목적지인 에토슈에도 도착하지 못했을 키르라이안과 루사인을 떠올리며 공작은 긴 한숨을 쉬었다. 그리고 마차는 목적지에 도착했음을 알리며 멈춰 섰다.

　프리츠는 빠른 걸음으로 교문 안에 들어섰다. 얼굴에 드러나진 않았지만 속은 초조했다. 아버지가 따로 부탁한 일이 있었다. 플루토와도 말을 맞춰논 게 있었다. 하지만 저 국왕은 딱 자신을 지적해 학교로 보냈다. 대체 무슨 생각을 하는지 그 의도를 알 수가 없었다.

　학교 안에 들어서서 전혀 망설임없이 도서관 건물을 향해 걸었다. 거세게 걷는 걸음에 의장용으로 두른 망토가 휘날렸다. 마주치는 모든 학생들이 프리츠를 보고 퍼뜩 놀라 양옆으로 길을 내줬다. 선망과 경탄이 가득한 얼굴로 프리츠를 바라보았다.

교복을 입은 프리츠는 익숙하게 봐온 그들이었다. 공작가의 후계자로 사복을 입고 연회장에 나선 모습도 자주는 아니지만 몇 번 보아 익숙했다. 하지만 아직 국왕폐하가 함께하는 공식 석상에 나설 기회가 없는 학생들이기에 국왕을 호위하는 실버나이트로서의 프리츠는 생소했다.

곳곳에 왕가의 문장이 새겨진 실버나이트 제복이 더욱 빛을 발하는 것 같았다. 원래도 자신들과는 수준이 다른 먼 세계의 사람이란 것을 알고는 있었지만, 저런 옷을 입고 당당하게 걷는 모습은 더욱 격이 다른 무언가를 느끼게 했다.

동급생들의 눈길을 한눈에 받으면서도 프리츠는 아랑곳하지 않고 앞만 보고 걸었다. 머릿속은 폐하가 부탁한 희귀 고서 관리실의 어떤 의자에 박혀 있을 무언가에 대한 생각으로 가득 차 있었던 것이다. 아버지와 플루토가 당부했던 일들까지 섞여 완전히 뒤죽박죽이 되어버린 상황에 욕지기를 내뱉었다. 어느 것에 우선순위를 둬야 할지 망설여졌다. 하지만 곧 다른 무엇보다 폐하의 명령부터 수행하고 봐야겠다는 답을 냈다.

나름 결론을 내리고 더 이상 망설임없이 걷고 있을 때, 익숙한 뒷모습이 한눈에 들어왔다. 프리츠는 심술이 가득한 얼굴로 싱긋 웃으며 소년의 곁으로 다가갔다.

"뭘 그렇게 두리번거리면서 찾아? 길이라도 잃었어?"

소년의 등을 툭 치며 말을 걸자 소년은 흠칫 놀라며 뒤돌아섰다.

“프리츠… 님?”

이곳에 있어서는 안 될 얼굴을 보기라도 한 듯 인상을 쓰며 자신의 이름을 부르는 루사인을 보며 프리츠는 쿡쿡 웃었다.

“오늘 아주 제대로 안내하더라, 입가에 웃음까지 띠고. 그 성격에 마음에도 없는 미소를 지으며 돌아다닌 거 보면 아주 기특하더군.”

조롱하며 비아냥거렸지만 루사인은 전혀 아랑곳하지 않고 연신 여기저기를 살피며 무언가를 찾았다. 프리츠는 다시 한 번 덧붙여줬다.

“라이안은 여기 없다. 나만 잠시 떨어져서 들어온 거야.”

“무슨 짓이야? 왜 혼자 떨어져서 여기 있는 거야? 국왕과 그 호위들은 교문 밖으로 나간 지 오래잖아.”

주변에 라이안이 없다는 확신을 갖자마자, 루사인의 태도가 순식간에 바뀌었다. 조금은 눈치를 보며 나름 아랫사람의 예의를 보이던 것이 저 공작가의 후계자를 앞에 두고 당당해졌다. 프리츠에게 한 치도 밀리지 않고 똑바로 바라보고 있었다.

“아아, 심부름. 뭐 좀 찾아오라고 하셔서. 넌 뭐 하냐? 뭐 찾는 눈치던데.”

프리츠는 루사인의 무례한 모습에 전혀 신경 쓰지 않고 물었다. 루사인은 머뭇거리며 대답하기를 망설였다.

“흐음. 뭐 말 못할 사정이냐?”

"별로."

"그럼 급한 일 아닌가 보네. 잘됐다. 따라와. 같이 찾자."

우악스럽게 루사인의 팔목을 잡고 그대로 잡아끌었다. 얼결에 몇 발작 끌려나간 루사인이 당황하며 프리츠의 손을 뿌리쳤다.

"뭐야, 어디 가는 건데?"

갑작스러운 프리츠의 행동에 인상을 쓰며 물었다. 프리츠는 다시 루사인의 팔목을 잡으며 도서관 건물로 향했다. 이번엔 함부로 뿌리치지 못하게 힘도 꽉 주어 잡았다.

"폐하의 심부름. 도서관 가서 뭐 좀 찾아야 하는데, 같이 가자. 내가 시간이 없거든."

"내가 왜? 놔."

프리츠에게 잡힌 팔을 빼내려 했지만 요지부동. 프리츠는 막무가내로 루사인을 끌고 갔다. 검은 루사인이 더 낫지만, 몸으로 부딪칠 경우엔 프리츠가 우세했다. 루사인보단 체격이 큰 프리츠였다. 키도 크고 몸에 잡힌 근육도 더 단단했다. 물론 둘 다 성장기라 거기서 거기였지만, 그래도 밖으로 드러나는 힘 차이는 확실했다.

"얌전히 따라와라. 솔직히 나 혼자 다 찾으라기에 좀 암담했거든. 둘이면 그만큼 빠르겠지. 그만 좀 버둥대. 아무리 내가 너보다 힘이 세도 그렇게 움직이면 끌고 가기 힘들다고."

"끌고 가기 힘들라고 이러는 거다. 내가 왜 네가 해야 할 일을 도와야 하는데? 놔. 나도 바쁘다고!"

"바빠 봤자 플루토 찾던 거 아니었냐? 라이안 분위기를 보건대 네가 플루토, 라이안이 날 감시하기로 한 거지?"

"……"

프리츠의 질문에 루사인은 떫은 표정을 지었다. 프리츠도 영리한 아이였다. 조금 이상한 낌새가 느껴져도 바로 눈치 챌 수 있었을 거다. 하물며 그 상대가 라이안이었으니 이미 적나라하게 다 꿰고 있을 것이다.

"플루토 못 찾았지? 그럼 나라도 감시하고 있으면 되잖아. 그러니까 우리 가서 보물찾기 놀이 좀 하자."

"싫어. 네가 그렇게 매달리니 흥미가 식었어. 처음 계획대로 플루토나 찾을래. 놔."

여전히 인상을 쓰며 프리츠에게 잡힌 손을 위아래로 흔들었다. 그런 루사인을 보며 프리츠는 즐거운 듯 미소 지었다. 그리고 루사인에게 바짝 다가가 귓가에 속삭였다.

"이봐 내숭왕자님, 그렇게 막 나와도 돼? 여기저기서 동급생들이 놀란 눈으로 보고 있잖아. 저기 나무 뒤에 두 명, 건물 모서리에 네 명. 네 팬클럽 회원 아냐? 쿨하고 어른스러운 루사인 씨, 이러다 성질 숨기고 있던 것 소문난다?"

"상관없어."

"왜 상관이 없을까? 뭐, 다른 사람이야 알아도 문제없겠지. 그런데 소문이 돌고 돌다 보면 라이안 귀로 들어가거든? 너

그건 곤란하잖아.”

“괜찮아. 남자였을 때 워낙에 막 나가서, 따로 용건도 없이 그런 쓸데없는 소문이나 전해주겠다고 옆에 다가오는 간 큰 사람도 없으니까. 다들 여전히 우리 도련님을 무서워하거든. 그러니까 내 걱정 하지 말고 너나 혼자 가서 찾아.”

거리낌없이 대답하는 루사인을 보며 프리츠는 다시 미소 지었다. 그리고 얼굴 가득 심술을 담아 속삭였다.

“왜 없어? 내가 말하면 되지. ‘이런 소문이 있더라~’ 라고 하면 되는걸?”

“…너.”

루사인이 한쪽 눈썹을 일그러뜨리며 프리츠를 노려봤다. 하지만 프리츠는 루사인이 인상을 쓰는 것만큼 더욱 활짝 웃으며 쥐고 있던 손에 힘을 주었다.

“자, 그러니까 가자.”

“프리츠 너, 진짜…….”

이를 갈며 으르렁대지만, 약점을 쥐고 있는 쪽이 승자였다. 프리츠는 콧노래를 부르며 처음 교문 안으로 들어왔을 때보다도 힘차게 도서관을 향했다. 여전히 학생들은 깜짝 놀라며 양옆으로 길을 터줬고, 루사인은 짜증이 가득 찬 한숨을 쉬며 뒤따랐다.

국왕의 말대로 도서관의 희귀고서 관리실은 인기척 하나

없는 고요한 곳이었다. 도서관에 들어서며 사서에게 이곳에서 찾을 것이 있다고 했을 때, 눈을 동그랗게 뜨고 다시 한 번 묻는 얼굴만 보더라도 평소 얼마나 이용하는 사람이 없었는지 알 수 있었다.

"후아~ 먼지 봐라. 사람이 안 온다고 청소도 안 하나 보네."

의자에 쌓인 먼지를 털어내고 의자를 기울이던 프리츠가 자신도 모르게 중얼거렸다. 공작가의 후계자로 태어나 노동이란 걸 모르고 자란 몸이었다. 기껏해야 학교 당번제에 걸려 적당히 걸레질 몇 번 해본 게 고작이었다. 이렇게 먼지를 뒤집어쓸 만한 일은 처음인 것이었다.

"후. 콜록콜록. 아, 이것도 아니네. 콜록콜록."

이번에도 꽝이었다. 사람도 그다지 들어오지 않는 고서 창고에 무슨 의자가 이리도 많은지 절로 불만 가득한 목소리가 새어 나왔다.

"아 대체, 왜 내가 이런 짓을 하고 있어야 하는 건데."

"그거 내가 할 소리다."

조금 떨어진 곳에서 프리츠와 같이 의자를 뒤집어보던 루사인이 불만 가득한 얼굴로 투덜거렸다. 아무런 의무도, 용건도 없이 프리츠에게 끌려와 무상노동 중이니 불만일 수밖에.

"참아라. 그나마 너라도 있으니 다행이지. 혼자 여기 뒤적거리다가 먼지 뒤집어쓰고 나갈 거 생각하면 진짜 끔찍하다.

깔끔 상큼이 내 모토인데, 어쩌다 이 꼴인지."

"깔끔하고 상큼한 모습을 누구한테 보이려고? 여자한테 관심도 없잖아. 너희 집안을 생각하면 참으로 이례적이지."

"후우……."

루사인의 말에 프리츠는 긴 한숨을 쉬었다. 루사인의 말 그대로다. 마티아스 공작가는 대대로 한 여자에 만족을 하지 못하는 바람둥이 기질을 타고났다. 프리츠의 아버지 역시 적어도 두 명 이상의 공식적인 애인을 두고 있었고 그 외에 숨겨진 애인까지 계산하면 정말 엄청난 수의 여자를 곁에 두고 있는 것이다. 그것 역시 대대로 마찬가지였다. 그런 조상들을 두고 있는 프리츠가 지금까지 단 한 명도 사귀어본 적이 없다는 건 정말 기적 중의 기적이었다.

"볼 때마다 옆에 여자가 바뀌는 아버지를 생각하면 질려서 말이야. 게다가 형들은 물론, 동생까지도 애인이 있더라고. 내가 아는 것만 세 명 이상이더라. 각각."

"집안 분위기가 그런데 혼자 튀어봤자 좋을 거 없잖아."

"그게 영 내키질 않아서. 철이 일찍 들어서인지 뭣 좀 노리고 들러붙는 게 뻔히 보이는데 마음이 가질 않더군."

"하긴, 첫사랑부터 그 모양이었으니."

"……."

루사인의 말에 프리츠는 그대로 입을 다물어 버렸다. 늘 느끼는 거지만 정말이지 싫은 소리만 골라 하는 녀석이었다.

그렇다. 첫사랑이 있기는 있었다. 잘못된 만남이었을까. 그리고 우직하게 앞만 보고 달린 자신의 성격이 문제였을까. 다섯 살에 수도로 온 라이안을 처음 만났고, 어린아이임에도 그 빼어난 미모에 반해 버렸다. 그 뒤, 진짜 온몸을 다 바쳐 헌신적으로 사모했다. 어린아이치고는 참으로 진지했다.

그런 것이… 루베르크 중등부로 올라가며 초등부까진 성별 구분 없이 입던 반바지 교복이 남녀용으로 따로 나뉘게 되었을 때 자신과 똑같은 남학생용 교복을 입고 있는 라이안을 보고 처음으로 기절이란 걸 해봤다. 그야말로 대낮에 별이 보이고 하늘이 무너져 내리는 대사건이었다. 그때 처음으로 라이안이 남자란 것을 알아버렸다. 그리고 남자완 결혼할 수도, 사귈 수도 없다는 것에 좌절했다.

"그래… 기억났어. 너 그때 내가 쓰러지는데 아주 얼굴이 새빨갛게 질릴 정도로 웃음을 참았지? 눈 튀어나오지 않을까 심히 걱정되더라. 그때 직감했지, 네 더러운 성격."

"아아, 그때. 실수였어. 어린애 주제에 자기 잘난 맛에 살던 네게서 그런 모습을 볼 거라곤 생각 못했거든. 허를 찔렸달까."

"……."

무슨 말을 하더라도 그대로 되받아치는 루사인이었다. 프리츠로선 저런 루사인을 말로 이길 방법이 없었다. 본인도 머리 쓰는 거엔 꽤나 자신있지만 루사인은 그걸 넘어섰다. 정말이지 얄미울 정도로 약아빠졌다.

"아버지의 여자들에 대해 말이 나온 김에 좀 물어보자."

"……?"

"오늘 보니까 너 폐하랑 엄청 닮았더라. 새삼 깨달았지, 네 외모가 전형적인 왕족의 특징은 모두 가지고 있단걸."

"대체 네 아버지의 여자들과 내 생김새가 무슨 관련이 있는데."

여전히 의자를 뒤집던 루사인이 기가 막힌 얼굴로 고개를 들어 프리츠를 바라보았다.

"상당히 있지. 공작가의 시종이란 명함을 가진 왕족같이 생긴 소년. 하는 짓이나 주변의 대우로 보면 시종은커녕 그 공작가의 혈족인가 착각할 정도지."

"그래서?"

"폐하의 아들은 아냐. 아무리 숨겨서 키운다 해도 그런 환경에 두진 않거든. 어때, 맞지?"

"그래. 국왕의 자식은 절대로 아니지."

루사인은 고민하지 않고 대답했다. 별 쓸데없는 것을 묻는다는 얼굴로 코웃음치며 또 다른 의자의 먼지를 털어내기 시작했다. 프리츠 역시 옆에 있던 아직 보지 않은 의자를 뒤집어보며 말을 이었다.

"문제는 거기서부터야. 국왕의 아들은 아닌데, 생긴 건 왕족. 부모를 알 수 없는 소년. 귀족들 사이에 흔히 있는 일이잖아? 혈통을 밝힐 수 없는 사생아를 남의 집에 맡기는 거.”

“결론은?”

“너… 사생아야? 우리 아버지 애인 중 한 명의 애 아니냐고.”

“……”

루사인이 다시 고개를 들어 프리츠를 바라보았다. 아무런 표정 없이 그저 멍하니 한참 바라보더니 곧 입가를 씰룩거렸다. 뒤이어 웃음이 새어 나오기 시작했다.

“크… 크큭, 큭. 푸하하하하하”

“어이, 내숭킹. 그 웃음은 좀 심하지 않아? 평소 네 이미지를 생각해 주지 않을래? 그리고 난 심각하거든?”

프리츠가 뱁새눈을 뜨고 핀잔했지만 루사인은 전혀 듣지 못한 듯 계속해서 웃었다. 혹여라도 누군가 보았다면 분명 헛것을 보았을 거라고 굳게 다짐할 정도로 평소의 모습과는 전혀 다른 루사인이었다. 그만큼 프리츠의 질문은 파격적이었다.

한참의 시간이 지나고 루사인의 웃음이 소강상태를 보였다. 숨도 못 쉴 정도로 웃은 덕에 거칠어진 숨을 겨우겨우 가라앉히며 루사인은 다시 한 번 프리츠를 바라보았다.

“다 웃었냐?”

“응. 대체 뭐냐, 그 기가 막힌 설정은? 너랑 내가 그럼 형제라도 된다는 거야?”

“그렇지. 그래서 심각하다는 거야. 솔직히 고백하지. 난 이 가정을 일곱 살 때부터 해왔어. 정말 진지하게 고민했지.”

“그러고 보니 그때부터 네 심술이 시작되었던 것 같군. 일곱 살이라… 역시 조숙했어. 정 궁금하면 그때 물어봤어도 좋았잖아. 대답해 주지. 관계없다.”

오랜 시간 고민해 온 것치곤 참으로 순식간에 결론을 얻었다. 참으로 허탈해지는 순간이었다. 하지만 프리츠는 그럼에도 무언가 석연치 않다고 느꼈다. 저 루사인은 영리하고 영악하며, 거짓말쟁이였다. 그리고 정말 성격 나쁜 녀석이었다. 사람을 안심시키고 뒤에서 뒤통수치는 게 수준 급이었다.

“진짜야? 정말이야?”

“그래.”

“맹세할 수 있어? 아버지와 아무 상관 없다고? 아버지와 폐하… 왕족과 전혀 관계 없다고 맹세할 수 있겠냐고. 목숨을 걸고 맹세해, 내 앞에서 지금.”

“……”

빤히 응시하는 루사인의 눈길에 프리츠는 정면으로 맞섰다. 계속 뚫어져라 바라보지만 루사인의 입은 열리지 않았다. 맹세의 맹자도 꺼내지 않고 비웃듯 한쪽 입가를 끌어올리며 코웃음을 쳤다. 그리고 다시 고개를 숙여 또 다른 의자를 뒤집기 시작했다.

“왜 맹세 안 해? ‘맹세한다’. 이 한마디면 되잖아. 지금까지 말 잘해놓고 왜 갑자기 침묵하는데? 네 그 태도가 날 불안하게 한단 말이다!"

"……."

"이봐, 루사인!"

"찾았다."

소리치며 루사인을 부르던 프리츠는 갑작스러운 루사인의 반응에 멈칫했다. 그리곤 루사인이 뒤집어보던 의자를 향해 다가갔다.

"뭐야? 진짜야?"

"여기 파낸 흔적이 있고 비스듬히 못이 박혀 있어."

확실히 파내고 뚜껑을 만들어 못으로 박은 흔적이 있었다. 녹이 슨 못과 마모된 흔적이 세월의 흐름을 보여줬다.

"망치라도 가져올까?"

"아니. 녹이 많이 슨 데다 얇아. 검으로 될 것 같은데… 네가 해봐."

루사인의 말이 끝나기도 전에 프리츠가 일어서서 검을 뽑아 들었다. 못과 뚜껑 사이에 검을 끼우고 슬쩍 당기자 루사인의 말대로 쉽게 뽑혔다. 반대편 못도 같은 방법으로 뜯어내자 뚜껑이 떨어졌다.

국왕의 말대로 파낸 구멍 속에 작은 상자가 들어 있는 것을 발견했다. 고급스러운 나무 상자였다. 생김새나 크기가 꼭 편지를 보관하는 상자 같았다. 비싸 보이는 자물쇠로 잠겨진 상자라 내용물을 확인하긴 어려웠다. 상자를 들어 흔들어보자 안에서 종이 부딪치는 소리가 들렸다.

"편지 맞나? 왜 이런 걸 여기다 이렇게 숨겨놨지?"

"궁금하면 직접 물어봐. 용건 끝났지? 난 간다."

루사인은 별 관심 없는지 상자엔 눈길 한 번 주지 않고 자리에서 일어나 툭툭 먼지를 털었다. 이곳에 오기 전까지만 해도 깔끔한 교복 차림으로 말쑥했던 모습이 지금은 완전히 동네 개구쟁이 소년 같아 보였다.

"후. 적당히 털어선 떨어질 것 같지 않은데, 이 먼지들. 야, 루사인, 같이 가!"

먼저 창고를 나가던 루사인이 입구에서 멈춰 섰다. 진짜 멈출 거라곤 전혀 생각하지 않았던 프리츠는 의아한 표정을 지었다.

"서란다고 진짜 서냐? 뭐 잘못 먹었어?"

"그다지. 생각해 보니 너만 계속 물어본 것 같아서."

"그런데?"

"플루토 어디 있어? 뭔가 꾸미고 있지?"

프리츠는 빤히 바라다보는 루사인의 검은 눈동자에 자신도 모르게 눈길을 돌렸다. 어째 처음 만났을 때부터 묻지 않는다 싶었다. 꼭 이렇게 전혀 예상하지 못한 타이밍에 화제를 꺼내 사람을 당황하게 만든다.

"…글쎄."

두근거리는 가슴을 진정시키고, 루사인이 눈치 채지 못하게 심호흡했다. 워낙에 눈치가 빠른 녀석이라 허점을 보이면 그대로 들켜 버릴 것이다.

"네 가문과 왕가의 관계를 생각해 보면 확실히 뭔가 있어. 아무리 플루토가 신원이 확실한 지방 귀족의 둘째 아들이라 해도… 네가 같이 다니는 것엔 이유가 있겠지."

"난 어떤 말도 하지 않으니 알아서 추리해라."

"안 그래도 그러는 중이야. 크라노의 검은 망토가 다칠 때마다 똑같은 부위에 상처를 입고 나타나는 소년. 그리고 그 소년의 뒤를 봐주고 있는 공작가. 하지만 그 소년의 정체는 분명 그것인데……"

"소설을 써라."

프리츠는 루사인의 유도신문에 넘어가지 않았다. 이게 라이안과 다른 점이었다. 루사인이 무슨 소릴 하든 전혀 신경 쓰지 않고 창고 밖으로 나갔다. 루사인이 뒤따라 나오는 소리가 들렸다. 문득 오른손에 들고 있는 나무 상자를 바라보았다. 밖에서 보아도 역시 고풍스러운 상자였다. 비싸 보이는 게 당연했다. 국왕이 숨겼으니, 주인은 국왕일 것이다. 싸구려일 리가 없다.

"20년쯤 전이면 정말 오래전인데."

상자를 들어 이리저리 살피며 중얼거리던 프리츠는 상자에 무언가 새겨져 있는 것을 발견하곤 발걸음을 멈췄다.

“어라, 이거 뭐지? 글자가 새겨졌는데.”

“급하다고 하지 않았어? 서둘러 가져다줘야 하는 거 아니야?”

루사인이 한숨을 쉬며 물었다. 하지만 프리츠는 상자에 새겨진 글자를 계속 뚫어져라 바라보았다.

“음. 뭐 찾았으니까… 이거 뭐지? 상표는 아니고 누군가 새겨 넣은 건데. 엔… 가운데 글자가 뭉개졌네. 엔… 이아? 사람 이름인가?”

그 순간 루사인이 굳은 얼굴로 멈춰 섰다. 어딘지 흥분한 모습이었다. 당장이라도 달려들어 상자를 뺏고 싶은 충동을 억누르기 위해, 손을 뻗으려는 것을 참기 위해 부들부들 떨고 있었다.

“엔마이아…….”

나직이 중얼거렸다. 들릴 듯 말 듯 작은 목소리였지만 고요한 도서관 건물에선 생각보다 크게 울렸다. 프리츠는 의아한 얼굴로 다시 한 번 상자에 새겨진 글자를 살폈다.

“응? 그러고 보니 이 뭉개진 글자가 ‘마’ 자 같기도 하고. 뭐야? 아는 이름이야?”

“…조금.”

“뭐야? 어떻게 아는 사인데? 폐하가 아는 사람이잖아. 네가 어떻게 알아? 누군데?”

“별로.”

성의없이 대답하고는 걸음을 빨리 하는 루사인이었다. 성큼성큼 걸어 멀찍이 사라져 가는 루사인의 뒷모습을 보며 프리츠는 소리쳤다.

"아니, 대체 뭐가 별로란 거야!! 좀 납득할 이유를 대야 할 거 아냐!!"

"플루토와의 관계에 대해 말하면 나도 고려는 해보지."

뒤돌아서서 미소 지으며 대답하는 루사인을 향해 프리츠는 다시 소리쳤다.

"고려만 할 거 아냐!"

"잘 아네."

고민하던 것을 날려 버린 듯 상큼하게 미소 짓는 루사인을 보며 프리츠는 한숨을 쉬었다. 하여튼 감추는 것도 많고 비밀도 많은 놈이다. 저런 식으로 나오면 아무리 캐봤자 나올 게 없다는 것 이미 알고 있었다.

도서관을 나와 교문으로 향하는 길목에서 프리츠는 물었다.

"이제 어쩔 거냐? 계속 플루토를 찾아 헤맬 거야?"

"그래야지. 그래도 나름 노력했다는 흔적은 보여야 하니까. 그런 의미로 네가 교문을 나갈 때까진 너라도 감시해야겠다."

"아아, 그러셔. 라이안 말은 정말 잘 듣는구나."

"내키는 건."

여전히 건성으로 대답하며 루사인은 프리츠와 보폭을 맞췄다. 처음 도서관에 갈 때와 마찬가지로 학생들이 놀란 눈으로 사방으로 흩어졌다. 다른 게 있다면 도서관에 갈 땐 프리츠의 실버나이트 제복에 놀란 거고, 지금은 평소답지 않게 먼지투성이인 둘의 모습에 경악한 것이었다.

"내가 기필코 학교에 건의한다, 안 쓰는 도서관도 청소하자고."

"청소할 곳이 늘면 그만큼 청소당번이 자주 돌아올 텐데."

"…집안의 돈을 써서라도 청소부 고용한다."

나름대로 진지한 모습이었다. 쓰잘머리 없는 농담을 하다 보니 어느새 교문이었다.

"자, 감시는 끝났지? 그럼 난 서둘러 폐하 곁으로 가야 하니 너는 네 볼일 봐라."

"플루토가 어디 있는지는 끝까지 말 안 하는 건가?"

"으음. 글쎄……."

프리츠는 고민하는 표정을 지었다. 꽤 망설이는 모습이었다. 억지를 부려 루사인을 끌고 가 도움을 받았다. 남에게 빚을 지고는 못 사는 성격이다. 이번 일은 확실히 루사인에게 빚을 졌고, 루사인 역시 그렇게 생각할 거다. 언제 어디서라도 '너 나한테 빚진 거 하나 있잖아' 라고 말할 놈이었다. 후일 이자가 불어버릴 걸 생각하면 지금 갚아버리는 게 나았다.

“여기 없어. 찾아봤자 헛수고야.”

“어디라고는 정확히 말해주지 않는 거야?”

“거기까지 바라진 마. 일이 있어. 그러니까 이쪽도 나름의 사정이란 게 있다는 거야. 그럼 간다.”

상자를 들고 있는 손을 들어 작별의 인사라도 하듯 흔들었다. 그리곤 국왕 일행이 지나기로 예정된 길을 따라 달리기 시작했다.

루사인은 멀어져 가는 프리츠의 뒷모습을 바라보았다. 프리츠라기보다는 프리츠가 쥐고 있는 상자를 뚫어지게 바라보았다. 그 눈엔 설명할 수 없는 표정이 담겨 있었다. 여러 가지 감정이 섞인 눈으로 그저 하염없이 바라보고 있었다.

“국왕의… 것이라고?”

감정이 뒤섞여 있던 눈이 순식간에 차갑게 식어버렸다. 바로 옆에 누가 있더라도 알아듣지 못했을 만큼 작은 목소리로 중얼거리고는 그대로 뒤돌아섰다, 더는 미련이 없다는 얼굴로.

그 남자의 습격

　수도의 서쪽. 아세이드와 마주하는 서부의 대평원에 페르나슈 공작령이 있었다. 주 수입원은 농업과 도시에서 들어오는 상업세. 아세이드와 가장 가까운 도시가 공작령 중 하나로 두 국가 간의 상거래가 꽤나 발달되어 있었다. 물론 그만큼 세금 수입도 크다.

　늘 그렇지만 영지로 가는 길은 지루하고 재미없었다. 끝없이 이어지는 대평원에서 볼 거라곤 익어가는 농작물뿐이었다. 산도 바다도 없다. 그저 논과 밭이 이어진 길이었다. 이런 길을 한참을 달려야 마을이 나오고, 또 그 마을을 지나 한참을 달려야 도시가 나오는 형편이었다.

“역시 심심하네.”

팔을 괴고 창밖을 멍하니 바라보던 루사인이 자신도 모르게 중얼거렸다. 냉기 마법을 걸어 시원한 마차 안에서 땀 흘리며 일하는 농부들을 구경하며 하는 말치곤 참으로 염치없지만 그래도 심심한 건 심심한 것이었다.

“조금만 참아라, 곧 도시로 들어갈 거다. 성에 도착하면 할 일이 많을 테니 바빠서 심심할 겨를도 없을 거다.”

마차 안에서까지 서류를 보던 페르나슈 공작이 고개를 들어 웃었다. 정말 늘 바쁜 사람이었다. 영지에 상회에 실버나이트의 관리에 국정운영까지, 능력이 있는 사람은 그 능력만큼 일에 치여 산다더니 딱 그 예시가 되는 사람이었다. 잠은 제대로 자는 것인지 궁금할 정도였다.

“이럴 줄 알았으면 데려오는 거였어요. 한 사람 없는 게 이렇게 지루할 줄은 몰랐네요.”

“세라 말이냐? 네가 두고 오자고 하지 않았느냐? 상태가 좀 이상하니 집에서 쉬게 하자고 했던 것 같은데.”

“뭐 그랬죠. 어차피 와봤자 영지 관리에 도움될 것도 하나 없고, 그렇다고 배울 것도 아니고 해서 상관없겠거니 했었죠.”

루사인은 쓴웃음을 지으며 대답했다. 적어도 존재하는 것만으로 놀리는 재미를 느끼게 하는 것을 잊고 있었다. 그만큼 시간 때우기 좋은 소재도 없는데. 어쩐지 아쉬웠다.

“남부에서 무언가 일이 있었던 것은 알겠는데, 마티아스 공가를 다녀오고 더 상태가 이상해졌어. 무슨 일이 있었느냐?”

“말하지 말래요. 그리고 저도 아직은 말할 때가 아닌 것 같다고 생각해요.”

“그래? 네가 말하길 꺼려한다면 프리츠가 관련되어 있겠구나. 네가 조금이라도 무언가 고려를 하는 게 있다면 그건 네가 좋아하는 사람들에 대한 일이니까.”

“여전히 눈치가 빠르시네요. 그런데 좋아하는 사람이라니, 표현이 좀…….”

어쩐지 거북하고 불쾌해지는 말이었다. 그러니까 프리츠를 싫어하지는 않는데, 공작이 저리 말하니 영 껄끄러웠다.

“틀린 소린 아니지. 네 녀석의 세계에 들어가 있다는 것만으로도 엄청난 것 아니냐. 기껏해야 가족하고 네 친구들밖에 없는데, 그런 편협한 공간에 친구란 이름으로 들어간 것만 해도 꽤나 좋아하는 거다.”

“으음… 그런가요.”

여전히 창밖을 멍한 눈으로 바라보며 대답했다. 제대로 듣고 있지도 않는 것 같은 모습이었다. 마지못해 대답하는 것 같은 표정. 하지만 저 정도라면 루사인치고 상당히 많은 생각을 하고 있는 것이다. 평소 바로바로 결론을 내며 무엇이든 똑 부러지게 대답하는 녀석이 저렇게 얼버무리는 것부터가 꽤나 고민하고 있다는 것을 보여주고 있었다.

그런 루사인을 매우 잘 알고 있는 페르나슈 공작은 여전히 웃으며 말을 이었다.

"아비는 비록 그 재수없고 짜증나는 빌어먹을 새끼이지만, 애는 괜찮지. 워낙에 밖에서 노는 놈이라 자식 교육에 신경 쓸 틈도 없었으니 그나마 다행이지. 적어도 애는 제대로 건졌어."

"자식 교육 신경 안 쓴 건 주인어른도 만만치 않은데요. 어디 나가서 프리츠님이랑 도련님 나란히 같이 세워놓으면 누구 편 들을 것 같아요?"

"……"

페르나슈 공작마저도 대답할 말이 없게 만드는 루사인의 독설이었다. 물론 본인은 아무 생각 없이 한 말이었다. 게다가 거기서 끝이 아니었다.

"마티아스 전하도 똑같이 생각할 걸요. 아니, 적어도 자식에 대해선 자기가 이겼다고 생각할 거예요. 솔직히 도련님은 너무 막 키운 경향이 있어서 행동거지 보면 귀한 집 자식은 아니죠. 시정잡배……"

"……"

"그러고 보니 마티아스 전하랑 주인어른 말이에요. 어머니가 돌아가시기 전에 이렇게 말하더라고요. '손도 마주쳐야 소리가 난다' 라고. '둘이 똑같아' 라고도 하셨죠."

"지… 진짜로 그런 소리를 했느냐."

"네. 고개를 설레설레 저으면서 두 손 두 발 다 들었다고 하던데요."

여전히, 전혀 악의 없이 말하는 루사인이었다.

"내가 왜… 왜 내가 그 새끼랑 똑같은데. 왜……."

페르나슈 공작은 입가를 씰룩거리며 중얼거렸다. 눈이 풀려 있었다. 들고 있던 서류가 바닥에 떨어졌지만 전혀 의식하지 못했다. 그저 멍하니 계속 중얼거릴 뿐이었다. 무심코 던진 돌에 개구리는 맞아 죽는다 했다. 루사인이 말한 돌에 페르나슈 공작은 그대로 맞아 재기불능이 되었다.

말없이 구경하고 있던 하인드가 바닥에 떨어진 서류를 들어 다시 정리했다. 사정을 대충이나마 알고 있는 그로서는 그저 한숨만 쉴 따름이었다.

덜컹.

갑자기 마차가 멈춰 섰다. 루사인은 의아한 표정을 지으며 밖을 내다보았다. 아직 평원이었다. 도시에 들어가려면 한참이 남았다. 딱히 마차가 멈춰 설 만한 곳이 아니었다.

"웬 마차가 있는데요."

다른 쪽 창문으로 밖을 내다보던 하인드가 말했다.

"마차?"

"길이 좁아서 멈춘 모양입니다. 아무래도 한쪽이 길을 비켜줘야 할 것 같아요."

"마차에 달린 문장기나 확인하고 알아서 비키라고 해"

아직 루사인의 막말의 충격에서 벗어나지 못한 공작이 퉁명스레 대답했다. 어차피 이쪽은 공작이었다. 왕국에 단 넷밖에 없는 가장 작위가 높은 귀족이었다. 귀족 사회에서 작위에 대한 서열은 꽤나 엄격하다. 때문에 길에서 마주쳐서 비켜야할 일이 생겼을 때도, 상대가 국왕이 아닌 이상 이쪽이 비킬일은 거의 없다.

"그게 좀… 곤란할 것 같습니다."

"…뭐?"

너무나 당연한 것인데, 하인드가 난처한 얼굴로 대답하는 말에 공작은 놀라 되물었다. 하인드는 정말 곤란한 듯 어떻게 말을 꺼내야 할지 고민했다. 그리고 심호흡을 하며, 공작과는 차마 눈도 마주치지 못하고 나직이 작은 목소리로 통보했다.

"저쪽도 공작가의 문장기를 달고 있어서요. 그러니까 보라색……."

공작가에 보라색이라면 딱 하나 있다. 보라색 장미가 수놓아진 문장기. 크란벨 공작가다. 페르나슈 공작의 표정이 순식간에 굳어버렸다.

"무시해. 그냥 달리라고 해. 위험하면 저쪽이 피하겠지."

뱁새눈을 뜨고 무표정한 얼굴로 딱딱하게 명령했다. 하인드는 그럴 줄 알았다며 긴 한숨을 쉬었다.

"저쪽 마차 문이 열리네요. 누가 나오려나 봐요."

여전히 마차 밖을 구경하던 루사인이 실황 중계를 시작했
다.

"아… 그 사람이네. 여기로 다가오는데요?"

루사인이 말하는 그 사람에 들어맞는 사람이 딱 한 명 있었
다. 지금, 이런 상황에 마차에서 나와 당당히 이곳으로 올 사
람. 바로 크란벨 공작 그 자신이었다.

"장인어른!! 이런 곳에서 마주치다니! 이건 운명입니다!"

무더운 여름, 마차 밖에서 열심히 문을 두들기며 크란벨 공
작이 힘있게 소리치고 있었다. 페르나슈 공작은 전혀 들은 척
도 안 하며 무시하고 있었다.

"나의 사랑하는 약혼녀를 보기 위해! 아침부터 달려 이곳
에 왔습니다! 제 정성을, 사랑을 받아주십시오!!"

아주 열렬히 구애하는 모습, 외침. 결국 페르나슈 공작이
자리에서 일어서서 마차 문을 열고 있는 대로 소리쳤다.

"누가 장인어른인가! 약혼자가 어디 있어! 누구 멋대로 약
혼녀인가!!"

하지만 크란벨 공작의 관심사는 전혀 다른 곳에 있었다. 그
는 마차 문을 열고 소리치는 공작의 사이로 보이는 마차 안
풍경을 구석구석 살피고 있었다. 지금까지 털이라도 날릴 듯
꼬리 흔들던 발정난 개의 모습이 순식간에 차갑게 가라앉았

다. 조금 전까지 마차에 매달려 구애하던 모습은 온데간데없
고 깔끔하고 세련된 청년 귀족으로 탈바꿈했다.

“세라님은 없나 보군.”

서 있는 모습조차 기품이 느껴졌다. 팔짱을 끼고 중얼거리
는 모습에 위엄이 넘쳐흘렀다.

“말하는 행동거지가 꼭 노리고 온 것 같군.”

페르나슈 공작이 못마땅한 얼굴로 푸념하자 크란벨 공작
이 미소 지었다. 한쪽 입가만 살짝 올린 모습이 그야말로 차
가운 미남자 그 자체였다.

“제 영지가 바로 옆이란 것을 잊으셨습니까? 영지 관리를
위해 들렀다 돌아가던 참에 페르나슈 공작 역시 늘 이 시기에
영지에 온다는 것을 떠올라서요. 그래서 그쪽 도시를 통해 이
길로 오다 보면 만나지 않을까 기대했습니다.”

“네 영지에서 내 도시는 정반대잖아!! 지금 한참 길을 돌아
왔다고 당당하게 말하는 것인가!!”

페르나슈 공작이 버럭 소리 질렀다. 평소 라이안에게 미쳐
털 날리는 한 마리 개가 되던 크란벨 공작을 상대할 때와는
사뭇 다른 분위기였다. 그땐 크란벨 공작이 이성을 잃고 날뛰
고, 페르나슈 공작은 그 조련사로 보였다. 하지만 지금은 아
무리 봐도 차갑고 이성적인 귀족 청년 크란벨 공작 앞에 다혈
질로 보이는 페르나슈 공작이 짜증을 내는 것 이상도 이하도
아니었다.

"뭔가… 평소완 다르네."

마차 창틀에 올린 팔로 턱을 괴고 멍하니 구경하던 루사인이 중얼거렸다. 열린 문 사이로 마차의 냉기가 빠져나가며 밖의 더운 공기가 치고 들어오는 게 못마땅했다. 저런 바보 공작 따위 냉큼 치워 버리고 마차 문을 닫고 싶었지만 페르나슈 공작이 저 모양이어서야 어떻게 손을 쓸 도리가 없었다.

"아, 루사인님은 늘 세라님과 함께였으니 평소 세라님이 없을 때의 크란벨 공작 전하는 처음이겠군요."

"언뜻 들긴 했지만… 사람 자체가 다르네. 종이 다른 개념인데 저건."

웃으며 말하는 하인드를 향해 루사인은 여전히 별 관심 없는 듯 멍하니 바라보며 대답했다. 그리고 그 둘의 대화를 들은 페르나슈 공작이 마차 안을 돌아보며 소리쳤다.

"저 자식은 싹수부터 노랬어!!"

"하아?"

페르나슈 공작의 반응을 도무지 이해하지 못한 루사인이 인상을 쓰며 감탄사를 날렸다. 그리고 크란벨 공작은 차갑게 미소 지었다.

"이런, 제가 세라님만 찾는다고 서운해하시는 겁니까? 아무리 그래도 제 첫사랑이 엘페이온님이라는 사실은 변하지 않으니 걱정하지 마세요."

"누, 누가 서운해한다는 것이냐, 이 정신 나간 놈아!!"

있는 대로 소리치며 뒷목을 잡고 쓰러지는 페르나슈 공작을 하인드가 급히 일어서서 붙잡았다. 어차피 예상하던 일이었다. 크란벨 공작도 같은 공작. 게다가 어린 나이에 작위를 받아 공작가의 세도를 더욱 넓힌 능력자였다. 라이안의 앞에서 이성을 잃고 한 마리 짐승이 되었을 때야 인간의 두뇌로 처리 가능했지만, 지금처럼 제정신으로 나오면 참으로 인간이 얄미워진다. 페르나슈 공작의 인내력이 임계점을 돌파하게 만드는 데 있어서는 마티아스 공작보다도 재능이 있었다.

"첫사랑이라니?"

지금껏 멍하니 바라보던 루사인이 어이없는 표정으로 뱁새눈을 뜨며 물었다.

"그게… 그런 일이 있었죠."

하인드가 긴 한숨을 쉬었다. 그리고 20년도 더 지난 과거를 회상했다.

유겐 엘페이온 일렉트리아 페르나슈 소공자. 그가 안타라스 페르칸 안데르아 크란벨 공작을 처음 만난 것은 18세 여름의 어느 날이었다.

지금은 기억도 나지 않는 어느 귀족의 주최로 열린 연회. 건물 안은 냉방 마법이 걸려 있었다지만 더운 여름날 밤, 수많은 사람들이 몰린 실내는 점차 온도가 올라가고 있었다. 그리고 그만큼 불쾌지수도 높아져 갔다.

엘페이온은 구석의 의자에 앉아 이 더위에 열심히 움직이는 사람들을 구경하고 있었다. 뭐가 그리도 좋은지 서로 붙어서 춤 춰대고 침 튀기며 이야기를 나누고. 도무지 이해할 수가 없었다. 이곳에 오지 않았다면 냉방 마법이 걸린 자신의 방 침대에서 한참 뒹굴거리며 자고 있었을 것이라 생각하니 더욱 기분이 나빠졌다.

"아이고, 표정 봐라. 아주 냉기가 가득하네. 이 더운 여름에 제일 시원해 보이는 모습을 하고 있군 그래."

어느새 다가왔는지 로베르트가 고개를 저으며 말을 걸어왔다.

"네놈이 끌고 왔잖아. 라넬은?"

"할트엔리온? 바쁘대. 걘 올해 졸업반이잖아. 우리 같은 2학년이랑은 격이 다르지. 게다가 월반까지 한 덕분에 남들보다 1년이 모자란걸. 그런 걸 끌고 올 수야 있나."

"나도 바빠. 학교 공부 말고도 영지 관리에 대해 배워야 한다고. 내가 공작가의 후계자란 것 잊었냐?"

"그러니까 데려왔잖아. 수월하게 작위를 이어가기 위해 필요한 인맥. 오늘이 중요한 날이란 걸 말 안 해도 알잖아. 저기좀 보고 얼굴 펴라."

로베르트가 가리키는 곳으로 시선을 돌렸다. 익숙한 인영이 여럿 보였다. 마티아스 소공자와 그 일당들. 한 명을 뺀 나머지가 모두 귀족으로 이런 연회라면 늘 마주치는 녀석들이었다. 그래서 더욱 이런 곳에 나오는 것을 피해왔다. 학교에서 마주치는 것으로도 족한 녀석들을 방과 후에까지 보기는 싫었으니까.

"…갈래."

안 그래도 마음에 들지 않았는데, 순식간에 기분이 나빠졌다. 그린 것 같은 눈썹을 살짝 찡그리며 자리에서 일어섰다. 로베르트가 당황하며 엘페이온을 다시 자리에 앉혔다.

"뭘 그렇게 새삼 반응하고 그래. 이제 저쪽은 그냥 무시하기로 했잖아. 너 가면 나 혼자 뭐 하라고. 그래도 공작가 후계자라는 친구가 있어서 이런 데 거리낌없이 다니는 거 아냐."

"나 여기 앉혀두고 잘만 돌아다니던데. 하던 대로 계속 놀아. 간다."

"야, 야. 엘페이온, 네가 자꾸 그러니까 저 마티아스 놈들이 백설 왕자네 히스테릭 걸이네 하는 거야. 좀 당당하게 여유있게 앉아서 놈들이 뭔 짓을 하던 넘겨봐라."

"내가 왜? 짜증은 저놈들이 나게 하는데 왜? 게다가 라넬이 우리랑 다닌 뒤론 더 집요해졌단 말이야. ……학교도 가기 싫어."

엘페이온은 여전히 인상을 쓰며 투덜거렸다. 그런 그를 로베르트가 달래기 시작했다.

"뭐 어때. 같은 공작가잖아. 나는 몰라도 넌 마티아스 놈하고 당당하게 겨룰 수 있는데 왜 그렇게 피하는데? 정 힘들면 녀석보다 더 인맥을 쌓고 더 잘나가야지. 일단 성적은 더 우수하잖아."

"귀찮아."

"야, 야. 오늘만 참아라. 오늘 여기에 문제의 크란벨 공작이 처음으로 모습을 드러내기로 되어 있다고. 그 사람이라도 보고 가야지."

기도라도 하듯 두 손을 마주하고 애원하는 로베르트를 보며 엘페이온은 긴 한숨을 쉬었다. 그랬다. 냉방 마법도 신통치 않을 정도로 더운 오늘 같은 날 연회로 끌려나온 이유가 그런 거였다. 바로 오늘 이 자리에 2년 전 네 살이란 어린 나이로 공작의 작위를 승계한 크란벨 공작이 오기로 했다.

갑작스런 마차 전복 사고로 전 크란벨 공작 부부가 사망한 지 2년째. 주위의 걱정 속에 작위를 상속받은 어린 크란벨 공작은 아직까지 별 무리 없이 공작가를 이끌고 있었다. 물론 그 신화의 주역은 전 공작의 심복들이었다. 전 크란벨 공작의 남동생, 사촌, 그리고 집사와 그의 아들들이 어린 크란벨 공작의 뒤를 든든하게 지키고 있기에 가능한 일이었다.

하지만 거기에도 한계가 있었다. 귀족 사회는 결국 연줄과 인맥이다. 2년간 외부와 담을 쌓고 어떠한 사교 장소에도 모습을 드러내지 않았기에 여러모로 불이익을 당할 때가 많았다. 그렇다고 사교 활동을 하고자 해도 고작 여섯 살짜리 어린아이가 참석할 수 있는 연회는 한정되어 있었다. 그래서 매우 퇴폐적인 성인 전용 연회만 아니라면 나이에 제한없이 어디든 참석해도 좋다는 국가의 특별허가를 받고 오늘부터 출석하기로 했다.

비록 평민이지만 야망이 큰 로베르트에게 귀족들의 사교 회장은 기회를 얻을 수 있는 수단 중 하나였다. 이미 페르나슈 공가의 다음 후계자는 손에 넣었다. 마티아스 공가의 녀석과는 천하에 둘도 없는 원수였다.

그런 그에게 크란벨 공작은 마지막 목표 중 하나가 되었다.

"로베르트, 네 꿈은 알겠는데 거기에 난 끌어들이지 마. 어린 놈이랑 친해져서 뭐 좋을 게 있다고."

"그래도 공작이잖아. 너랑 크란벨 공작이 손잡으면 저 망할 마티아스 놈을 누를 수 있을 거라고."

"누르고말고 간에 난 마주치는 것도 싫은데?"

"무서워서 피하는 것과 더러워서 피하는 건 또 다르니까, 오늘 잘해보자."

툴툴거리며 인상을 쓰는 엘페이온의 어깨를 툭툭치며 로베르트가 다시 한 번 당부했다. 혹시라도 크란벨 공작이 마티아스가의 애송이에게 넘어가는 것만은 막아야 했다. 안 그러면 미래는 정말 암울해진다, 보통 원수진 사이가 아니니까.

그때였다. 입구에서부터 사람들의 웅성거리는 소리가 점차로 번졌다. 단번에 알 수 있었다. 저건 분명 문제의 주역이 도착한 것이다.

"왔나 보다."

"오든지 말든지."

엘페이온은 여전히 시큰둥한 반응이었다. 고개를 돌려보니 마티아스 일당이 사람들이 몰린 곳으로 천천히 다가가는 게 보였다. 역시 예상했던 대로 저쪽도 크란벨 공작을 노리고 온 게 분명했다.

"그럼 가서 구경이라도 해볼까."

"잘 다녀와."

귀찮은 표정으로 손을 저으며 후딱 사라지라는 압력을 주는 엘페이온을 보며 로베르트는 한숨을 쉬었다. 저런 태도라면 설득하기도 힘들다. 귀찮음이 하늘에 달한 상태였다. 결국 이번에도 혼자 움직여야만 했다. 저 마티아스 가의 녀석은 주변의 친구들에 둘러싸여 뭐든 함께 움직이는데 자신의 친구들은 하나같이 다들 이런데 관심이 없다. 권력에 욕심이 없는 건지, 아니면 바보인 건지.

예상했던 대로 어린 크란벨 공작의 주위엔 수많은 사람들이 몰려들었다. 모두들 호기심 어린 눈으로 어린 공작에게 자신을 소개하기에 바빴다. 로베르트는 자신도 모르게 혀를 찼다. 지금 인사를 하며 몰려드는 자는 모두 귀족이었다. 이런 분위기에선 자신이 나설 수 없었다. 저 어린 공작과 제대로 된 대화를 한 번이라도 나누려면 여기 몰려든 사람은 물론이고 앞으로도 몰려들 귀족들의 호기심이 끝나야만 가능할거라

짐작됐다. 결국 포기하고 사람들의 틈에서 공작을 구경하기로 했다.

꽤나 예쁜 소년이었다. 여섯 살이라지만 성장이 빠른지 열 살쯤은 되어 보였다. 곱슬거리는 긴 보라색 머리를 묶고 있는 모습이 입고 있는 옷만 아니라면 계집아이로 착각했을 것이다. 공작이란 작위에 맞는 고급스러운 옷차림. 옷감도 디자인도 최상품. 하지만 과하지 않았다. 고작 여섯 살의 소년에게 도도한 기품이 느껴졌다.

어린 소년은 몰려든 사람이 귀찮은지 조금 인상을 쓰고 있었다. 머리색과 똑같은 진귀한 보라색 눈동자에 짜증이 넘치고 있었다.

"이런 거면 아무리 옆에서 가라고 사정을 했어도 안 왔어. 뭐야, 이 사람들."

어린아이답지 않은 차가운 목소리였다. 주변에 몰려들었던 귀족들이 흠칫 놀라며 하나둘 물러섰다. 호기심에 구경 나온 이 꼬마는 아무래도 거물이었던 모양이다. 어린 나이에 이 정도의 존재감, 카리스마를 가진 자는 극히 드물다. 이쪽은 그것을 가진 진짜였다.

"한방 먹었어. 그래도 공작은 공작이다 이거군. 귀족들 사이에 껴서 감히 한마디 건네지도 못한 평민씨는 평생 걸려도 얻지 못할 재능이지."

마티아스 소공자가 비웃음을 가득 띤 채 옆으로 다가왔다.

로베르트는 피식 웃으며 대답했다.

"인사 한마디 건네지 못한 건 너도 마찬가지잖아. 나랑 똑같은 레벨인가 보네?"

"야, 너. 평민 주제에 건방지게 꼭 말대답……."

인상을 쓰며 시비를 걸던 마티아스 소공자가 말끝을 흐렸다. 그리곤 멍하니 로베르트의 어깨너머의 어떤 곳을 빤히 바라보고 있었다. 갑작스러운 마티아스 소공자의 변화에 로베르트 역시 뒤돌아서서 녀석이 보던 게 무엇인지 찾았다.

한눈에 알 수 있었다, 모두의 시선이 그곳에 닿아 있었으니까.

이쪽엔 전혀 관심없다는 얼굴로 다리를 꼬고 앉아 한 손으로 턱을 괴고 있는 엘페이온의 모습이 한눈에 들어왔다. 그리고 천천히 엘페이온에게 다가가는 어린 크란벨 공작이 있었다.

"너는 누구냐?"

크란벨 공작이 거만한 목소리로 물었다. 멍하니 다른 곳을 바라보고 있던 엘페이온은 옆에서 들려오는 어린아이의 목소리에 고개를 돌렸다. 그리고 크란벨 공작을 빤히 내려다보았다.

"무례하다. 누굴 내려다보는 것이냐."

크란벨 공작이 인상을 쓰며 다시 말했다. 하지만 엘페이온은 여전히 멍한 눈길이었다. 몇 초쯤 지난 뒤, 엘페이온이 평온한 목소리로 말했다.

"어떤 정신 나간 놈이 애새끼를 여기다 풀어놨어."

그야말로 '내일 옷 뭐 입고 갈까' 고민하는 정도의 높낮이 없이 평범하고 평안한 어조로, 나오는 내용은 감히 상상할 수 없을 정도로 파격적이었다.

"무, 무례하다! 난 크란벨 공작이다! 예의를 갖추어라!"

"…너냐, 이 밤에 내가 여기로 끌려나오게 한 장본인이? 예의고 뭐고 간에 나도 같은 공작가다. 그러니 너나 가서 연장자에 대한 예의를 학습하고 와라."

바락 대드는 크란벨 공작을 한 손으로 눌러서 옆으로 치워놓고 엘페이온은 다시 지루한 얼굴로 돌아가 이젠 아예 졸린 듯 눈을 감았다. 한마디로 이쪽엔 전혀 관심이 없다는 뜻이었다.

"뭐, 뭐야 저놈은!"

"페르나슈 소공자이십니다. 페르나슈 공작 전하의 장남."

크란벨 공작의 시종이 급히 귓가에 대고 속삭였다. 여기서 일이 더 커지기 전에 사태를 수습해야 했다. 하지만 크란벨 공작은 더더욱 당당한 표정으로 엘페이온에게 다가갔다.

"페르나슈 소공자라면 아직 후작이잖아! 나는 공작이다! 그러니 예를 갖춰라!!"

"…뭐야, 이 싸가지 할부 판매한 꼬마는. 개념 말아먹었냐? 어차피 우리 아버지 죽으면 나도 공작이거든? 그래서 뭐야,

용건이 있을 거 아냐."

귀찮음이 극도에 달한 얼굴로 엘페이온은 짜증을 섞어 물었다. 생각지 못한 엘페이온의 박력 넘치는 막말에 크란벨 공작은 주춤했다. 하지만 그것도 잠시. 곧 고개를 빳빳이 들고 선언했다.

"너의 아름다운 얼굴에 반했다! 첫사랑이다! 나와 결혼해 줘!"

"이런 미친."

단 한순간의 고민도 없이 엘페이온의 입에서 욕지기가 흘러나왔다. 크란벨 공작의 옆에서 안절부절못하는 시종을 향해 도끼눈을 뜨고 질타했다.

"연회에 나오려면 적어도 사람은 만들어놨어야 하는 거 아닌가? 짐승을 풀어놔서 뭘 하겠다는 거야. 인간의 사고 능력 정도는 탑재시키는 게 너희 고용인들의 할 일 아닌가?"

"죄, 죄송합니다."

"뭐야, 뭐라는 거야! 누가 짐승이야! 나는 크란벨 공작이시다! 아름다운 것을 아름답다고 하는데 무엇이 문제란 말인가! 페르나슈 소공자! 나는 당신을 꼭 내 신부로 맞이하겠다!"

크란벨 공작은 한쪽 손을 뻗어 엘페이온에게 손가락질하며 다시 한 번 선언했다. 그리고 엘페이온은 특유의 귀찮은 표정을 담아 여전히 크란벨 공작은 싹 무시하고 시종을 향해 명령했다.

“끌고 나가. 성교육부터 다시 시켜.”

“예, 옛! 주인어른, 실례하겠습니다.”

시종이 식은땀을 흘리며 크란벨 공작을 품에 안았다.

“이, 이거 놓거라! 페르나슈 소공자! 당신에게 반했다!!”

“꺼져.”

크란벨 공작은 발버둥치며 소리쳤다. 그리고 시종은 쏜살같이 연회장을 빠져나갔다.

연회장에 남은 사람들은 사라져 가는 어린 크란벨 공작과 언제 짜증을 냈냐는 듯 다시 귀찮은 얼굴로 돌아가 턱을 괴고 멍하니 앉아 있는 엘페이온을 번갈아 보았다. 대체 무슨 일이 벌어졌는지 정리도 되지 않을 정도로 뭔가 파격적인 사건이 순식간에 지나가 버렸다. 누구 하나 이 정적 속에 말을 꺼내는 사람이 없었다.

“저 히스테릭 걸. 상대 안 가리고 히스테리 부리는 건 익히 알았지만 애도 안 봐주냐.”

“상대를 가리지 않는 저 독설이 엘페이온의 매력이니까.”

남들이 침묵 속에 떨든 말든 전혀 신경 안 쓰는 마티아스 소공자와 로베르트의 대화가 조용한 연회장을 울릴 뿐이었다.

그리고 그날을 시작으로 엘페이온에 대한 크란벨 공작의 구애는 수년간 계속됐다, 엘페이온이 카델란으로 떠나기 전까지.

“그런 일이 있었죠, 과거에.”

하인드가 한숨을 쉬며 이야기를 마쳤다. 루사인은 기가 막힌 얼굴로 크란벨 공작을 바라보았다.

“여섯 살이었잖아.”

“그랬죠…….”

고개를 끄덕이며 납득하는 하인드였다.

“그러니까 내가 말했잖아! 저건 싹수부터 노랬다고! 카델란에서 돌아왔더니 대뜸 남의 부인에게 반했다고 나와 이혼하고 결혼해 달라고 매달리더니, 그 다음엔 키르라이안을 보고 결혼해 달라고 했다고!”

결론을 내리자면 저 크란벨 공작은 한 집안 식구 모두에게 반해 버린 것이다. 공작과 공작부인. 다음엔 아들 키르라이안. 그리고 그 다음엔 세라가 되어버린 키르라이안에게 반했다. 어찌 보면 참으로 일관성있는 취향이라고도 할 수 있었다.

“아름다우니까 반하는 겁니다. 그러니까 세라님을 제게 주십시오. 평생 호강시켜 드리겠습니다!”

여전히 거칠 것 없이 외쳐 대는 크란벨 공작을 보며 루사인은 조용히 입을 열었다.

“주인어른, 그 문 닫고 바로 마차 출발시키죠. 말이 달리는데도 길 막고 서 있을 바보는 아닐 겁니다.”

“그렇군.”

페르나슈 공작은 망설임없이 열려 있는 마차의 문을 향해 손을 뻗었다. 그 문을 크란벨 공작이 붙잡고 버텼다. 그리고 인상을 쓰며 루사인을 노려보았다.

“감히 누구 앞에서 함부로 입을 놀리…….”

한마디 한마디에 냉기가 스며든 것처럼 차가운 목소리로 내뱉던 크란벨 공작의 눈이 커졌다. 그리고 못마땅한 얼굴로 루사인을 위아래로 훑어보았다.

“뭐야, 그 사람 아들인가.”

늘 키르라이안이나 세라의 옆에 함께 있었지만, 이렇게 따로 놓고 보기는 처음이었다. 그래서 크란벨 공작은 더욱 새삼스럽다는 얼굴이었다.

“주인어른, 냉기 다 빠져나갔습니다. 이제 문 닫으시죠. 오늘 저녁까지는 도시에 도착해야 합니다.”

크란벨 공작이 뭐라 하든 전혀 신경 쓰지 않고 할말만 하는 루사인이었다. 크란벨 공작은 한쪽 입가를 일그러뜨리며 혀를 찼다.

“차갑군. 이건 뭐 처음 페르나슈 공작을 만났을 때와 똑같은 분위기잖아. 그러고 보니 생긴 것도 비슷하고. 이쪽도 마음에 드는데.”

“그럼 세라는 포기하고 루사인에게 관심 돌리게.”

“…주인어른.”

루사인은 자신을 변태의 구렁텅이에 밀어 넣으려는 페르나슈 공작을 노려보며 이를 갈았다.

"세라는 여자아이고 넌 남자아이잖니. 혹여 저 발정 난 미친개가 달려들어도 별 탈 없을 거다."

"있습니다."

루사인의 이마에 핏줄이 돋았다. 페르나슈 공작의 엉뚱한 소리에 분을 삭이고 있는 게 분명했다. 하인드는 살얼음 위를 걷는 듯한 이 상황을 어찌해야 할지 몰라 그저 긴 한숨을 쉬었다.

"아아, 저쪽은 제가 거절합니다."

크란벨 공작이 의외로 쉽게 포기했다. 그는 조금 아쉽다는 얼굴로 루사인의 전신을 다시 한 번 훑고는 나직이 중얼거렸다.

"국왕폐하와 너무 닮아서 제가 부담스럽거든요."

그 순간 루사인의 몸이 미묘하게 움찔거렸다. 페르나슈 공작의 눈이 순식간에 차갑게 식었다. 그리고 작은 목소리로 충고했다.

"크란벨 공작, 그 건에 대해선 극비인 것 알고 있을 텐데."

"아아, 함구령이 걸려 있던가요?"

크란벨 공작은 전혀 동요하지 않고 재미있다는 얼굴로 웃었다. 문득 무언가를 떠올렸는지 조금 고민하는 표정을 지었다.

“그러고 보니 요새 이런저런 사건이 많이 벌어지는 느낌입니다.”

“느낌이 아니라 벌어지고 있다.”

“흐음, 그런가요? 그럼 슬슬 움직이시겠네요.”

싸늘한 미소를 담아 묻는 크란벨 공작이었다. 페르나슈 공작은 개구쟁이 악동의 장난기 어린 얼굴로 크란벨 공작의 귀에 속삭이며 물었다.

“그래서 말인데, 자네는 어쩔 건가? 여전히 구경하는 쪽인가?”

크란벨 공작은 씨익 웃었다.

“글쎄요. 크란벨 공작가는 왕족이 아닙니다. 공신귀족도 아니지요. 그렇다고 특이한 종족도 아닌 평범한 인간의 가문입니다. 그런 우리 가문이 지금까지 공작으로서 이어져 온 것은 단 한 가지. 중립입니다. 어떠한 움직임에도 중심을 지키는 것.”

“그렇겠지.”

페르나슈 공작은 피식 웃으며 마차 문을 잡아당겼다. 문이 닫히기 직전, 크란벨 공작이 다시 입을 열었다.

“하지만…….”

“……?”

“페르나슈 공가는 워낙에 제가 반한 사람들이 모여 있는 곳이라서요. 적어도 버리진 않습니다. 잘해보시길.”

“그렇군. 미인계를 쓰라 이 말인가? 루사인은 넘길 수 있네.”

등 뒤로 꽂히는 루사인의 따가운 눈총을 무시하며 제안했다. 하지만 크란벨 공작은 그 정도 미끼엔 넘어오지 않는다는 얼굴로 고개를 저었다.

"그럼 무운을 빕니다."

마차 문이 닫히고 크란벨 공작이 마차에서 떨어졌다. 닫힌 마차의 벽 사이로 크란벨 공작의 말이 이어졌다.

"자자, 그럼 다들 마차 비켜 세우고 페르나슈 공작이 먼저 지나가라고 하라고. 세라님이 여기 없는 것을 알았으니… 수도의 저택에 있겠지. 전속력으로 달리자!"

그리고 페르나슈 공작은 마차의 창문으로 고개를 내밀며 소리쳤다.

"이 빌어먹을 자식이 또 남의 딸에게 흑심을! 루사인! 당장 소금 뿌려!!"

"없습니다."

여전히 차가운 목소리로 대답하는 루사인이었다. 그리고 마차는 페르나슈 공작이 더더욱 날뛰기 전에 서둘러 출발했다.

카린과 세라가 수도에서 크란벨 공작과 마주친 것은 이후로 며칠 뒤, 크란벨 공작이 수도에 도착한 날이었다.

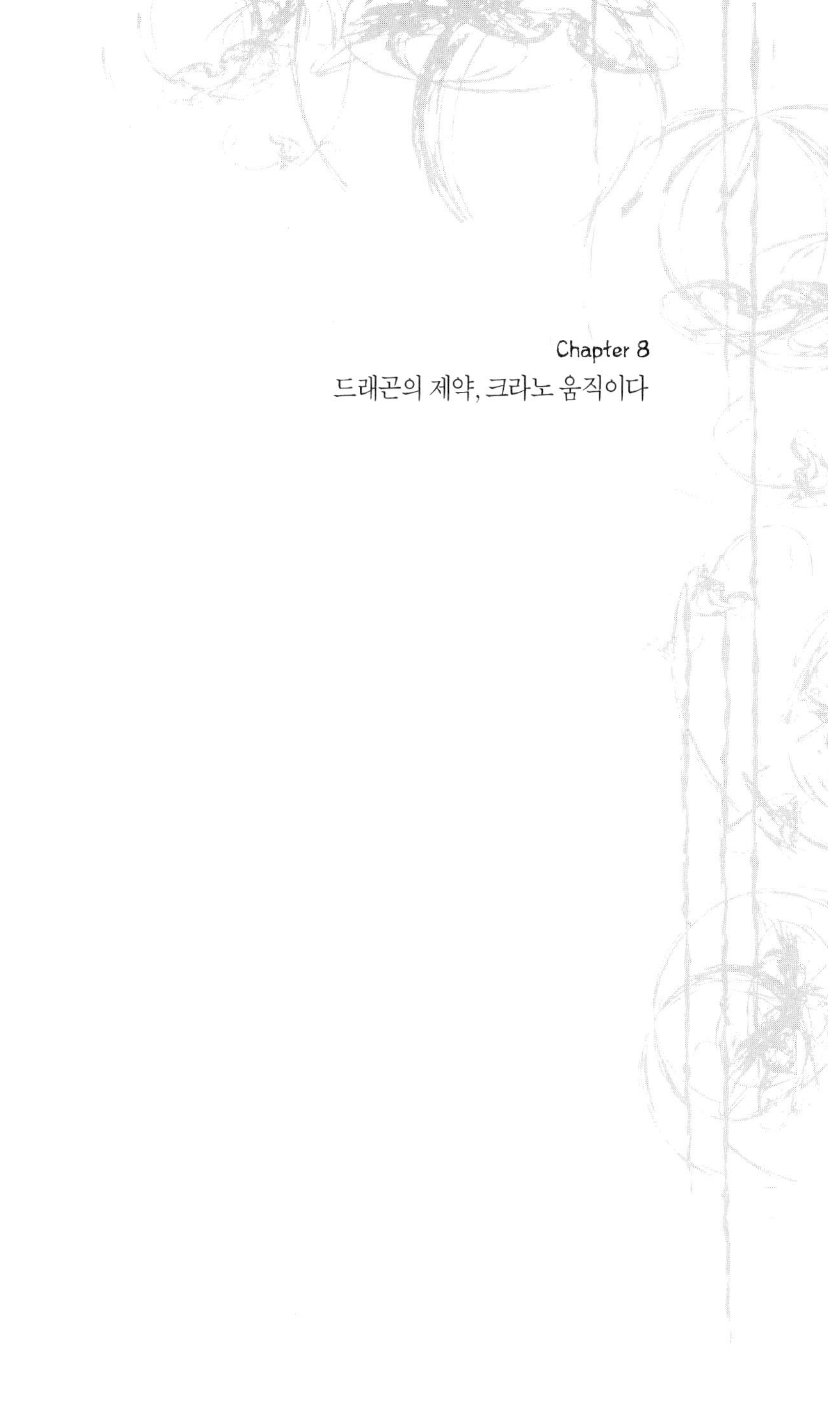

Chapter 8

드래곤의 제약, 크라노 움직이다

집에 돌아온 난 뜻하지 않은 방문객을 보고 깜짝 놀랐다. 우릴 맞이하러 나온 수많은 고용인들 사이에 페트다 부인과 아버지가 보였다. 그리고 그들의 옆에 티아라가 있었다.

"어라? 티아라, 우리 집에 와 있었던 거야?"

"세라, 어디 다녀오면 인사부터 해야 한다는 것을 배우지 않았느냐."

페트다 대고모님이 티아라에게 다가가는 내 손을 덥석 잡으며 차가운 목소리로 물었다. 하여튼 예의에 있어선 정말 깐깐한 분이시다.

"다녀왔습니다, 대고모님, 아버지. 아 그리고, 아버지 선물 있어요.”

“선물?”

아버지가 흥미로운 얼굴로 날 바라보았다. 난 뒤돌아보며 마차를 향해 소리쳤다.

“뭐 해! 빨리 안 나오고!”

곧 마차의 문이 열리며 어머니가 나왔다. 그리고 저택 앞에 모인 모두의 놀람 가득 찬 시선이 한데 모였다.

“간 김에 어머니도 데려왔어. 어때? 내 선물 맘에 들어?”

의기양양한 얼굴로 아버지를 향해 물었다. 아버지는 아무런 대꾸도 하지 않았다. 그저 멍한 얼굴로 마차에서 내린 어머니를 뚫어지게 바라보고 있을 뿐이었다.

“이곳은 전혀 변하지 않았군.”

어머니가 저택을 둘러보며 말했다. 그리고 아버지를 바라보았다. 말없이 침묵 속에 서로 간에 시선이 오갔다. 그리고 어머니는 수줍은 미소를 지었다.

“어떻게 말해야 할까. 난 정말 잠깐 잠들었는데… 당신은 나이를 먹어버렸네. 엘페이온, 당신의 입장에선 오래간만이라고 해야 할까?”

“아니. 나도 그리 오래 기다리지 않았어. 내 곁에 없으면 없는 만큼 잊고 지냈으니까. 바빠서 생각할 겨를도 없었어.”

말은 퉁명스러웠지만 눈빛은 따뜻했다. 어머니도 아버지도 더 이상 그간의 일을 묻지 않았다. 그냥 지금 이 모습으로 만족하는 것 같았다. 서로 신뢰가 가득한 눈길로 따뜻한 미소를 지을 뿐이었다.

"아참, 아버지 몸은 어때? 다친 덴 괜찮아?"

집을 떠나기 전 아버지의 몸 상태를 떠올리며 물었다. 어머니는 깜짝 놀라 눈을 동그랗게 뜨며 아버지의 곁으로 달려갔다.

"엘페이온? 다쳤어? 어딜? 얼마나?"

걱정이 가득한 얼굴. 짐작했던 대로 어머니는 아버지를 꽤나 좋아하는 거 같다, 그렇지 않고선 나올 수 없는 표정이니까.

"걱정 마. 내가 완벽하게 치료했으니까. 몇 달 전 상처로 아직 끙끙 앓고 있더라고. 그래서 그냥 간단하게 주문 한방."

"…언니."

티아라가 손가락을 들어 설명하자 어머니는 멍하니 티아라를 바라보며 그녀를 불렀다. 그때 페트다 부인이 앞으로 나서며 상황을 정리하기 시작했다.

"북적거리는 현관에서 다들 뭐 하는 짓들인가. 재회 인사는 안에 들어가서 하게나. 이쪽은 이제 여행의 짐을 내리고 옮겨야 하니 한가한 사람은 모두 들어가서 이 집 안주인의 방을 깨끗이 정리하거라. 너희도 짐이 정리될 때까진 일단은 응접실로 가서 차라도 마시고 있고."

그리고 대고모님의 말이 끝나기가 무섭게 모두들 서둘러

움직이기 시작했다. 과연 카리스마의 정점, 철인 3종의 마녀 페트다 부인의 힘이었다.

응접실은 재회의 장이 되어버렸다. 아버지의 옆에 나란히 앉은 어머니는 마주 앉은 티아라를 바라보고 있었다. 티아라는 앞에 놓인 차를 마시며 지나가는 인사라도 하듯 성의없이 말했다.

"많이 컸구나, 마지막 봤을 땐 꼬맹이였는데."

"어떻게 왔습니까?"

티아라의 말은 싹 무시하고, 어머니가 전혀 다른 것을 물었다.

"저쪽 대륙에서 이쪽으로 건너오는 드래곤의 힘을 느꼈다. 그래서 네가 오는 거라 생각하고 이 저택에 온 거야."

"놀래주려 했는데."

"응?"

"처음 엘페이온과 함께 이 대륙에 왔을 때 언니를 만나려고 했었지만 어쩐지 용기가 나지 않았어요. 망설이다가 결국은 만나지 못했죠. 그래서 이번엔 꼭 찾아가려고 했어요. 찾아가서 언니를 놀라게 해주고 싶었어요."

어머니의 말에 티아라는 조금 아쉬운 표정을 지었다. 씁쓸한 미소를 지으며 중얼거렸다.

"아깝네, 그냥 참아볼걸. 큰 각오를 한 것 같은데 말이야."

"그렇죠."

"하지만 그렇게 드래곤의 기운을 뻗어났는데 내가 모를 리 없잖아. 꼭 나보고 찾아와 달라는 듯, 자신이 바다를 건너 이곳으로 오고 있는 것을 당당히 알리기라도 하는 것처럼 힘을 개방해 놓고는."

티아라가 중얼거리자 갑자기 어머니의 표정이 어두워졌다. 그리고 주저주저하며 어떻게 말을 꺼내야 할지 고민하는 모습이었다. 얼마간 눈도 마주치지 못하고 한숨만 쉬던 어머니는 드디어 결심했는지 고개를 들어 티아라와 눈을 마주했다.

"거기에 대해서 할 말이 있어요. 언니, 전 이곳에 오면서 단 한 번도 드래곤의 힘을 개방한 적이 없어요."

"무슨 소리야?"

"돌아오는 길에 사티를 만났어요, 할센 대륙에 초대받은 사티를."

그리고 이번엔 티아라가 침묵했다. 당황하고 놀란 표정이었다. 상당히 동요하고 있었다.

그래, 사티란 드래곤이 배에 있었다. 크라노의 왕자, 아켈란스와 함께 크라노로 간다고 했었지. 언뜻 들은 대화와 어머니의 설명을 종합하자면 꽤나 사연이 많은 것 같았는데 티아라의 저런 표정이 더욱 궁금하게 만들었다.

그때 문득 무언가 또 다른 호기심이 생겨 버렸다.

"어머니, 이거 갑자기 생각난 건데, 그 왕자 놈은 이름이 아켈란스거든. 어머니 이름은 아일란스잖아? 지금 생각하니 어째 이름이 꽤 비슷하네."

그러고 보니 전에 루사인이 아켈란스의 이름에 무언가 걸리는 게 있다고 했었다. 혹시 그게 이건가? 드래곤인 어머니와 크라노의 왕자가 이름이 비슷한 게 뭔가 문제가 있는 것일까?

갑자기 어머니가 피식 웃기 시작했다. 그리고 오래전의 일을 추억하듯 아련한 눈으로 대답했다.

"그냥 우연은 아닐 거야. 그 아이가 크라노의 왕자라고 했으니까."

"응?"

"아켈란스의 아버지, 지금의 크라노 국왕과 아는 사이거든. 자신의 아이에게 내 이름을 따서 붙여주겠다고 했으니까. 그 아이가 내 이름을 가져간 그의 아들이란 뜻이지."

그리고 난 이 엄청난 사실에 놀라 두 눈을 크게, 동그랗게 떴다. 어머니랑 크라노 국왕이 서로 아는 사이였다고? 어떻게?

조용히 대화를 듣던 아버지가 자리에서 일어섰다. 손수 열려 있는 방문을 닫고 다시 어머니의 곁으로 돌아와선 부탁했다.

"도청 방지 마법 좀 걸어줘. 그리고 여기 대화가 밖으로 새지 않게 해줘.”

“알겠어.”

곧 어머니의 주문 외우는 소리가 이어졌다. 방이 한번 약하게 빛나고 곧 고요한 정적이 주위를 감쌌다.

“드래곤이라 인간의 정세에 대해 잘 모르는 것은 이해하지만, 이런 대화는 조금 신경 써줬으면 좋겠어.”

아버지의 충고에 어머니는 고개를 끄덕였다. 그리고 다시 우리들을 바라보았다.

“자, 어디까지 말했지? 아, 그래 크라노 국왕 이야기까지 했었지? 뭐, 간단히 말해 언니와 비슷한 경우로 아는 사이야. 아니다. 좀 다를려나?”

“…그러니까 하고자 하는 말이 뭐야.”

무슨 소릴 하는지 전혀 모르겠다. 안 그래도 이해력이 딸리기로 유명한 나다. 그런데 저렇게 두서없이 말하면 이건 그냥 한 귀로 듣고 한 귀로 흘리라는 소리다.

“음. 그러니까… 어디부터 설명해야 할까. 크라노는 오래전부터 카델란에 왕족을 보내 드래곤을 찾았어.”

“드래곤을?”

“언니가 에페트리아의 국경을 막고 있으니 침략 전쟁을 할 수가 없잖아. 에페트리아는 포기하기엔 여러모로 아까운 땅이고. 무역에도, 농업에도. 그래서 언니를 막기 위한 또 다른 드래곤을 찾아다녔지.”

그렇게 시작한 어머니의 이야기는 참으로 놀라웠다.

수대에 걸친 드래곤의 조사를 통해, 크라노는 드래곤을 할센 대륙으로 불러오기 위해선 이 대륙에 오고 싶어하는 드래곤을 포섭해 초대를 해야 한다는 것을 알게 되었다. 문제는 대륙을 건너가고 싶어하는 드래곤을 찾는 것이었다.

다시 오랜 조사 끝에 티아라의 동생 '아일란스' 란 드래곤에 대한 정보를 손에 넣었다. 당시 카델란에서 유학 중이던 크라노의 태자가 아이라에게 접근을 시도했다. 겨우 아이라의 레어에 들어선 그는 아이라를 할센 대륙으로 데려가는 대신에 티아라를 설득해 줄 것을 부탁했다. 크라노가 에페트리아의 점령에 성공할 때까지 만이라도 티아라를 막아주는 것을 조건으로 삼았다.

당시 아이라는 티아라를 만나기 위해 할센 대륙에 가고는 싶었지만 막상 만날 각오는 없었다. 그래서 망설였다.

그때 크라노 태자의 곁엔 동행인이 하나 있었다. 어딘지 불안해 보이는, 아직 소년의 모습이 남아 있는 청년이었다. 크라노 태자의 제안은 관심 밖이었다. 눈앞의 청년의 정신세계가 궁금했다. 깨질 듯 말 듯, 아슬아슬한 상태에 흥미가 생겼다.

그리고 알아갈수록 빠져들게 되었다. 그래서 함께 왔다. 그 청년의 초대를 받아 아무런 조건 없이 할센 대륙을 밟았다.

"그러니까 그게 아버지란 말이지?"

"그렇지."

과거를 회상하며 즐거워하는 어머니를 바라보았다. 그리고 뱁새눈을 뜨고 아버지를 바라보았다. 뭐? 어딘지 불안? 깨질듯 말듯?

"거 정신 상태가 얼마나 환상적이었기에 어머니가 반해? 하긴, 둘도 없을 고잉 마이 페이스지. 누구도 못 따라가지. 어머니 취향도 참 독특하네."

"그 불안했던 부분은 내가 마법으로 잘 고쳐 놨으니 걱정 안 해도 된단다."

"…고친 게 저 정도야?"

어이가 없어 다시 한 번 아버지를 바라보았다. 자신이 중심이 되어 화제에 올랐는데도 여전히 생글거리는 모습. '어디 끝까지 해봐라. 재미있네' 라고 말하는 것 같은 눈길. 진짜 저것도 능력이다.

"뭐 어쨌든 나는 포기했고, 그래서 크라노는 다른 드래곤을 찾아 헤맸겠지. 그리고 찾아낸 게 사티……."

"어머니가 전에 배 위에서 말했었잖아, 사티가 티아라를 만나기 위해 할센 대륙으로 가고 싶어했었다고."

"크라노로서도 나보단 사티 쪽이 더 조건에 맞았을 거야. 사티는 언니와 싸우기 위해 이곳에 오고 싶어했으니까. 따로 조건을 걸지 않아도 알아서 언니와 싸우겠지.”

난 긴 한숨을 쉬었다. 그래, 그러니까 그게 문제다. 대체 왜 사티는 티아라랑 싸운다는 거지? 친구라고 했잖아. 그 사이가 깨질 만한 일이 있었다는 거야? 대체 얼마나 대단한 일이기에?

“머리 굴리지 마. 간단해.”

지금까지 침묵하던 티아라가 입을 열었다. 쓴웃음을 지으며 티아라는 어쩔 수 없다는 표정으로 자신의 과거를 이야기했다.

“옛날 옛날 먼 옛날에 아주 절친한 두 드래곤이 있었답니다. 하나는 골드 드래곤 티아라. 이름의 뜻은 여자의 왕관. 가장 권위있고 빛이 나는 모습이었지요. 또 다른 하나는 블랙 드래곤 사티. 그 이름은 어느 지방의 관습과 같았지요. 남편이 죽으면 그 화장하는 불에 뛰어들어 순교하는 아내, 가장 두렵고 절망스런 이름. 그리고 또한 그만큼 고고한 모습이었지요.”

티아라는 어린아이에게 옛날이야기라도 해주는 말투였다. 건성건성 설명하는 것 같지만 하나하나 와 닿았다. 금발이 빛나는 티아라의 미소. 배 위에서 만난 장례식 차림의 사티. 정반대인 듯 너무도 다르지만 그래도 만나는 점이 있었다. 둘 다 여자의 인생을 뜻하고 있었다. 행복도, 절망도.

“그리고 한 명의 인간 남자가 있었어. 어느 날 이 셋은 우연찮게 만나고, 두 드래곤은 그 남자를 사랑하게 됐지. 그래, 그게 문제였어. 한 사람을 둘이 좋아하게 되면… 결국 하나는 선택받지 못하니까.”

티아라는 괴로운 얼굴로 미소 지었다. 그녀가 무엇을 생각하고 있는지는 모른다. 하지만 저 과거가 결코 행복한 것은 아니라고 짐작할 수 있었다.

“그는 날 선택했어. 당당하고 고고한 사티는 웃으며 우릴 떠났지. 행복하라며 축복하며. 그래, 비록 친구가 떠났지만 그래도 행복했어. 아주 잠깐.”

“…잠깐?”

“그래, 잠깐. 짧았지. 혁명가였거든. 해방군의 간부였지.”

난 고개를 갸웃거렸다. 혁명가는 알겠다. 대충 뭘 말하는지. 그런데 해방군의 간부라니? 어떤 해방군? 무엇의 무엇에 의한 해방?

“2천 년 전 발칸 대륙의 일이니까 잘 모를 거야. 그때, 그런 게 있었어. 난 아이를 낳고 싶지 않았어. 하프 드래곤은 안중에도 없었지. 그래서 그를 내 종속자로 하려 했어. 그런데 그가 반대하더라. 조금만 기다려 달라고. 인간으로서, 자신의 꿈을 이루고 나서 나와 함께 평생을 지내겠다고 했어.”

아아, 또 모르는 소리가 나왔다. 종속자라니. 그건 또 뭐지? 그러니까 전에 어머니가 말하길 아이와 배우자 중 하나를 선택해야 한다고 했으니, 하프 드래곤이 아니라면 그 배우자

에게 드래곤의 생명인지 뭔지를 넣고 수명을 같이한다는
거… 그거 말하는 것인가?

"옆에서 그를 지키며 기다렸지. 하지만 그것도 마음에 들
지 않았나 봐, 내가 끼어드는 것 자체가. 그래서 날 재웠어.
자고 일어난 사이 상황은 끝. 마지막 전쟁에 나선 그는 배신
자에게 당했지. 홀로, 쓸쓸하게. 그렇게 내 사랑은 죽었어."

모두들 침묵했다. 티아라의 이야기는 무거웠다. 2천 년이
나 지난 옛날 일이라지만, 티아라의 안에선 언제까지고 지금,
현실이 되어 남아 있었다. 그런 것 같았다. 허망한 듯 초점없
는 눈으로 티아라는 계속 중얼거렸다.

"사티는 화를 냈지, 억지로라도 그를 종속시켰어야 한다
고. 울면서 분노했어. 어떻게 되든 죽는 것보단 나을 거라고.
자기는 그렇게 했을 거라고. 그리고 정말 날 죽이려고 달려들
었지."

티아라는 쓴웃음을 지었다. 사랑하는 사람이 죽었다. 친구
를 잃었다. 그런 곳에 남아 있을 필요를 느꼈을까? 대답은
NO다. 그래서 티아라는 이 땅으로 왔나 보다. 아무도 없는
타 대륙. 그리고 사티는 이를 갈며 2천 년을 기다려 결국 티
아라를 찾아온 것이겠지.

처음 사티를 만난 밤이 생각났다. 어딘가 장례식장에라도
다녀온 모습. 사랑하는 남자를 추모한다고 했었다. 사랑하지
만 다른 이의 남자. 저 땅에서 그를 기억하는 마지막 한 명이

라고 했었지. 그가 바로 티아라의 남자였구나, 2천 년이나 지난.

"어라? 잠깐."

갑자기 도저히 이해할 수 없는 의문이 떠올랐다.

"그러니까 크라노는 티아라와 사티가 한판 붙는 사이, 우리나라에 드래곤의 비호가 사라지는 그 틈을 타서 침략하려는 거지?"

"그래."

티아라가 고개를 끄덕였다. 그리고 난 도무지 알 수 없어 인상을 썼다.

"크라노의 국왕이 어머니를 안다며. 그리고 에페트리아에 돌아오는 길에 사티랑도 마주쳤잖아. 그럼 에페트리아엔 티아라 말고도 페르나슈 공작부인이라는 작위를 가진 또 다른 드래곤이 있다는 사실을 알고 있을 텐데, 그래도 전쟁을 벌이려 한다는 거야?"

아무리 티아라가 싸우고 싶어하지 않는다 하더라도, 여긴 분명 한 마리의 드래곤이 더 있었다. 과연 그 사실을 알고 있는 크라노가 공격을 해올까? 지금까지는 자리를 비우고 없었다지만 에페트리아로 돌아오는 것을 봤으니까, 그것을 고려하고 피하려 하지 않을까?

하지만 어머니는 고개를 가로저었다. 힘없이 어깨를 축 늘어뜨리고 내 질문을 부정했다.

“혼자서 거기까지 생각하다니… 생각보다 머리가 많이 깨
였구나. 기특해. 하지만 이건 어쩔 수 없구나. 알려주지 않은
거니까. 잘 들으렴, 세라. 난 아무런 힘도 쓸 수 없단다. 그리
고 사티는 그것을 잘 알고 있지.”

“힘을 쓸 수 없다니?”

“인간의 속에 들어온 드래곤은 힘의 제약을 받거든.”

난 또다시 고개를 갸웃거렸다. 저건 또 무슨 소리지? 인간
의 속? 제약?

“어머니, 이해가 안 돼.”

어머닌 말없이 내게 손을 뻗었다. 또다시 내 머리를 깨우기
위한 의식이 시작됐다. 손가락을 들어 톡 하고 가볍게 이마를
치고, 알아들을 수 있게 설명했다.

“그러니까 바깥에서 인간을 바라보는 게 아니라 인간에게
직접적으로 연결된 드래곤. 자신과 수명을 함께하는 종속자
를 만들거나, 하프 드래곤을 낳은 드래곤을 말하는 거지. 인
간과 너무 가깝게 관련이 되어 있으니까 제약을 둔 거야, 힘
을 쓸 수 없게. 안 그러면 세상은 종속자와 하프 드래곤들에
게 지배받게 될 테니까.”

어렴풋이 이해가 갔다. 하긴, 드래곤이 뒤에서 버티고 그
힘을 써준다면 순식간에 한 나라의 제왕이 되는 것도 가능하
겠지. 아니, 아예 나라 하나를 세울 수도 있을 것이다, 드래곤
의 힘이라면. 그러니까 세상의 균형을 위해서라면 그런 제약

이 있는 것도 인정할 수 있었다.

"어머니, 그래도 드래곤이나 돼서 힘을 아예 쓸 수 없으면 좀… 심한 거 아냐? 아예 봉인시키는 것도 아니고."

"심각할 건 없어. 인간의 역사에 관여할 정도의 큰 힘이 아닌 일상적인 마법은 사용할 수 있으니까. 또 내 혈육, 그러니까 하프 드래곤이나 종속자에게 위험이 생기면 그때는 무한으로 힘을 쓸 수 있어, 내 안전에 관련된 일에도. 단지 우리와 관련되지 않은 사건들에 함부로 힘을 쓸 수 없지."

"에… 그러니까……."

"정리하자면 난 이 저택에서 내 아이와 남편과 함께 행복하게 살 수 있지만 크라노와 에페트리아의 분쟁엔 끼어들 수 없어. 하지만 혹시라도 에페트리아가 점령당한다 해도 이 저택과 사랑하는 사람들을 지킬 힘은 있지."

이해가 갈듯 하면서도 어려웠다. 그러니까 오직 나와 아버지를 위해서만 힘을 쓸 수 있다는 것인가?

"나나 아버지가 크라노와의 전쟁에 끼어든다 해도 힘을 못 쓰는 거야?"

"죽지 않게 그 곁을 지키는 것은 가능하지."

"…어려워."

"아직은 그럴 거야."

결국 이해하는 것은 포기다. 어머니는 쓴웃음을 지으며 내 머리를 쓰다듬었다.

그러니까 한 가지는 알겠다. 앞으로 우리는 드래곤의 수호를 뺀 오직 인간들만의 힘으로 크라노를 상대해야 한다는 것이다. 군사대국, 마법국가 할센 대륙 최강의 국가를 과연 버텨낼 수 있을까?

쾅쾅쾅쾅!

갑자기 누군가 급히 문을 두드리는 소리가 들렸다. 아버지가 의아한 표정으로 어머니를 향해 물었다.

"사일런트 걸려 있지 않았나?"

"급하게 달려오는 사람이 있어서 지금 막 풀었어, 꽤 다급한 일인 것 같아 보여서."

어머니의 대답을 들으며 아버지는 방문을 열었다. 문밖엔 성에서 파견 나온 차림새의 파발꾼이 숨을 헐떡이고 있었다.

"무슨 일인가?"

"소, 속보입니다. 헉헉!"

"……?"

"아세이드, 크라노에 항복. 하루 만에 수도를 함락당했습니다. 모든 왕족의 즉결 처분이 끝나고 사실상 크라노의 지배 하에 들어갔습니다."

나는 두 손으로 탁자를 쳤다. 나도 모르게 자리를 박차고 일어나 소리쳤다.

"말도 안 돼!! 하루 만이라고? 우리나라와 막상막하의 국력을 가진 아세이드야!! 그런데 하루만이라니!!"

어이가 없었다. 기가 막혀 더는 말이 안 나왔다. 아무리 크라노라지만 이건 너무 심한 것 아닌가?

어른이 아이를 상대하는 것도 아니고 국가 대 국가의 일이다. 단 하루 만에 이루기는 좀 힘든 것 아닌가?

하지만 파발꾼의 이어지는 정보가 내 의문에 답해줬다. 그는 두려운 눈으로 이렇게 말했다.

"크라노의 깃발에… 흑룡의 깃발이 휘날리고 있었습니다."

그리고 자신이 전할 말을 끝낸 파발꾼은 다음 소식을 전할 집으로 바로 떠났다.

아아, 흑룡의 깃발. 사티다. 그래, 움직이기 시작했구나. 드래곤이 개입했으니 나라 하나가 하루 만에 함락되지.

크라노 하나만으로도 가능했던 것이 드래곤이 끼니 순식간이구나. 사티는 제약에 걸리지 않는 드래곤이니까.

일단 방해가 되는 아세이드부터 처리한 거다. 괜히 사티와 티아라가 맞부딪치고 크라노와 우리나라가 전쟁을 치르는 중에 아세이드가 끼어들면 곤란하니까 그곳부터 함락시킨 거겠지.

"하인드, 잉게 공가로 사람을 보내 로베르트로부터 들어오는 모든 정보를 받아오게 해라."

"예."

아버지가 서둘러 움직이기 시작했다. 하인드도, 그리고 그때 마침 방에 들어오려던 타루덴도 최대한 많은 양의 정보를 빨리 받아올 수 있게 각각 흩어졌다.

앞으로 더욱 바빠질 거다. 크라노의 다음 목표는 이곳, 에페트리아의 수도일 테니까.

Chapter 9
잉게 소공녀 납치 사건, 루사인!

금방이라도 쳐들어올 것 같던 예상을 깨고 크라노는 수일 간 잠잠했다. 아세이드 침공 후 바로 사티를 보내 티아라와 한판하며 우리나라로 들어올 줄 알았는데 그 뒤로 전혀 움직임이 없었다.

"국가 하나를 점령했으니, 정복은 쉽더라도 정리는 어렵겠죠."

아버지의 방에서 나온 서류를 읽던 루사인이 말했다. 여전히 내가 무엇을 생각하는지 훤히 알고 있는 녀석이다.

"크라노는 둘째 치고. 넌 뭘 그렇게 보는 거야?"

"주인어른의 방에서 나오는 서류죠."

"그건 알아. 그러니까 왜 보는 건데?"

나와 대화를 나누면서도 몇 장의 서류를 넘겨보던 루사인이 자리에서 일어섰다.

"아무것도 모르는 채 당하는 것은 딱 질색이니까요. 시간 됐네요. 학교 가야죠."

"아아, 크라노는 좀 오려면 빨리 오지. 그럼 비상 계엄령이라도 떨어져서 학교 안 가도 될 거 아냐?"

"오늘만 가면 됩니다. 방학식이잖아요. 그래서 등교 시간도 늦춰진 건데."

"그게 더 문제라고!! 기껏 학교 다 나가고 방학해서 놀려고 하는데 쳐들어오면 억울하잖아!"

그래, 그게 싫었다. 하여튼 평생에 도움을 안 주는 국가다. 이번에 진짜로 방학 때 치고 들어오면 아주 두고두고 원수로 삼고 평생 동안 갚아줄 거다. 나 하프 드래곤이라고. 내 평생은 남들보다 좀 길어.

하지만 아무리 생각해도 방학 때 올 것 같다. 크라노란 나라가 나랑은 상성이 맞질 않으니까. 처음 마주친 것도 드래곤을 찾아가려던 때였고. 그 다음엔 남부에서 드래곤 찾을 때였지. 또 그 다음엔 아버지가 부상을 입었고. 카델란으로 가는 배 위에서 변태 왕자도 하나 만났고. 어째 이리도 좋은 기억이 하나도 없는 거냐.

"하아… 불길해, 느낌이 아주 안 좋아."

"그렇겠죠. 얼마 전 본 기말시험 성적표 나오는 날이잖아요."

"헉?!"

"출석 일수도 부족하고 이번에 성적 안 나오면 유급인 거 아시죠?"

순간 '싸악' 하고 핏기 가시는 소리가 들렸다. 물론 내 피. 그러니까 이놈의 학교는 국제 정세가 어떻든, 국가의 위기가 어떻든, 하물며 두 달 반을 외국에서 지내다 왔더라도 시험은 봐야 했다. 그래… 그래서 급한 김에 루사인이 찍어준 것 몇 개만 맹렬하게 외웠었지. 어떻게 답안지는 쓰긴 했는데, 그게 맞느냐가 문제다.

"만약에, 만약의 만약의 만약에 진짜로 유급하면 어떻게 될까?"

조심스레 루사인의 눈치를 살피며 물었다. 루사인은 상큼하게 웃으며 날 돌아봤다.

"주인어른의 부상이 완쾌된 것을 몸으로 확인하시겠죠."

"……."

아무래도… 그렇지? 와, 하늘색이 노랗네, 아침인데.

학교에 도착한 난 공고 게시판 앞에 몰려 있는 인파를 보며 한숨을 쉬었다.

"뭐야, 또 성적 게시판 공개야? 그렇다고 뭐 다 저렇게 몰려 있어?"

뱁새눈을 뜨고 도저히 이해할 수 없는 아이들의 심리에 대해 고민할 때, 어디서 많이 본 소녀가 내게 다가오는 것이 보였다. 긴 귀에 초록색 머리칼, 단정하게 입은 교복, 카린이었다.

"안녕하세요, 세라님, 루사인님."

자로 잰 듯 한 치의 오차도 없이 인사하는 카린을 보며 난 다시 온몸에 돋아나는 소름과 싸워야 했다. 아 정말 저 내숭, 저거 어떻게 안 되냐? 도대체가 적응이 안 된단 말이다, 적응이!!

"표정을 보니 무언가 재미있는 일이 있나 보군요."

"어머, 알아봐 주시네."

루사인의 묻는 말에 카린은 생긋 미소 지었다. 그리고 기대에 찬 얼굴로 나와 루사인을 번갈아 보았다.

"뭐야. 뜸들이지 말고 말해. 무슨 일인데?"

퉁명스럽게 묻자 카린은 마음의 각오라도 한듯 한숨을 쉬었다.

"축하해요, 루사인님. 두 달 반이나 수업을 듣지 않아서 어찌 될까 했는데 역시나 톱이네요. 프리츠님이 저어기~ 저쪽 구석에서 좌절하고 있어요."

"루사인 1등 하는 거야 새삼스러울 일도 아니잖아."

"어머, 그래도 두 달 반의 공백은 큰걸요. 하지만 지금 중요한 건 그게 아니죠. 진짜 용건은 따로 있어요.”

“응? 그럼 뭔데?”

호기심에 묻자 카린이 내게 다가왔다. 그리고 나와 루사인에게만 들릴 작은 목소리로 물었다.

“야 이 금발 애송아, 카델란 가서 네 머리에 무슨 짓을 한 거냐. 거기 마법이랑 과학이 발전했다던데 머리 뜯어 개조라도 했냐?”

“엥?”

“너 성적이 100등 안에 들었다. 148명 중 87등. 저기 모인 애들 다 네 성적에 경악하고 굳어 있는 거다. 이건 있을 수 없는 일이라고 세상이 멸망할 징조라며 기도하고 있더라.”

“……!”

나야말로 놀라서 굳어버렸다. 세, 세상에 처음이다. 진짜 처음이다. 살다 살다 성적이 두 자리 수가 되긴 정말 처음이란 말이다.

“드래곤들을 만나 머리가 슬슬 깨기 시작했다지만 이건 정말 파격적이군요.”

루사인도 드물게 놀란 얼굴로 중얼거렸다. 학교에 들어오기 전까지만 해도 유급되는 것은 아닌가 심각하게 고민했는데, 이건 기적이다. 기적 중의 기적이다. 아아, 정말 이게 다 어머니의 머리 깨우기 요법의 성과다. 어머니 만세!

“잠깐, 근데… 내 성적 오른 건 좋은데 왜 남의 성적이 올랐다고 세상 말세니 뭐니 자기들이 굳어 있어?”

갑자기 생각난 의문에 여전히 게시판 앞에 굳어 있는 학생들을 가리키며 물었다.

“진짜 몰라서 묻는 거냐?”

카린이 어이없는 얼굴로 물었다.

“아니, 뭐… 모르는 건 아니고 그러니까 왜 남의 성적에 저리들 과민 반응이냐 이거지.”

“그 정도로 네 머리가 구제 불능이었다는 거지.”

딱 잘라 결론을 내리는 카린의 말에 애석하지만 반박할 수 없었다. 나도 인정하니까.

“자 그럼, 전 이만 교실로 가보겠습니다. 평안한 하루 되십시오.”

갑자기 카린이 태도를 바꾸며 꾸벅 인사를 했다. 하여튼 적응이 안 된다니까 저 이중인격.

“아참, 요즘 크라노의 움직임이 수상하답니다. 실버나이트들은 오늘 저녁 성에 모여달라는 전언이 왔습니다. 늦지 않게 서둘러 주세요.”

“저녁이지? 알겠어.”

어째 한동안 안 부른다 했다. 성에서도 바빴겠지. 정보를 수집하고 앞으로의 일을 계획하느라 정신없었을 거다. 이제야 슬슬 정리가 되나 보다. 그러니 각자에게 일을 맡기기 위해서라도 전원 집합시키는 거겠지.

"루사인, 오늘 학교 끝나고 바로 집으로 달려가자."

"성엔 저녁때 가면 되잖아요?"

"그게 문제가 아니지, 성적표 받아서 아버지 보여줘야지. 성적 올렸으니까 선물 달라고 해야지. 용돈 인상이거나, 혹은 용돈 인상, 아니면 용돈 인상으로."

"그러니까 결론은 용돈 인상이군요."

루사인이 피식 웃었다.

집에 도착하자마자 아버지의 방으로 달려갔다. 그리고 자랑스레 성적표를 내밀었다. 예상했던 대로 성적표를 보는 아버지의 손이 떨리는 것을 볼 수 있었다.

"장하다, 살아생전에 결코 볼 수 없을 거라 생각했던 성적이구나. 두 자리 수 등수라니, 내가 살다 살다 이런 등수에 감격하는 날이 올 줄은 꿈에도 몰랐다."

감격하는 아버지의 뒤에서 함께 성적표를 보던 페트다 대고모님도 한마디 하셨다.

"한 자리 수 등수도 마음에 들지 않는다며 늘 세 손가락 안에 들던 네가 이런 성적에 감동해서 눈물겨워할 줄은 나도 몰랐다."

"……."

그러니까… 칭찬하는 거 맞지? 맞을 거야. …맞을 거라고 생각하자.

"어쨌든 노력한 기미는 보이니 용돈은 올려주마."

"정말? 와, 아버지 만세!!"

으하하하. 용돈 올랐다. 으하하하하!! 만세 열창을 하며 기뻐했지만 솔직히 말하자면 돈이 궁하진 않다. 무언가 필요한 게 있으면 고용인들에게 시키거나 상점에서 물건 사고 외상으로 끊어도 집에서 다 내주니까. 하지만 그래도 내가 마음껏, 다른 사람들 모르게 쓰기 위해선 용돈이란 게 편리하다. 평소 집안의 돈을 쓰는 건 내가 무슨 짓을 하고 다니는지 그 출처가 다 드러나서 불편하달까? 그러니까 비자금 조성.

"엘페이온, 노력한 건 아니야. 내가 머리를 깨워줘서 그런 거지. 앞으로도 계속 성적 오를 거야. 너무 띄워주지 마."

갑자기 어머니가 끼어들어 찬물을 끼얹었다. 하지만 아버진 전혀 신경 쓰지 않았다.

"그래도 오른 건 오른 거니까. 계속 오르면 더 좋은 거지. 그런 의미로 이번 겨울엔 남쪽 별장에 가볼까? 온 식구가 전부 다."

"에?"

식구들이 모두 모여 남쪽의 별장에 가는 것은 솔직히 내 꿈이었다, 어릴 때의. 식구라고 해봐야 아버지와 나, 그리고 형제와도 같은 루사인. 고작 셋이 다녔지만 너무도 바쁜 아버지의 일정에 언제나 포기해야 했다. 이젠 아버지에게 매달리는 어린아이도 아닌데, 새삼 어릴 때의 소원을 기억하고 함께 가자는 아버지를 이해할 수 없었다. 별장으로 놀러가도 될 만큼 한가한 거야? 그럴 리가 없잖아. 당장에 크라노랑 한판 벌일 준비로 전보다 더 바쁠 텐데.

"말 나온 김에 당장 오늘 저녁에 출발할까?"

"에엥?"

갑작스러운 아버지의 발언에 난 더욱 놀라 눈을 동그랗게 떴다. 뭐지? 이건 너무 순식간인데? 아버지는 이렇게 계획없이 즉흥적으로 움직이는 사람이 아닌데.

"하인드, 당장 준비하거라. 별장에 먼저 사람을 보내 우리가 간다고 알리고."

"예."

"자, 잠깐! 하인드 멈춰! 준비하지 마!"

서둘러 하인드를 불러 세웠다. 그리고 아버지를 향해 물었다.

"아버지, 오늘 저녁에 당장 실버나이트 전원 집합하라는 전령이 있었잖아. 그거 무시하는 거야?"

"세라, 거기에 대해 할 말이 있다."

갑자기 아버지가 분위기를 잡고 말을 꺼냈다. 뭐지? 뭔가 중요한 이야기라도 하려는 거야? 무슨 일인데?

알 수 없는 불안감에 몸을 떨며 아버지의 말을 기다렸다.

하지만 그때 이곳을 달려오는 누군가의 발걸음 소리에 모두 고개를 돌려 방문을 바라보았다.

'벌컥' 하고 열린 방문 앞에 성에서 나온 파발꾼이 서 있었다. 그리고 그는 언제나처럼 숨을 헐떡이며 소리쳤다.

"수, 수도에 크라노 인으로 추정되는 검은 망토 집단들이 나타났습니다! 귀가 중이던 잉게 소공녀가 납치당했습니다. 실버나이트 전원 비상 계엄령하에 성으로 당장 모여달라는 폐하의 전언이십니다!"

"뭐, 뭐?!"

깜짝 놀라 소리쳤다. 카린이 납치당했다고? 크라노 인으로 추정되는 검은 망토… 그러니까 그 레키아들에게!

"루사인, 제복 준비해! 아버지!"

성으로 들어갈 준비를 서두르며 아버지를 불렀다. 실버나이트로써 성에 간다면 어차피 아버지도 함께다. 같은 마차로 움직이는 게 어떻겠냐고 물으려 했다. 하지만 무언가 이상했다. 난 급한데, 바빠 죽겠는데, 아버지는 팔짱을 끼고 날 바라보고 있었다. 그냥 의자에 앉아 꼼짝하지 않았다.

"아버지, 뭐해? 준비 안 해?"

"그러니까 거기에 대해 할 말이 있다고 했다."

"응?"

"실버나이트는 이제 그만뒀다. 당당한 실직자로 여유있는 여가를 보내고 있는 중이다."

"…엥?"

한참을 그대로 서서 고민해야 했다. 그러니까 지금 내가 들은 말이… 에 그러니까…….

"네가 카델란으로 간 사이 퇴단서를 냈다. 요즘 한가해 보이지 않았나?"

뭐, 평소보다 서류의 양이 적다 싶었지만. 아니, 대체 그러니까 이게 무슨 소리야? 저 일중독중 아버지가 실버나이트를 그만뒀다고? 은퇴하고 원로원으로 가는 것도 아니고 아예 퇴단? 혹시, 설마…

"아버지, 그때 다친 상처가 아직 남은 거야? 평생 불치로 남는 거야?"

"그런 건 아니다. 그냥… 귀찮아져서."

그리고 난 또다시 밀려오는 충격의 바다에서 헤엄쳐야 했다. 귀찮다니, 저 아버지가 귀찮아하다니! 뭐든 랄랄라거리며 척척 해냈잖아! 늘 바쁘게 사는 것이 모토였던 사람에게서 귀찮다는 단어가 나오다니!

머리가 정리되지 않아 복잡했다. 눈이 팽글팽글 돌고 있었다. 이거… 내 머리로 이해하기엔 한계를 넘어섰다.

"너무 고민하지 말거라, 저게 엘페이온의 원래 성격이니까. 그동안 그 성질 죽이고 잘도 일한다 했다. 모두들 할 일이 있지 않나? 왜들 그리 서 있지? 움직이거라, 난 잠시 잉게 공가에 다녀오겠다."

페트다 대고모님이 머리 모양새를 만지며 외출 준비를 서둘렀다. 가볍게 손짓하자 여기저기 숨어 있던 시녀들이 튀어나와 외투며 모자며 장갑이며 순식간에 치장을 끝냈다.

"고모님, 잉게 공가엔 갑자기 왜 가시는 겁니까?"

아버지의 물음에 대고모님은 한숨을 쉬었다.

"잉게 소공녀가 납치되었다 하지 않느냐? 잉게 공작이 그래 보여도 마음이 여린 사람이라서 아마 마음 졸이고 있을 거다. 가서 달래줘야지."

그리곤 서둘러 저택을 나갔다.

난 아버지의 눈치를 살폈다. 무언가 이상했다. 이렇게 바쁜 시기에, 크라노가 움직이는 것을 뻔히 알고 있었을 텐데 갑작스러운 퇴단이라니? 전혀 아버지답지 않았다. 그러고 보니 난 아버지에 대해서도 잘 모르는 것 같다. 지금까지 알고 있던 아버지의 모습이 진짜가 아니라니. 그럼, 난 대체 아버지의 무엇을 보고 자랐을까. 내 아버지는 사실은 어떤 사람일까?

"마차가 준비됐습니다. 가시겠습니까?"

어느새 준비를 끝낸 루사인이 등 뒤로 다가와 물었다. 난 여전히 알 수 없는 미소를 지으며 날 보고 있는 아버지를 다시 한 번 뚫어져라 바라보았다. 그리고 고개를 돌렸다. 지금 급한 건 아버지가 아니다. 카린, 카린이 납치됐다. 일단은 카린의 생환이 급선무다.

전속력으로 성을 향해 달리던 마차가 갑자기 멈춰 섰다. 무언가에 놀란 말들의 비명 소리가 귓가에 울렸다. 루사인이 마차 밖으로 고개를 내밀어 상황을 살폈다. 그리고 쓴웃음을 지으며 한숨을 쉬었다.

"이거, 찾을 필요도 없겠는데요."

"무슨 소리야?"

"검은 망토들이 길을 막고 있습니다."

"엥?"

인상을 쓰며 되물었다. 그리고 루사인의 대답을 듣지도 않고, 마차 밖을 바라보았다. 루사인이 말한대로 검은 망토들이 마차를 에워싸고 있었다. 이것 참 대낮에 잉게 소공녀를 납치하더니 이번 표적은 나인가?

"어쩌시겠습니까?"

"어쩌긴, 상대해야지. 마차째로 공중 납치당할 수야 없잖아."

그저 담담히 대답하며 마차에서 내려섰다. 루사인이 함께 밖으로 나오는 소리가 들렸다.

"여어, 이거 페르나슈 소공녀 아닌가."

꿈에서도 잊을 수 없는 쇳소리가 날 맞이했다. 두 번 생각할 것도 없이 레키아였다.

"뭘 새삼 감탄사를 날려? 노리고 잠복해 있던 거 아니었어?"

"페르나슈 공가의 저택에서 성으로 가는 세 개의 길목 중 이곳을 찍었는데 마침 딱 마주쳐서 반갑군."

쇠를 가는 듯한 레이카의 목소리에 절로 짜증이 났다.

"무슨 수작이야? 카린을 납치해 가더니 이젠 나도 납치할 생각이야?"

인상을 쓰며 성난 목소리로 물었다. 하지만 레키아는 전혀 아랑곳하지 않고 특유의 능글거리는 태도로 일관했다.

"아아, 그쪽은 그쪽대로 필요해서 데려간 거고, 이쪽은 이쪽대로 용건이 있어서 말이야."

"크라노에서 쿼터 엘프가 무슨 필요라고 납치를 해가!!"

전속력으로 검을 뽑아 레키아를 향해 달려들었다. 하지만 내 움직임을 읽혔는지 아니면 이럴 것을 예상했는지, 레키아를 보호하며 에워싸고 있던 여섯의 검은 망토가 내 검을 막고 섰다.

휘익! 챙!!

"큭……!"

갑자기 눈앞에 달려드는 여섯 개의 검에 흠칫 놀라 있는 힘껏 걷어내고 뒷걸음질쳤다.

"조심하세요. 강합니다."

"나도 알아!"

루사인이 검을 뽑아 들고 내 곁에 다가오며 충고했다. 그리고 난 분한 마음에 버럭 소리쳤다. 정말 놀랐다. 지금까지 데리고 다니던 떨거지들하곤 수준부터 달랐다. 저들 하나하나 가 실버나이트에 필적한 능력을 가지고 있었다.

아무리 레키아 놈이 크라노에서 뭔가 한가락 하는 놈이라 지만 고작 한 명의 검은 망토 주제에 저런 실력자들을 거느리 고 다닐 거라곤 생각하지 못했다. 저 정도의 병력이라면 국왕 의 호위대라 해도 믿을 거라고!

"레키아 너 이 자식! 카린을 어쩔 거야!! 어디로 데려간 거 야!!"

있는 힘껏 소리쳤다. 지금으로선 이렇게 하는 게 최선이 다. 내 목소리를 듣고 근처를 지나던 누군가가 다른 실버나이 트에게 이쪽의 상황을 알려주길 바라는, 정말 실낱같은 희망 이었다.

"그 쿼터 엘프보다, 지금은 본인에 대해 신경 써야 하지 않 을까?"

레키아의 기운이 순식간에 싸늘해졌다. 그리고 그는 검을 뽑아 들고 내게로 한 걸음씩 다가오고 있었다. 갑자기 루사인 이 내 앞으로 나섰다. 날 보호하듯 앞에 서서 레키아를 향해 검을 겨눴다.

"오늘 곁에 있는 다른 망토들의 실력이 평소완 다르군요. 국왕의 호위라 해도 믿겠습니다."

그 정돈 나도 알아, 루사인. 새삼 말하지 않아도 돼.

"하긴, 크라노 태자의 호위이니 그 정도는 되어야 하지 않을까요, 아켈란스."

"……뭐?"

경악했다. 경악해서 나도 모르게 큰 소리로 외쳤다.

"루, 루사인! 뭐라고? 태자? 아켈란스? 저 레키아가? 배 위의 그 짜증나는 변태 아켈란스라고? 태자라고? 세계 정복 병의 그 미친놈?!"

정신없이 묻자 이쪽을 바라보던 레키아가 갑자기 자지러지게 웃기 시작했다. 정말 듣기 싫은 쇳소리가 귓가를 울려 더욱 기분이 나빠졌다.

"크크크크큭. 아무리 날 좋아하지 않는다지만 표현이 너무 하군. 뭐지, 그 이상한 수식어들은?"

재미있다는 듯 웃으며 레키아는 망토의 후드를 벗어 뒤로 넘겼다. 푸른색 머리카락이 한눈에 들어왔다. 그리고 그 아래로 내가 알고 있는 얼굴이 보였다. 아켈란스. 놈은 분명 아켈란스였다.

"오랜만이라고 해야 할까, 세라님? 돌아오는 길에 배에서 마주치고 처음이지? 한 달 만이라고 해야 하나."

생글생글 웃는 모습, 레키아의 쇳소리는 사라진 지 오래였다. 저 음성 변조 마법은 망토의 후드 자체에 걸려 있던 거였나 보다.

난 너무도 분하고, 당황스러워서 한 마디도 할 수 없었다. 치밀어 오르는 분노를 참을 수 없어 숨을 헐떡이고 있었다.

아켈란스는 그런 내게 전혀 신경 쓰지 않고 루사인을 바라보았다. 무언가 신기한 것이라도 보는 얼굴로 한참을 위아래로 훑어보던 그는 조용히 입을 열어 물었다.

"어떻게 알았지? 꽤 알아보기 힘들게 분장했다고 생각했는데."

"이름 때문에."

루사인이 담담한 목소리로 대답했다. 이름? 그러니까 대체 무슨 이름? 그러고 보니 루사인이 전에 말했었지. 아켈란스의 이름에 무언가 생각나는 것이 있다고. 그건 아켈란스와 아일란스. 어머니와 이름이 비슷한 것이 아니었나? 어머니의 이름을 말하던 것이 아니었던 거야?

"아켈란스란 이름을 크라노식 철자로 쓰다 보니 무언가 이상하다고 느꼈다. 어디서 써본 철자의 나열이었지. 그런데 바로 위에 예전에 레키아를 크라노식으로 썼던 게 보이더라고."

"호오~"

"아켈란스의 아켈은 거꾸로 하면 레카, 혹은 레크아. 상당히 비슷하더군. 하지만 우연이란 게 있어 고민했지. 어쩌다 비슷한 것일 수 있으니까. 그래도 동일 인물이란 쪽으로 결론을 내렸다. 아켈란스가 크라노의 왕자란 것을 알았으니까. 그리고 네 성격으로 보건대 중요한 일은 절대 남에게 맡기지 않을 것 같았다."

　루사인의 결론에 아켈란스는 어떤 대답도 하지 않았다. 그저 재미있다는 얼굴로 루사인을 바라보기만 할 뿐이었다. 한참 동안 침묵이 흘렀다. 오랜 침묵 뒤에 아켈란스는 어쩔 수 없다는 듯 어깨를 들썩이며 한숨을 쉬었다.

　"과연, 정답이야. 뭐, 원래부터 속일 생각은 없었어. 장난이었지. 처음 바아레른 백작가 놈들에게 접근했을 때 놈들이 날 부를 이름이 필요했거든. 가짜 이름을 알려주기엔 어디든 떳떳한 내 마인드가 용납하지 않았고, 그렇다고 놈들에게 실명을 알려주자니 감히 내 이름을 그런 더러운 놈들에게 부르게 하고 싶지 않더라고. 그래서 레키아라 했다. 거꾸로 조합한 거지. 내 이름이지만 내 이름이 아닌 것으로."

　"거참 남의 나라에 숨어서 이상한 짓을 벌이면서 떳떳한 마인드라니. 뚫린 입이라고 참 잘도 말한다."

　기가 막혀 중얼거렸다.

　"어쩔 수 없잖아, 그게 내 신조니까. 안 그런가, 세라님? 뭐 그건 그렇고……."

　아켈란스는 다시 한 번 루사인을 바라보았다. 정말 즐거워하는 표정, 마음에 들어 죽겠다는 저 얼굴. 왠지 불안한 느낌이었다. 여전히 무언가 감추고 있는 것 같아 두려웠다.

　"역시 대단해. 머리가 좋은 것은 알았지만 설마 그런 사소한 것까지 잡아낼 줄이야… 하지만 어쩌지? 나도 전에 말했잖아. 네 이름에 걸리는 게 있다고."

“……”

루사인은 침묵했다. 그러니까 대체 루사인의 이름에 무엇이 있다는 거야? 아켈란스가 알고 있는 건 대체 뭐야?

“공녀의 표정을 보니 전혀 모르나 보군. 이봐, 페르나슈 소공녀. 이런 거 못 들어봤어? 지금의 에페트리아 국왕이 아직 후계자로 내정되기 전. 그러니까 숨어서 자랐을 때 말이야. 할트엔리온이란 성이었어.”

“…뭐?”

“할트엔리온이라는 상인 가문의 차남이었지. 루사인의 성이 아마 할트엔리온이지? 14년 전, 전 국왕이 건재했을 때 함구령이 걸린 이름이지. 누구도 그 성을 말해선 안 된다고. 공공연한 비밀, 너희보다 나이가 있는 귀족들은 이미 다 알고 있는 사실이지. 왜 그랬을 것 같아? 누구 때문에 그랬을 것 같아?”

이해가 가지 않았다. 폐하가 자란 가문이 할트엔리온이었다고? 루사인하고 같네. 그런데 그걸 비밀로 해야 한다고? 그래서 난 전혀 몰랐다는 건가? 사실은 알고 있으면서 말을 안 하고들 있었다는 거지? 왜? 왜? 왜?

고개를 들어 루사인을 올려다보았다. 굳은 표정. 무표정하려고 애쓰지만 분을 삭이고 있는 모습. 감추고 싶던 것을, 들키고 싶지 않던 것이 적나라하게 까발려져 분노하고 있는 얼굴이었다. 말없이, 조용하게, 속으로 삭이며.

"루사인, 네가 설명해. 넌 내게 맹세했어. 국왕의 아이가 아니라고. 거짓말이었어?"

"아뇨, 사실입니다. 전 도련님에게 거짓말은 하지 않습니다."

"그럼 뭐야, 알아듣게 말해."

"그건……."

루사인이 망설였다. 어려움 하나 없이 무엇이든 손쉽게 해결해 나가던 루사인이 대답하기 어렵다는 표정을 지었다. 어떻게 말해야 할지, 어떻게 설명해야 할지 고민하고 있었다. 무슨 말을 할지 망설이고 있었다.

"말해!!"

있는 힘껏 소리쳤다. 그리고 그 순간 아켈란스의 검이 빛나는 것을 보았다.

챙!!

"핫!"

깜짝 놀라 검을 들어 막았다. 루사인도 어느새 잡고 있는 검의 방향을 바꾸며 아켈란스를 향해 달려들었다. 그리고 그때, 아켈란스가 씨익 미소 짓는 것을 보았다. 회심의 미소, 무언가에 성공했다는 희열이 담긴 웃음. 이건 위험하다. 뭔가 꾸미는 것이 있다. 함정이다!!

파앗!!

갑자기 바닥에 빛이 났다. 나와 루사인과 아켈란스가 서 있는 땅 밑에 알 수 없는 글자가 쓰여 있는 마법진이 그려졌다.

"뭐, 뭐야?!"

깜짝 놀라 소리쳤다.

풀썩

"…엉?"

누군가 쓰러지는 소리가 들렸다. 나도 모르게 시선이 소리가 나는 곳으로 향했다. 루사인이 서 있던 자리였다. 그곳엔 정신을 잃고 쓰러진 루사인이 있었다.

"루사인?!"

눈을 동그랗게 뜨고 경악하며 소리쳤다. 있는 힘껏 루사인을 불렀다. 하지만 녀석은 미동도 하지 않았다.

"됐다! 마법진은 1회성이다. 데려가!"

망토들이 둘로 갈라졌다. 두 놈이 쓰러진 루사인을 안고 달렸다. 그리고 나머진 아켈란스와 검을 마주하고 있는 내 곁으로 다가왔다. 불리했다. 아켈란스 하나만으로도 벅차다. 나머지 검은 망토들을 상대할 여력이 없었다.

챙!!

아켈란스의 검을 쳐내고 힘껏 뒷걸음질쳤다. 녀석들의 사정거리 안에 들어서면 나도 그대로 잡혀 납치될 판이다.

"어떻게 된 거야, 루사인에게 무슨 짓을 한 거야!!"

목소리가 갈라질 정도로 소리쳤다. 눈앞에서 루사인이 납치됐다. 힘없이 쓰러져 정신을 잃고, 녀석들에게 끌려 사라졌다. 심장이 두근거렸다. 처음 만난 뒤로 한 번도 떨어져 본 적이 없는 나의 분신, 나의 형제. 그런 루사인을 눈앞에서 잃었다. 지금 내가 제정신인 게 더 신기할 정도였다.

"걱정하지 마, 사티의 마법진으로 잠시 정신을 잃은 거니까. 하프 드래곤인 너나 드래곤의 망토를 가진 나는 해당하지 않는, 보통 인간에게만 즉효가 나는 신기한 마법진이지. 위험한 건 아냐. 잠시 잠든 것일 뿐."

"루사인은 왜 데려간 거야!!"

다시 한 번 소리쳤다. 검을 쥐고 있는 손이 부들부들 떨렸다. 당장이라도 아켈란스를 향해 뛰어들어 녀석의 심장에 검을 박고 싶은 욕망과 녀석과 다른 망토들의 실력을 느끼며, 뒷걸음질치는 이성이 내 안에서 뒤죽박죽 섞여 버렸다.

"말했잖아, 할트엔리온이란 이름에 흥미가 생겼다고. 어차피 내 목적은 루사인이었으니까. 데려가서 단둘이 재미있는 이야기를 오래도록 나누고 싶거든."

"무슨 헛소리야, 이 변태 자식아!"

온 힘을 다해 외쳤다. 그리고 아켈란스의 표정이 바뀌었다. 생글생글 웃고 있던 얼굴에 잔인한 미소가 피어올랐다.

"이것 참. 충격이 클까 봐 배려해 줄까 했었는데… 집에서 쉬면서 정리하는 게 좋잖아. 그런데 그렇게 마음에 금이 가는 소리를 해대면 모처럼의 호의도 식어버린다고."

그리곤 뒤돌아서며 다른 망토들을 향해 명령했다.

"저쪽도 끌고 가."

말이 채 끝나기도 전에 망토들이 내게 달려들었다.

난 검을 세웠다. 내가 아무리 흥분했어도, 당황했어도, 그리고 머릿속이 혼란스러워도 전투에 있어서는 진지하다. 함부로 쉽게 끌려갈 정도로 약하진 않다. 정신 차려야 한다. 나까지 끌려가면 끝장이다. 루사인, 루사인… 루사인을 되찾아 와야 한다. 그러니까 내가 여기서 당하면 안 된다.

"윈드 업."

낮은 목소리로 순식간에 마법을 걸었다. 내 몸의 속도를 높이는 마법. 어머니에게 배운 것이다. 아직은 마법보다 검의 성향이 강하다며 검을 좀 더 원활히 다룰 수 있는 주문들을 가르쳐 줬다. 폭발적인 속도로 움직일 수 있지만, 근육에 무리가 가 근육통이 심해질 거라 했다. 진짜 급할 때가 아니면 자제하라고 들었다.

그래서 썼다, 급하니까. 눈앞의 망토들을 치우고, 아켈란스를 처리하며 루사인을 데려간 놈들을 뒤쫓아야 한다. 마법이 끝난 후 덮쳐 오는 근육통 따위 전혀 무섭지 않았다.

"저리 꺼져!! 이 개자식들!! 내놔, 루사인을 내놓으란 말이야!!"

소리치는 음성에 울음이 섞였다. 눈앞이 뿌옇게 변해가고 있었다. 검을 휘두를 때마다 눈에서 타고 내린 눈물이 공기

중에 흩어졌다.

촤악!

검이 누군가의 살을 가르는 느낌이 왔다. 시뻘건 핏물이 바닥에 흩어졌다. 붉은색이 시야를 가득 채웠다. 그리고 나는 더욱 미쳐 갔다.

챙! 샤악!

또 다른 누군가의 살을 베었다. 하지만 난 전혀 아랑곳하지 않고, 미동도 없이 멀어져 가는 아켈란스의 뒷모습을 노려보고 있었다. 망토들이 하나둘 물러서기 시작했다. 그리고 그만큼 난 한 발짝, 두 발짝, 걸어나갔다.

"라이안!!"

등 뒤에서 프리츠가 외치는 소리가 들렸다. 그리고 아켈란스가 이쪽을 돌아봤다.

"타임 아웃이다. 서둘러 돌아간다. 다친 자들은 알아서 움직여라. 안되겠다 싶으면 자결해라."

아켈란스와 함께 망토들이 달리기 시작했다. 녀석들을 따라 달리기 위해 검을 검집에 넣었다. 그리고 힘껏 발에 힘을 줬다. 그리고 그 순간 등 뒤에서 날 잡는 엄청난 힘에 다리가 꺾였다. 그 자리에 주저앉아 버렸다.

"뭐 하는 짓이야, 라이안! 정신 차려!! 혼자서 저들을 따라가겠다는 거야?!"

프리츠가 있는 힘을 다해 날 안았다. 아니, 안았다기보다는 꼼짝하지 못하게 온 힘으로 누르고 있었다.

"놔!"

"놓으면 갈 거잖아! 혼자서 어쩌려고 그래!!"

"놔! 루사인을 데려갔다고!! 저 개자식이 루사인을 끌고 갔다고! 정신을 잃었어. 무슨 짓을 할지 몰라. 죽을지도 몰라!! 다시는 안 돌아올지도 모른다고!!"

미친 듯이 소리쳤다. 프리츠의 손아귀에서 벗어나기 위해 몸부림쳤다. 하지만 프리츠는 날 놓지 않았다. 끝까지 버티며 꼼짝하지 않았다.

"놔… 놔… 놔줘, 프리츠. 나 루사인을 찾아야 해. 지금 안 그래도 머리가 복잡하거든. 물어볼 게 너무 많아. 아켈란스 그 변태 자식에게 넘어가기 전에 구해야 한다고……."

힘없는 목소리로 애원했다. 그래도 프리츠는 미동도 하지 않았다.

어쩌지, 어떡하지. 이대로 루사인을 잃어버릴 것 같아 불안한데. 너무 불안해서 심장이 두근거리고 있는데, 난 어쩌면 좋지?

엄청난 소리를 들어버렸다 루사인. 너 대체 폐하와 무슨 관계인 거야? 거짓말은 하지 않았다고 했잖아. 맹세했잖아. 믿어야 하는데, 믿고 싶은데… 왜 자꾸 불안하게 만드는 거야.

돌아오지 않으면 어쩌지? 이대로 평생, 두 번 다시 만날 수

없으면 어떡하지? 내게 보여주던 그 미소가, 날 향해 말하던
모든 것이 사실은 거짓이었다고 할까 봐 두려워.
　루사인, 넌 정말… 누구니?

『키르라이안 이야기』 4권 끝

청어람 판타지의 재도약!!

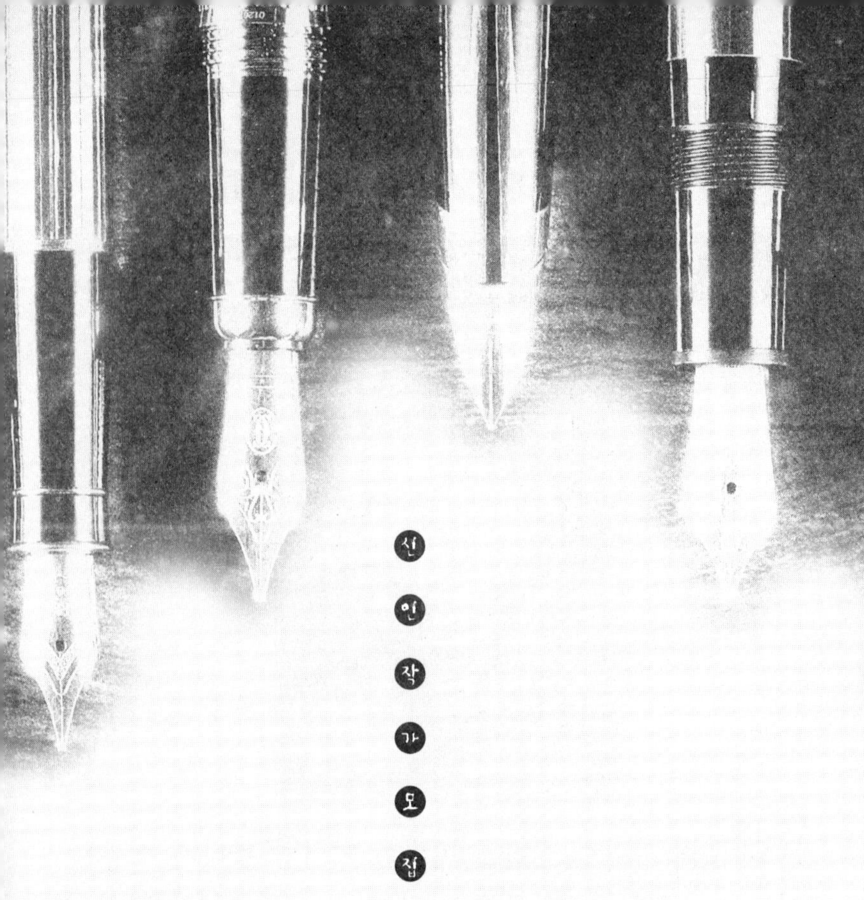신
인
작
가
모
집

무한 상상 · 공상 세계, 청어람 신무협&판타지

「표사」, 「소환전기」를 뛰어넘는
참신한 재미와 쾌감을 선사한다!

청바지와 박스티 같은 무협 소설!
쉽고 재미있는, 편한 무협을 즐겨라!

『잠룡전설』
(潛龍傳說)

잠룡전설(潛龍傳說) / 황규영 지음

"주유성?
영웅이지. 하늘이 내린 사람이야.
그 사람 게으르다고?
에이, 난 그런 소문 안 믿어.
게으름뱅이가 어떻게 그런 엄청난 일들을 해?"

강호에 내린 희대의 겁난.
하늘은 엄청 센 놈을 영웅이랍시고 내린다.
하지만…….
젠장! 엄청난 게으름뱅이다!!

다세포 소녀 원작 만화 출간!!

전국 서점가 최고의 화제작!

OCN 슈퍼액션 드라마 시리즈 방영!

왜? 사람들은 다세포 소녀에 주목하는가! 상식을 뒤엎는 기발하고 엉뚱한 상상력!

『다세포 소녀』의 숨겨진 힘!!

다세포 소녀 원작만화 (전 5권 예정)

B급 달궁 글·그림 | 값 9,000원 / 부록 예이츠 시집

몇 페이지만 읽어도 좌중을 휘어잡을 이야깃거리가 넘쳐난다!

둔감해진 머리에 영감을 주는 아이디어가 마구마구 솟구친다!

원작을 더욱더 빛내주는 기발한 댓글 퍼레이드!

300만 다세포 페인을 열광시킨 상식을 뒤엎는 엉뚱한 상상력!

또 하나의 이야기! 또 하나의 재미!

소설 『다세포 소녀』

초우 장편소설 | 값 9,000원 / 원작자 B급 달궁

"그건 모르겠고, 나는 외눈의 사랑이야. 사랑을 줄 수는 있어도 마주 할 수 없는 사랑이지. 두 눈을 가진 사람은 주고받을 수 있지만, 나는 주는 것만 할 수 있어. 나는 주는 사랑으로 족해. 외사랑이지."

–외눈박이